はち

女王バチの不機嫌な朝食

ハンナ・リード　立石光子 訳

Beeline to Trouble

by Hannah Reed

コージーブックス

挿画／杉浦さやか

コージーチックスの作家仲間たちに、
あなたたちの愛と支援に感謝して。
そして、読者のみなさん、わたしの夢を実現させてくれてありがとう。

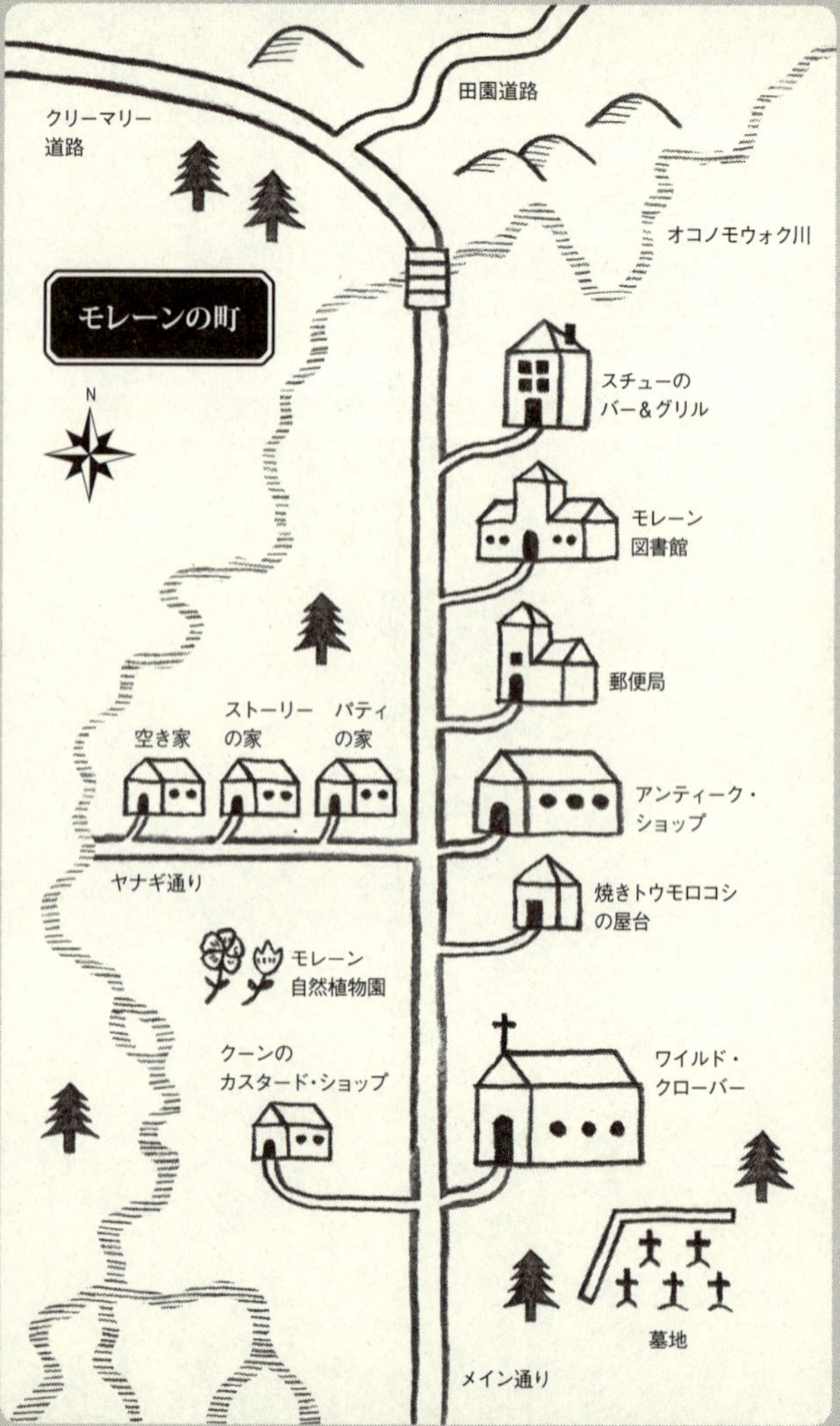
田園道路
クリーマリー
道路
オコノモウォク川
モレーンの町
N
スチューの
バー＆グリル
モレーン
図書館
郵便局
ストーリー
の家
パティ
の家
空き家
アンティーク・
ショップ
ヤナギ通り
焼きトウモロコシ
の屋台
モレーン
自然植物園
クーンの
カスタード・ショップ
ワイルド・
クローバー
墓地
メイン通り

女王バチの不機嫌な朝食

主要登場人物

ストーリー・フィッシャー……本名メリッサ。〈ワイルド・クローバー〉の店主
ハンター・ウォレス……ウォーキショー郡保安官事務所の刑事。ストーリーの恋人
ヘレン……ストーリーの母
トム・ストック……骨董商。ヘレンの恋人
ホリー……ストーリーの妹
マックス・ペイン……ホリーの夫
エフィー・アンダーソン……ホリーの家の家政婦
チャンス・アンダーソン……ホリーの家の庭師兼雑用係。エフィーの夫
ノヴァ・キャンベル……調香師。マックスの部下
カミラ・ベイリー……調香師。マックスの部下
ギル・グリーン……調香師。マックスの部下
パティ・ドワイヤー……ストーリーの隣人。地元紙の新米記者
ハリー・ブルーノ……マフィア
ロリ・スパンドル……不動産仲介人
スタンリー・ペック……養蜂家
ジョニー・ジェイ……モレーン警察長
サリー・メイラー……巡査
ジャクソン・デイヴィス……検死官

1

わたしとハンターがついに〝罰当たりな暮らし《リビング・イン・シン》〟――うちの母にばれたら、すぐさまそう呼ぶに決まっている――つまり同棲、に踏み切るまでにはずいぶん時間がかかった。ふたりともさんざんためらった。なかでも意外だったのは、わたし自身がうじうじと思い悩んだこと。三十路も半ばになって、ホルモン時計のチクタクいう音が耳について離れず、おまけに、ハンターは人もうらやむいい男だというのに。

それでも、ふたりの関係をもう一歩進める、つまりそれなりの覚悟をともなう段階が迫ってくると、頭のなかで小さな声がしきりに不安を言い立てるのだった。ハンターも同じことを経験していたにちがいないけど、たとえそうだとしても、その思いは胸にしまっていた。

問題その一は、わたしの側にあった。以前に（不幸な）結婚をしたことがあって、キスマークならご愛嬌だけど、心に負った火傷の跡もまだ痛々しい、あんな焦げついた関係にまた陥るなんて、考えるだけでもぞっとしたのだ。その二（そう、これもわたしの問題）。ハンター・ウォレスはこれまで気楽な独身生活を送ってきたので、折り合いとか、歩み寄りという考えにはなじみがないかもしれない。元夫の例から考えて、ハンターが自分のやり方に強いこだわりを持っていてもおかしくはない、とわたしは思いこんでいた。でもこれまでのところ、ありがたいことに、つまずきと言えるのは便座の上げ下げぐらい。それでも、と心配症のわたしがお気楽なわたしをいましめる。わたしたちはまだ〝新婚〟ほやほやなのよ。甘い生活が始まって三日と少し。

最後に残った問題は手ごわく、解決までに時間も一番かかったが、そちらもようやく落ち着いた。まあ、とりあえずは。じつはふたりとも持ち家があって、どちらに住むかでもめたのだ。ハンターは初めて同居を申し出たとき、「一緒に住めるなら、どこに住んでもかまわない」と言ってくれた。ところが、恋にのぼせあがったその発言は頭からすっかり消えてしまったようで、その後はなかなか意見が一致しなかった。彼の家は森のなかという魅力的な立地だが、離れ程度の広さしかない。一方、わたしの家は町のど真ん中にある。裏庭にはいくつも巣箱が並び、養蜂業も好調だ。オコノモウォク川に面していて、〈ワイルド・クローバー〉からも二ブロックと離れていない。〈ワイルド・クローバー〉というのは、わたしが経営している食料雑貨店。ここウィスコンシン州の田舎町モレーンで、メイン通りに店を構えている。

さて、どちらがこの勝負に勝ったでしょう。答えは、そう、わたしです。

そもそも、ヴィクトリア朝様式のこの住宅でわたしは生まれ育った。この家が人手に渡らず、いまではわが家となり、それにひょっとして、もしハンターとわたしに子どもができれば、次の世代にも引き継げるという幸運にしみじみと感謝している。

子どものいる生活なんてまだぴんとこないけど、あれこれ想像するのはいやじゃない。生物時計もひときわ大きな音を立ててせかそうとするけど、わたしはその音をすぐさま止める。たしかにせっかちだし、ものごとを勢いで決めてしまうところはあるにせよ――ええ、そのとおり――正式な結婚にがむしゃらに突き進むことには、まだためらいがある。

ハンターのほうも自宅の売却はもちろん、貸し出すことさえ口にしていない。その気持ちはわかる。この同居についてはどちらもちょっぴり不安を抱えていて、過去の暮らしにしがみついているのではないかしら。万一、うまくいかなかったときの用心に。

でも、これまでのところはとても順調。どうかこの幸運がつづいてくれますように。

さて、七月第一週のよく晴れた土曜の朝、ハンターが安全な場所から見物しているなか、うちのミツバチたちが貯えたはちみつのおこぼれを頂戴しようと、わたしは身支度を調えていた。なにしろミツバチにはたくさん目がついているので、気づかれずに忍び寄るのはまず不可能だ。何億何兆という目玉が、わたしが防護服を着こんでいるのをじっと見つめている。わが愛しの空飛ぶ昆虫たちは、頭の両側に複眼がついているだけでなく、頭のてっぺんにも、三つの小さな単眼が体毛に埋もれている。

わたしは防護服が苦手で、できるだけなしですませているが、はちみつを略奪する者にミツバチたちは容赦しないので、あえて危険を冒すつもりはなかった。

かさばる服を着る途中でふと手を止め、同居することになったすてきな男性、幼なじみで、ハイスクールではずっとつきあっていた彼氏をあらためて見やった。卒業後、彼と別れたことは後悔しているし、それに、早まった結婚をしてどつぼにはまったことは悔やんでも悔やみきれない。でももしかしたら、ハンターにもわたしにも成長するための時間が必要だったのかもしれない。思いきって外の世界に踏み出し、うちの芝生が一番青いと納得するための時間が。

　ハンターはこれからウォーキショー郡の保安官事務所に出勤するところだ。でも彼は、警官と聞いてすぐに思い浮かぶようなタイプではない。制服ではなく（べつに制服に文句はない。制服姿の男性には胸がきゅんとする）、覆面捜査用のしゃれた私服できめている。黒いＴシャツ（胸板が厚く盛り上がっている）、ジーンズ（体にほどよくフィットしている）、それにハーレーダビッドソンのブーツ（これはこれでいかしているけど、わたしは男の人の足に目がなくて、なかでも裸足に弱い。ついでに言うと、ハンターはほれぼれするような足の持ち主だ）。

　ハンターの隣で、ベンもおすわりをしてわたしの身支度を見ていた。同居が決まったとき、ベンもハンターと一緒にわが家にやってきた。ベンはハンターの相棒を務める警察犬で、ベルジアン・マリノアという犬種。利口で、いざとなれば手ごわいが、それ以外のときはいつも穏やかだ。ベンがハンターの背後を守っていると思うと、わたしの不安も和らぐ。とりわけ重大事件捜査隊《CIT》の任務についているときは。ＣＩＴは地元警察では対処が難しいリスクの高い事件全般、たとえば脱走犯や危険な犯罪者もしくは人質事件などを担当する。この地域の特別機動隊、いわばＳＷＡＴのようなものだ。

さて、わたしが防護服のファスナーを上げたか上げないかのうちに、妹のホリーが家の脇をまわってひょっこり顔をのぞかせた。

「ストーリー、困ったことになったの」と半べそをかいている。

ふだんの妹は、ファッションショーに出ているモデルのようだ。背がすらりと高く、肌はいつも小麦色、高価な服を着こなして、身だしなみにも隙がない。ところが今朝は、髪はくしゃくしゃで、目は血走っていた。

「男手が必要かい？」ホリーの問題の大半は、うちのミツバチほどの大きさもないということをよく知りつつも、ハンターが訊いた。そうはいっても、ホリーはお昼まえにはめったに姿を見せないのに、いまはまだ朝の六時。今回の問題はいつもより多少は深刻なのかもしれない。あくまで、本人からしてみれば、だが。

「いいえ、ご親切に、ハンター」ホリーは彼のほうにはろくに目もくれずに言った。「ストーリーにお願いがあるの」

ストーリー・フィッシャー、つまりわたし。ヘレンとマイクのフィッシャー夫妻（父は六年あまりまえに心臓病で亡くなった）の長女で、ホリー・ペイン（ホリーはマックス・〝金づる〟・ペインと結婚している）の姉、それにおばあちゃん（わたしがこれまで味見したどんなはちみつよりもスイートなお人柄）の孫。わが家は女性が家庭を取り仕切るという、母系家族の典型なのだ。

わたしが養蜂にこれほど心惹かれる理由もそこにあるのかもしれない。巣を切り盛りしているのは雌の働き蜂だから。

とはいっても、フィッシャー家の女たちがいま実際に、身近にいる男性たちをあごでこき使っているわけではない。母と祖母はどちらも未亡人で、祖母の古い農家で一緒に暮らしている。母は地元の骨董商トム・ストックと交際を始めたが、お尻に敷くのはさすがにまだちょっと早い。ホリーの夫は出張がちで、あれこれ命令するのは難しい。そしてハンターとわたしはまだ夢のなかで、現実の生活が侵入してくるのはこれから先のこと。

「じゃあ、ぼくはお役御免みたいだから、外で稼いでくるよ《ブリング・ホーム・ザ・ベーコン》」ハンターはそう言いながら、ぼくのBLT《ベーコン・レタス・トマト》サンドはきみだよ、といわんばかりの目つきでわたしを見た。

「土曜なのに仕事？」とホリーが訊いた。

「まあ」とハンター。「犯罪は待ったなしだから」

彼はわたしにウィンクすると、ベンとSUVに乗りこみ、出かけていった。

ホリーは家の端でぐずぐずしている。「姉さんの裏庭には入らないから」ときっぱり言う。

「姉さんも知ってのとおり」

「あのね」わたしはため息をつきながら、防護服のファスナーを下ろした。「大騒ぎするようなことは何もないのよ」妹は羽のある昆虫、とくにミツバチに対して、病的な恐怖を抱いている。蜂毒のアレルギーはなし、これまで蜂にひどい目にあわされたことは一度もないというのに。

「うちのミツバチがあなたのことを気にしてるもんですか」と言いながら、妹のほうに歩いていった。運悪く、好奇心の強い数匹が、防護服に止まっていたにちがいない（よくありがちなこと）。わたしが近づくと、ホリーは身の毛がよだつような悲鳴をあげて、さっといなくなった。苛立ちとあきらめの入り混じったため息をつく。防護服を脱いで、小さなヒッチハイカーたちがついていないかどうか体を調べ、うろうろしていた二、三匹をそっと払い落とした。そのあとホリーが玄関ポーチにいるのを見つけた。階段にむっつりとすわりこんでいる。

そのままでしゃべりだした。「マックスが会社の研究チームのひとつを、この週末うちに招待したの。どうしよう」そんな催しがあるとは驚いた。ホリーの夫は国際企業の重役で、一年に三百五十日は出張している。仕事関係の人間を自宅に招くのはこれが初めてにちがいない。「どんふうにもてなしたらいいのか、さっぱり思いつかない」妹はふたたびぼやいた。

「いったい何をそんなに悩んでいるの」わたしは妹の横に腰を下ろした。「あなたが自分でお世話をするわけじゃないでしょう」それはまちがいない。二、三カ月まえ、ホリーはエフィーとチャンスというアンダーソン夫妻を住みこみの家政婦と庭師兼雑用係として雇っていたからだ。

チャンス・アンダーソンはわたしたちと同じ世代で、モレーンの人間だ。周囲はみな、彼がいずれ地元の女性と結婚して家庭を持つだろうと思っていたが、チャンスには彼なりの考えがあった――インターネットの結婚仲介サービスを通してエフィーと知り合うと、遠距離交際を経て、花嫁を連れて帰郷したのだ。ホリーはふたりが家を探しているのを知って、断われないような好条件で声をかけた。そこで彼らはマックスとホリーの邸宅の離れ、〝馬車置場《キャリッジ・ハウス》〟に移ってきたのだった。ガレージの上にある来客用のつづき部屋を、ホリーはそう呼ばせていた。もともとその建物には馬車をしまっていたようで、古風な呼び名が気に入っているのだ。ただし二階部分は、母屋と同じく、前の持ち主が手を入れて、こぢんまりした快適な住居になっていた。

「だけど、お客さんに食事を出さないと。マックスにはわたしにまかせてと言っちゃったの。この週末はカリスマ主婦のマーサ・スチュアートに変身するからって。でも姉さんも知ってのとおり、そんなことは無理よ」

残念ながら、それについては妹が正しい。卵をゆでるどころか、お湯をわかすことさえできない。なるほど、だから悩んでいたのね。

「お客さんは何人いらっしゃるの？」

「三人。それにもうきてるけど」

「あなたの家にいまいるってこと？」

ホリーはうなずいて、がっくり肩を落とした。「昨日の夜に到着して、夕暮れの川下りを楽しんだの。全員、まだ寝てる。あの人たちが起きてきたらどうしよう。ＯＭＧ、そろそろ目をさますかも」

ホリーは略語使いの達人で、ふつうの言葉の代わりにメールの略語を使うという妙な癖を治すために、数カ月にわたるカウンセリングを終えたばかりだった。もうずいぶん長いあいだ、うっかり口をすべらすこともなかった。ついさっきまでは。もしここで食い止めることができたら、これもささいな揺り戻しにすぎない。「ＯＭＧ」の代わりに、「あら、たいへん《オー・マイ・ゴッド》」と言っても手間は変わらないし、おまけにずっと体裁もいいのに。

「エフィーに頼めないの？」と訊いてみた。

エフィーは家事全般を担当している。新婚の夫よりも少し年下で二十代の後半。農家の娘のような体格で、ロバなみの力持ち、台所でもさぞかし活躍するだろうに。

「もう頼んでみた」とホリー。「拝み倒さんばかりに。でもだめだって。料理はしないそうよ」

チャンスは大柄で、やや太りぎみ。つまり、食事に満足しているということだ。もしかしたら家では彼が料理しているのかもしれない。でもわたしが「ほかにも頼める人はいるんじゃない、たいした人数でもないし」とほのめかすと、ホリーは首を横に振った。

「たいした人数じゃないですって！」と憤慨する。「全部で五人もいるのに」

まるで大晩餐会か何かのような言いぐさだ。マックスが自宅でたびたび客をもてなそうとしないのは正解だった。ディナーパーティーが続けば、ホリーの略語病はまちがいなくぶり返すだろう。

マックス・ペインの仕事については、彼が〈セイバー食品《フード》〉に勤めていて、会社の序列《フード・チェイン》のかなり上にいることぐらいしか知らない。その会社は食品をよりおいしくするための香料——調味料や、香味ソースなど——を開発している。それにしても皮肉な話だ。夫は食品業界で着々と地歩を築いているのに、妻は料理ができないなんて。

「ねぇ、その研究チームはどんな仕事をしているの？」とわたしはホリーに訊いた。

「極秘の商品を開発しているそうよ」と妹。「わたしがこんなに悩んでいるのも、あの人たちが食品香料の専門家だから」

「だから？」

「つまり」とホリー。「味の善し悪しがわかるってこと。だって調香師《フレーバリスト》なんだもの」

「どうせポケットに計算尺を突っこんでいる化学オタクでしょう」とわたし。「ものすごくださくて、自分が食べるものはきっとファストフードよ。心配しなくても大丈夫」

じつを言うと、調香師のなんたるかも、彼らが美食家の舌を持っているかどうかもさっぱりわからなかった。ただし、妹のホリーがやたらと大げさなことは知っている。ちょっと年下というだけで、大きな赤ん坊のようにだだをこね、姉に問題をすべて押しつける権利なんてないだろう。そもそも、万引き犯に飛びかかって地面に押し倒したことで名を馳せた女性が、どうしてこんな情けないことに。

「ケータリングを頼みなさいよ」とわたしはつぎに言った。お金持ちの妹には痛くもかゆくもないはずだ。

「頼んでみたけど」と妹は答えた。「なにしろ急な話だから、どこも無理だって」

「母さんとおばあちゃんは？　ふたりとも料理が得意よ」

「母さんは姉さんに頼みなさいって。おばあちゃんはランチづくりを手伝ってくれる。それに、姉さんが今晩のメニューを考えているあいだ、母さんが〈ワイルド・クローバー〉の面倒を見てくれるそうよ」

　それはそれは、どうもご親切に。「朝ごはんは適当でいいじゃない。ちっとも難しくないわよ」とわたしはぼやきながら、もはや逃れるすべはないと腹をくくった。「ドーナツを一ダースとコーヒーを買ってきて、お昼と夜は外食にしましょう」

「マックスを喜ばせたいの。わたしのことを自慢に思っているのに、そんなことをしたらがっかりする。どうしよう」これ見よがしに涙を二、三滴流してから、妹は言った。「姉さんが頼りなの」

　わたしは心のなかでうめいた。本当ならいまごろははちみつを収穫し、開店の準備に取りかかっていなければならない。でも、いまさらなんと言えよう。妹はとっておきの切り札を出してきたのだ。

「じゃあ、こうしましょう」わたしはとうとう降参した。「あなたは家に帰って、身支度をしていらっしゃい。あとでパンとゆで卵とはちみつバター、それに果物を少し持っていくわ。それでどう？」

　ホリーは洟《はな》をすすった。「まあ、とりあえずは」

「今晩のメニューは？」わたしはしぶしぶ訊いた。

「さあ。姉さんの得意料理は？　何か気が利いていて、みんなが感心してくれるようなものがいいんだけど」

「ほかにお力になれることは？」とやや皮肉をこめて言ってやったが、妹にはまったく通じなかった。

ホリーは後ろのポケットからメモを取り出し、さっと視線を走らせた。

「ニンジンジュースもお願い。有機栽培のものを。チームのひとりが健康マニアで、毎日飲むんですって。それと豆乳も――べつのひとりが牛乳アレルギーだから。あと、貝はだめ」

「わかった、今日はできる範囲でなんとかしましょう。明日は自分でやってよ」そんなことが起こるはずもないのに。

「日曜の早朝に、飛行場に出発してくれないかしら。でも、それは虫がよすぎるかも。どうも研究チームはあまり仲がよくないみたい。マックスが言うには、しょっちゅうもめているそうよ。だから週末うちでゆっくりして、ボートを漕いだり釣りをしたりすれば、やる気が出て、チームワークもよくなるだろうって」

「ということは、仕事がらみじゃないのね」

ホリーはちがうと首を振った。「週末いっぱい、仕事の話は禁止」

「じゃあ、さっき言ったように、何か考えてみるわ」

とりあえず肩の荷を下ろしたホリーは、いつもの妹に戻って腰を上げ、愛車のジャガーのところまでぶらぶら歩いていった。

「もしかして」と、わたしは声をかけた。「これから二、三日は、店に出てこないつもり？」

妹は聞こえないふりをして帰っていった。

かれこれ五、六年まえ、わたしは空き家になっていた教会を買って、〈ワイルド・クローバー〉という店を始めた。ウィスコンシン州の農産物と加工品を扱い、ほとんどの商品は地元で仕入れている。聖歌隊席を改装して地域の人たちの憩いの場所にしたロフトから、店の正面ど真ん中に並べたはちみつ製品にいたるまで、わたしの自慢の店なのだ。

ところが残念なことに、〈ワイルド・クローバー〉は家族と親戚に乗っ取られたも同然だった。一応、店主はわたしで——まあ、店の大部分については——少なくとも経営権はまだ握っている。じつは離婚のごたごたのとき、店を続けていくための資金をホリーが援助してくれた。その借金は無利子で、返済はあるとき払いの催促なしだと思いこんでいたが、妹の夫が作成した契約書をよく読んでおかなかったのは失敗だった。なぜなら、ホリーが店の権利のかなりの部分を買い取ったことになっていたからだ。その手痛い条項に気づいたときには、もう後の祭りだった（豆粒ほどの活字の奥深くに埋もれていた）。

ホリーはそんなつもりはなかったと否定しているけど、店の所有権の一部をだまし取るという妙案は母さんの思いつきではないかと、わたしはにらんでいる。母さんはそもそもの最初から、わたしの仕事に首を突っこもうと画策していたのだ。いまのところは商売もお金もわたしが管理しているとはいえ、家族はわたしに面倒な部分を押しつけ、おいしいところをさらっていく。

ちょうどいまホリーがやってのけたように、あの手この手で責任逃れをしようとする。

わたしは卵を一パック時間をかけて固ゆでにしたあと、急いで店に行って開店の準備をした。ふだんは仕事が始まるまえの静かな数分間、自分の店をじっくり眺め、店内にあふれるさまざまな色彩と香りを味わえる心楽しいひとときなのに。今日は妹のいわゆる非常事態のおかげで、苦労の結晶をしみじみと眺めるひまもなかった。小さな買い物かごを持って通路を進む。

わたしはべつに料理上手ではないけど、店を経営し、お客さんと献立についてあれこれ話しているうちに、手早く簡単に作れる、シンプルだけれどおいしい料理のレパートリーは増えた。しかも幸いなことに、必要な材料は全部手もとにそろっている。今朝はイチゴ、メロン、ブルーベリーマフィン、昨日の売れ残りの皮の硬い酸味のあるパン、パンプキンパイ風味のはちみつバターひと瓶と、プレーンなホイップバターとはちみつの瓶を選んで、頼まれた朝食の準備はすっかり整った。

ただし、まだ店を出るわけにはいかない。キャリー・アン（わたしの従姉で、最近、店長に昇進したばかり）がまだこないからだ。わたしがドアを開けるなり、お客さんが二、三人入ってきて、四方山《よもやま》話をした。新しいニュースがないので、あまり盛り上がらない。お天気でさえ——このところずっと暑くて、晴天つづき——話の種にはならなかった。

ほどなく従姉が駆けこんできた。キャリー・アンはかつて飲酒の問題を抱えていたが、それは過去のものになりつつある。ハンターが断酒会で助言者を務め、彼女の更生に大いに貢献している。彼もハイスクールを出てすぐにアルコール依存症で苦しんだことがあった。若いときはだれでも無茶をするけど、ハンターだけはそれを引きずり、断酒会のおかげでようやく立ち直った。いまではお酒は一滴も飲まず、従姉のよいお手本になっている。キャリー・アンは別れた夫のガナーとよりを戻し、ふたりの子どもとも定期的に会っていた。それに見た目もいい――ツンと立てたいかした髪型、引き締まった体つき。もともと社交的な性格だから、サービス業にはうってつけ。だからこそ、見習いとはいえ店長になってもらった。人生に紆余曲折はつきものだけど、これからも禁酒をつづけることができれば、店長の椅子は彼女のものだ。

「遅れてごめん」声まで、せかせかと急いでいる。「目覚まし時計が鳴らなくてさ」

「みんなまったく同じ言い訳をするのよね」わたしはそう言いながら、トラックのキーを探してポケットを手探りしたが見当たらない。「店長なんだから、もっと個性的な理由を考えないと」

「ガナーに訊いてよ。うそじゃないから」そこでキャリー・アンはしたり顔でにやりとした。「あんたとハンターもとうとう落ち着いたんだって?」

わたしとハンターが同居を始めたことを言っているらしい。わたしはこれまでホリー以外には、だれにもひとことも言っていなかったが、どうせすぐに洩れるだろうと覚悟していた。どうやらすでに広まっているようだ。うちの母がそれを聞きつけたらと思うと、全身の神経に軽いおののきが走った。

母について、どう説明したらいいのやら。昔は、どう猛なブルドッグにたとえたこともある。とにかく頑固で、批判がましく、世間体ばかり気にしていた。マッチ棒でこしらえた書き割りのように薄っぺらいその体裁を、わたしは粉々に壊して大いにうっぷんを晴らしたものだ。昔は、と言ったのは、未亡人になって五年目に、母の人生に新しい男性、トム・ストックが登場したからだ。わたしは女性の性格が一夜にして変わるのを初めて見た。いまでは、やさしすぎてかえって怖いほど。まあ、これまでのところは。でも母はハンターをいつも目の敵にしていたので――現在の彼よりも、荒れていた十代のころをよくおぼえているので――同居のうわさが耳に入れば、昔の意地悪な母に逆戻りするかもしれない。

「ちょっと出かけてくる」きたるべき母の反応について思い悩むのはやめて、キャリー・アンに声をかけた。「ホリーがピンチだから」

「また？」

わたしはうなずいた。「ミリーに電話して、五人前の簡単で豪華なディナーの献立を一緒に考えてって頼んでくれる？」ミリー・ホプティコートは定年退職したあと、やりがいのある仕事を探して、毎月一緒に〈ワイルド・クローバー通信〉を発行するうちに、魔法のようなレシピ作りの才能を持っていることがわかった。ミリーならきっと力になってくれるだろう。

「メニューはいつまでに必要？」

「ASAP（なるはやで）」と言いながら、ようやくレジの横でキーを見つけた。「今晩なのよ」

店を出しなに、ホリーからニンジンジュースと豆乳を頼まれたことを思い出した。冷蔵庫まで駆け戻り、有機栽培のブランドを選んで、頼りになる相棒の青いピックアップトラックで出発した。

わたしは前向きな人間のつもりだ。せめて、そうありたいと努めている。トラックで走りだすと、太陽が輝き、小鳥はさえずり、刈りたての芝生の匂いがして、今日はいい日になりそうだとあらためて感じた。

いまにして思えば、そのままトラックを運転して町を出てしまえばよかったのだ。

2

ホリーとマックスは、モレーンから八キロほど離れたシャニクアというお金持ち専用の高級住宅地に住んでいる。ウィスコンシン州は舌を噛《か》みそうな地名にかけては定評がある。観光客泣かせの愉快なものをいくつかあげると、

・オコノモウォク川
・ウォーキショー
・メナモニー滝
・ムクワヌゴー
・アシュワバノン
・カコーナ

ほんの一例ですが。

さて、このシャニクアはパイン湖のほとりにあり、湖畔の一区画は猫の額ほどしかない庶

民の宅地とはちがって、平均して千六百平米もある。価格はお手ごろなものでも、驚きの百四十万ドル。ホリーの豪邸は由緒ある古いお屋敷だけど、まえの持ち主の手ですっかり改装されていた。ホリーとマックスにはいくらなんでも広すぎる。子どものいない夫婦に、六つの寝室と六つのバスルームが必要かしら。でも、大きいことはいいことだ、というのがマックスの信条。

ときどき、彼は埋め合わせをしているのではないかと思うことがある。つまり……その……不足分を。でもその話題は（夫婦間の微妙な問題なだけに）、妹もわたしも口にするのを避けてきた。とはいえ、ホリーはカウンセリングを始めてから人間の本性について勉強をつづけているので、マックスの過剰な物質的欲望の裏にある理由についても、ある程度は見抜いているにちがいない。

ホリーが長い私道の入口で、わたしを待っているのが見えた。トラックに飛び乗ったホリーの愚痴を聞きながら、わたしたちは延々とつづく邸宅に沿って進み、やがて駐車した。

「お客さんたちが目をさましたの」と、ホリーはまるでおぞましい事件のような言い方をした。

「心配しないで。朝食の食材はみんな持ってきたから」

ホリーは買い物袋のひとつを抱えて、パイン湖を見晴らす大きなパティオテーブルに向かった。まえもってテーブルの用意がしてあったので、お手伝い程度とはいえ、ホリーもまるきり使えないわけではないことがわかった。でもよくよく考えてみると、必ずしもそうとは限らない。なぜなら、家政婦のエフィー・アンダーソンがパティオに通じるキッチンのドアから、お皿を山ほど抱えて出てきたからだ。

「おはよう、エフィー」とわたしは声をかけた。「手伝ってくれてありがとう」

「奥さんに何度も言ってますけど、料理はしませんから。当てにしないでください」とこちらから言いだすまえに釘を刺された。料理をしないでどうやって生きているのかしら。毎日、何を食べているのだろう。缶詰とか冷凍食品？　お客さんにもチンと解凍して出すわけ？

「〈ワイルド・クローバー〉で初心者用の料理教室を開くことにするわ」とわたしは言った。「料理ぐらいできたほうがいいもの」

それを聞いても、エフィーからもホリーからも歓声はあがらなかった。

エフィーはいらいらと落ち着きがなく、自分の仕事に戻りたがっている様子だったので、「じゃあ、あとはおまかせしてもいいですか？」と訊かれたわたしは、「ええ、どうぞ」ととっさに答えていた。

「そうそう、ホリー」エフィーは妹を振り返って言った。「バラ園にすごく大きなクモがいましたよ。テーブルに飾るブーケ用に摘んでいたとき、もう少しでつかんでしまいそうになって。お客さんがたを近づけないでくださいね。チャンスにすぐ駆除するよう言っときますから」

「ひゃあ。気をつけないと」ホリーの小麦色の肌がかすかに青ざめた。「もうバラ園にはこんりんざい近づかないようにする」

「クモは益虫よ」バラ園を立ち入り禁止にするという妹の誓いには取り合わず、わたしはエフィーに言った。「害虫を退治してくれるから。こちらからちょっかいを出さなければ、悪さはしない。うちのミツバチと同じで、攻撃するのは身の危険を感じたときだけ」

「ドクイトグモでなければね。あれはたしかにそうでした」ドクイトグモの毒は強烈で、人間でも命を落とすことがある。

「まだバラ園にいるの？」ホリーの声は悲鳴に近かった。

「いいえ、靴で踏みつぶしましたから。でもまだいるかも。うじゃうじゃと」

「ほんとにドクイトグモかしら」たまにだれかが噛まれたといううわさは聞くけど、はたして実物を見たことがあったかどうか。「このあたりにはめったにいないわよ。それに夜行性じゃなかった？」

「よく知りませんけど、とにかく大きくて、足もすごく長くて。それに茶色でした。ほかにもひそんでいないか、チャンスに見てもらいますね」エフィーはそう言い残して、キャリッジ・ハウスのほうに歩いていった。

「よかったわね、彼女がいてくれて」さもなければ、ホリーは自分でクモを始末しなければならないし、テーブルの支度もしなければならないだろう。

「ほんとにありがたいわ、チャンスもエフィーも」とホリーはうなずいた。「じゃあ、朝食を並べましょう」

ちょうど用意ができたところで、パティオのガラス戸が開いて、わたしがさえないオタクだと決めつけていた客のひとりが出てきた。その女性はダサいどころか――背がすらりと高く、痩せ形で、ジョギングスーツを着ていても充分に魅力的だった。長い黒髪をポニーテールにし、眉はきれいなアーチ形、唇はふっくらと赤く、いわゆる魔性の女の色香が全身から漂っている。男をたらしこむのに必要なすべてを持ち合わせていた。

だから、というわけじゃないけど、ひと目で嫌いになった。直感がとくに鋭いほうではないけれど、この手のたぐいの女性は、わたしたちに自分がちっぽけで、取るに足りない存在だと感じさせる。彼女が口を開いたとき、わたしなどいないようにふるまったこともしゃくにさわった。目を留める価値もないというわけね。

ホリーはよそいきの笑顔をこしらえ、礼儀正しく（妹はその気になれば、いくらでもお上品にふるまえる）わたしを紹介した。「ノヴァ・キャンベル。こちらはストーリー・フィッシャー、わたしの姉です」

「朝食はけっこうよ」ノヴァはばかにしたような表情でホリーに言った。わたしがわずらわしい虫か何かのように紹介には取り合わず。立ち止まって朝食が並んでいるのを見渡したが、満足のいくものではなかったようだ。つんとした鼻先を見れば、それぐらいわかる。「この手の食べ物はとくに。マックスに……」彼の名前のところで言いよどんだのは、強い独占欲をうかがわせるものだった。「ちょっと走ってくるって伝えてちょうだい」

もう一度テーブルをざっと見やり、ニンジンジュースの瓶に目を留めた。

「それから、わたしのジュースは冷蔵庫で冷やしておいて。ほかの人には絶対に飲ませないでよ」

　そう命じると、軽やかな足取りで走り去った。

「何さまのつもり？」とホリーが言った。「人をメイドあつかいして」

「まさか、あの人も研究チームの一員なの？」

　ホリーはうなずいた。「昨晩、ノヴァがバッグを二階に運べと命令したときのエフィーの顔を、姉さんにも見せたかった。チームのほかのメンバーも彼女のことは腹に据《す》えかねているみたい。頭が痛いといって早めに部屋に引きあげてくれたんで助かった。あのままだとわたしまでひどい頭痛を起こしそうだったから。ゆったりかまえて、人のことをとやかく言うのはよそうと思うけど、マックスを見るあの目つきがね」

「心配しなくてもいいわよ」とわたしは言った。希望をこめて。「あなたに勝てる人はそうそういないから」最後の部分はまちがいない。ホリーとわたしは見かけはよく似ている――瞳の色は同じ、身長も変わらない――ところが、身のこなしがちがうのか、妹のほうがあか抜けているし、わたしがまずまず見られる程度なのに対し、妹は掛け値なしの美人だ。

　それからすぐにマックスが肘でドアを開けて、片手にコーヒーのポット、もう片手にカップを持って現われた。

　マックス・ペインは情熱と知性をあわせ持ち、それにわたしの好みからすれば、男性にしては黒髪の量がやや多すぎる。ホリーとマックスは並ぶとほとんど背丈が変わらず、そもそもマックスが妹と恋に落ちたのは、彼女があらゆる面で引けを取らないからだと――強くて、賢く、性格も彼に劣らず情熱的——わたしはつねづね思っていた。ただしマックスは黒髪で肌も浅黒いが、ホリーはブロンドで色白だ。ふたりは大学卒業後につきものの貧乏な時期に一緒になり、マックスはその後順調に出世の階段をのぼっていった。

マックスは妻を見て顔をほころばせた。両手の荷物を下ろすより先にキスをする。わたしはそれを見て、招待客が持っているかもしれないいやましい動機について、ひとまず愁眉《しゅうび》を開いた。妹の夫は妻以外によそ見をしないのが身のためだ。さもないと、わたしが黙っていない。

「これはすごい」彼はテーブルに並んだ朝食を、ノヴァよりもはるかに称賛のこもった目で眺めた。「これを全部、きみひとりで用意してくれたの?」

ホリーがちらっとわたしを見やった。同意のしるしにこっそりうなずいたのを見て、妹は朝食の手柄を独り占めにした。この週末が終わったらたっぷりお返ししてもらいますからね。

「じゃあ、わたしはこれで。今日は忙しくなりそうだから」

「今日の午後、養蜂場の見学はどうかと思っていたんだ」とマックスがわたしに言った。「客たちもそれは面白そうだと言ってくれてね」

「ほんと? 興味があるって?」

わが家のミツバチを見てもらうのは大歓迎だ。でも通りすがりの人が見学を申しこむなんて、そうそうあるものではない。たいていは、うちの庭が空飛ぶ昆虫たちのミニ空港だとわかったとたん、回れ右して逃げてしまう。義理の弟は大きな得点を稼いだ。

「そうなんだ。うちの調香師たちは自然愛好家だからね」とマックス。「なにしろ自然科学が専門だから。それに、新しい香料の組み合わせがひらめくかもしれない。はちみつに、刺激的で特徴のある素材を混ぜ合わせるとか。可能性は無限にある。じゃあ、お昼まえでかまわないかな？」

「もちろんよ」とわたし。そのあと夕食を用意しなければならないことをうっかり忘れて。

「よろしく」とマックス。

ホリーがトラックのところまで送ってくれた。「今朝はありがとう」と言った。「でも、まだ先は長いから。夕食のこと、忘れないでよ」

「安心して」と言いながら、しまったと思っていた。

「何を出すつもり？」ホリーは期待をこめていそいそとたずねた。

「それは秘密」とわたし。たしかにそのとおり。なにしろ、当のわたしにもまだ秘密だったから。

3

外に出ると、お抱えの庭師チャンス・アンダーソンが、私道を入ったところにあるワスレグサの茂みを刈りこんでいた。わたしがトラックを止めて窓を開けると、チャンスは仕事の手を止めて腰を伸ばした。しばらく花についておしゃべりをする。彼は大柄な体をトラックにもたせかけ、わたしは彼が丹精こめて世話をしている庭をほれぼれと眺めた。

「どこもかしこも手入れが行き届いてる」とわたし。「魔法の手を持っているのね」

彼が鼻高々なのがわかった。

「ご近所の手前ってやつだよ」と笑った。「マックスの言いつけで」

「あの人ったら……」わたしは首を振って、最後まで口にしなかった。庭師でさえ、マックスの強いこだわりを見抜いている。

チャンス・アンダーソンはあくせくしたところのない愉快な男で、体つきはたくましく、屋外での仕事柄、よく日焼けしている。ホリーとわたしはこの星で一番いかす男性は建設作業員だという点で意見が一致していた。本気かですって？　道路工事のせいでスピードを落とすのをいやがる女性がいる？　わたしはちっともいやじゃない。そしてホリーは、チャンスがあと二、三キロ体重を落としたら、彼らと同じくらい魅力的になると考えていた。

ホリーの見立てに心のなかで賛同したあと、じゃあねと言って車を出した。

シャニクアを通り抜ける道路は、これまで走ったなかで最高に美しい道路のひとつだ。うねうねと曲がる趣《おもむき》のある道が、高くそびえる広葉樹を縫って走り、木立のあいだから、湖畔に点在する邸宅が時折ちらりとのぞく。道路の両側には野の花が咲き乱れ、早春から晩秋にかけて華やかな彩りを添えている。

四輪バギーが一台、数多い遊歩道《トレイル》のひとつから少しそれた道路沿いの、とりわけみごとな野生の花が群生しているすぐそばに止まっていた。欲ばりな女性がムラサキバレンギクとオダマキの花束を、軍手をはめた手で握りしめていたが、わたしはそれを見るまえから、この場の状況をつかんでいた。

「法律違反ですよ」と車窓から大きな声で呼びかけると、トラックを脇に寄せて止め、ドアを勢いよく開けて、つかつかと歩み寄った。その女性はサファリ帽をかぶり、帽子の紐をあごにかけて、盛んにはさみを動かしていた。「このあたりは、野草を摘《つ》むのは禁止なんです」

違反者と出くわしたのはこれが初めてではない。ウィスコンシン州は野草保護のきびしい条例を定めている。ただし、周知徹底されているわけではないので、不埒《ふらち》な行為を見かけたら、わたしはその場で注意するようにしていた。

その女性は面長で、カエルのようにぎょろりとした目をむいて、こちらをにらみつけた。

「野草採りがいけないって、どこのだれが言ってるの？」

「自然資源局です」とわたしは答えた。この特定の犯罪を取り締まるのがどこの部署なのか、いまひとつ自信はなかったけど。

彼女はあつかましいことに、腰をかがめてまたべつの花をちょきんと切った。端正な形をしたムラサキバレンギクだ。

他人のものを、とりわけいけないと知りながら、勝手に持っていくような人間にはがまんできない。この女性もすでに正しい情報を知らされたのに、わたしの制止を小ばかにするように、その花をおもむろに花束に加えた。うすら笑いを浮かべた顔を、ひっぱたいてやりたくなった。

「警察に連絡しますよ」わたしは本気で腹を立てていた。「お名前は?」

「もう、いいかげんにしてよ。そのポンコツ車に戻って、さっさと家に帰ったら」と手で追い払う仕種をした。

自然界を略奪者から守ろうとしたのはこれが初めてではないとはいえ、条例を説明すると、恐縮したうしろめたそうな態度を取るのがふつうで、この嫌みな女性のように敵意をむき出しにする人はいなかった。それにしても、いざというときに、地元警察はどこにいるのだろう。この町の警察長の人柄と思惑からいえば、おそらくどこかの私道にひそんで、制限速度を十キロオーバーしたドライバーの不意を突いて取り締まろうと待ちかまえているに決まっている。たまには市民のためになる仕事をしてくれたらいいのに。

「じゃあ、こうしましょう」わたしは常識と理性に訴えるべく、呼びかけた。「摘んだ分は持ち帰ってかまわないから、そこまでにしてくださ い。悪気はなかったでしょうから」

彼女の視線が野生のトリカブトに留まった。この地域で一番貴重で、そのぶん厳重に保護されている野草だ。わたしは養蜂家なので、この土地に自生している植物についてはくわしい。この花まで摘ませるわけにはいかない。

「ばかなことは考えないで」とわたしは警告した。車を止めずにあっさり通りすぎればよかったと内心大いに悔やみながら。今日は道草を食ってばかりだ。

彼女は行動を起こした。

わたしも応戦する。

ビーチサンダル（わたしのお気に入り）は足場の悪い場所での対決には不利だけど、そもそもじっくり計画を練ったわけではない。

わたしはつまずき、転ぶまいと必死で何かにつかまった。たまたまつかんだのが相手の帽子だった。あごにかけた紐がぴんと張りつめ、喉がごろごろ鳴るのが聞こえた。うちの祖母の愛犬ディンキーがリードを引っぱりすぎたときと同じで、喉を詰まらせて、窒息しかけているような音だ。

なるべく穏便に事を収めようとしてきたのに……。うそじゃない。

「あっちへ行って」わたしがあわてて帽子を放すと、彼女はしわがれた声で言った。わたしを押しやると、花束をしっかり握りしめたまま四輪バギーへと急いだ。

油断は禁物、と自分に言い聞かせる。もし彼女が四輪バギーの物入れに銃をしまっているとしたら？　あるいは護身具を持っているかもしれない。たとえば催涙ガスとか。

それでも一か八かやってみることにした。あとさき考えず、急いで追いかけながら、妹が一緒だったらよかったのにとつくづく思った。頼りたいときに限って、ホリーはどこにいっちゃうのかしら。少なくともこの近くではない。

「ごめんなさい、手を出すつもりじゃなかったの」と言いながら、先回りして四輪バギーの前に立ちはだかった。「でも通報はしますからね。お名前は？」

「そこをどいて」と彼女は言った。血走った目がいまにも飛び出しそうだ。「わたしにかまわないで。あんたみたいなおせっかい焼きにはうんざり。野草を採取する許可を持っているかもしれないって、考えないわけ？」わたしはその目にうそを読みとった。口をはさむまもなく、彼女はつづけた。「ふん、どうせそうでしょうよ。あんたみたいな独り善がりの出しゃばりには反吐《へど》が出る」

わたしはその罵倒を涼しい顔でやりすごすことにした。彼女の言い分はでたらめもいいところだ。彼女はつづけた。

「お客をそんなふうに扱うのが、この土地の流儀なの？」

目の前の客についてのわたし個人の意見をぶつけようとしたが、ふといやな予感がした。お客？　この町を訪れる観光客はすいぶん多いとはいえ……。

わたしは内心うめいた。妹の家の来客のひとりと喧嘩をしてしまうなんて、いかにも間が悪い。お願いだから、ちがうと言って。

「じゃあ、そこをどいてよ」彼女はわたしの心のうちを読んだかのように言った。

わたしはこの女性のあつかましさに返す言葉もなく、脇によけた。

相手は手を伸ばしてエンジンをかけると、わたしのほうを振り返った。

「ああ、これがそんなに大事なら、あげるわ」そして野草の束をわたしの顔にぐいと押しつけてから、四輪バギーにまたがった。

彼女が妹の家の方向に走り去ったので、わたしの心配はさらに募った。おまけに、あの四輪バギーがやけになじみのあるものに思えてきた。その手がかりとなったのはたぶん、後輪についていた〈クイーンビー・ハニー〉のステッカーだ。わたしがこのまえ妹の四輪バギーを借りたときに、貼りつけたものとうりふたつ。あれは、はちみつ製品の販売促進のためにバンパーに貼るステッカーを一箱注文してすぐのことだった。

折悪しく、彼女が摘み取った花をわたしに押しつけていくと同時に、警察長がわたしのトラックの後ろにパトカーを止めた。タイヤが路肩の砂利を踏む音が響いた。

はっきり言って、生まれ育った故郷に住むのは善し悪しだ。

そのなかでも最悪の例のひとつが、車から降りて、両手を腰に当て、わたしをにらみつけた。というか、ジョニー・ジェイはにらみつけているのではないかと思った——彼愛用のミラーグラス越しでははっきりわからないので。権力や支配は彼にとっては何よりの気晴らしで、ミラーグラスはそれをふりかざすために使っている数多くの小道具のひとつ。

わたしは幼稚園からハイスクールまでジョニー・ジェイとずっと一緒で、昔から嫌いだったが、いまでもちっとも好きじゃない。気取った様子で近寄ってきたら、たいていは無視することにしている。あいにく、彼は何かといえばわたしに因縁をつけてきた。

気づかないふりをしたが、さすがに目の前にいると難しい。それでも目を合わさないように努めた。

「野草を摘むのは違法だぞ、フィッシャー」と言いながら、クリップボードに何やら書きつけた。「まずは召喚状。つぎに証拠品の押収だ」

「わたしが摘んだんじゃないわ」と言ったが、われながらへたな言い訳に聞こえた。「四輪バギーに乗っていた女性の仕業よ」

ジョニー・ジェイはクリップボードから目をあげた。「ストーリーの口からまたまたうそが飛び出したぞ」とわたしの名前を強調する。「いい年をして」

それから罰金チケットを切って手渡した。

信じられないような高額の罰金だ。「こんなの、ぼったくりよ」と文句を言った。

「故意に法律を破った場合には、加算されるんだ」

ほどほどの大きさの花束に科せられた罰金の額を茫然と見つめていると、カシャッという音がした。顔を上げると、ジョニー・ジェイが有罪の証拠である野草を抱えたわたしの写真を撮ったのが見えた。

「それは没収する」と彼は命じた。

「お宅の食卓を飾るんじゃないでしょうね」と言いながら、しぶしぶ差し出した。

「あんたにつべこべ言う権利はない」

「泣き寝入りするつもりはないから」

「寝るといえば、なんでも、最近はそっちで忙しいらしいな」と下卑たことを言いだした。

「ハンター・ウォレス相手に」

「裁判所で会いましょう」

「望むところだ。ただし、あんたにかかずらうのはひと休みだ。バウンダリー・ウォーターズに出かけるからな」

バウンダリー・ウォーターズというのは、ここからずっと北にある最果ての地だ。魚釣りにはいいが、往復の足はヘリコプターしかない。トイレもなければ、電話も通じない、いうなれば陸の孤島。ジョニー・ジェイは毎年同じ時期に休みを取って出かけ、町じゅうがその休暇を心待ちにしている。警察長のいない十日間は、天国にいるのも同じなので。

「いまごろは荷造りして、出発しているはずだった」と彼は言った。「またもやフィッシャーがらみの事件で足止めを食わなければ」

それだけ言うと、鼻つまみ者の警察長は車で走り去り、あとに残されたわたしは、お金のかさむ問題に悩むはめになった。

あの女性のせいだ。

すぐに捕まえてやるから覚悟しなさい。

携帯でホリーに電話した。

「朝ごはん、おいしいわよ」妹は口をもぐもぐさせながら、電話に出た。「いろいろ用意してくれてありがとう」

「お安いご用よ。ところで、お客さんのひとりが、あなたの家の四輪バギーで今朝、遊歩道に出かけなかった?」

「それならきっとカミラ・ベイリーよ。マックスの研究チームのひとり。あら、ちょうど帰ってきた。どうして?」

「いえ、べつに」わたしは電話を切って、今日は長くてしんどい一日になるだろうと思った。犯人の居どころがわかり、わたしの代わりに罰金を払ってもらうことができる半面、マックスの一行が昼まえにうちの養蜂場を見学しにきたときには、愛想よく応対しなければならない。しかもそのあとは、図々しい中年女と、お仲間の氷の女王のための夕食作りが待っている。

今朝、ベッドから起き出さなければよかった。

4

自分にできることは何ひとつなく、できればもめごとや災難にあまり見舞われずに、無事にやりすごせることだけを願うしかない日というものがある。今日はまちがいなく、そんな一日になりそうだ。

ジョニー・ジェイの嘲笑、それに加えて、他人が犯した過ちのせいで高額の罰金チケットを切られたことは、ついていない日のひとつの例にすぎない。わたしが阻止しようといくらがんばっても、起こるものは起こるのだ。

彼のあてこすりについて説明すると——わたしの本名はメリッサ・フィッシャーだが、物心ついたころからずっとストーリーと呼ばれてきた。その理由はおもに、わたしが大人たちの目をしっかり見て、天使のようにあどけない表情で、大胆きわまりないうそをつくことができたから。みんながそのうそに気づくまでには長い時間を要した。

そう、たしかに。

昔は作り話が得意だった。

でもジョニー・ジェイはまちがっている。わたしも大人になった。本当のことを話すのがつねに最善の道だと、痛い思いをして学んだ——たとえその結果が、巣を攻撃されて怒っているミツバチの大群に刺されるより、さらに苦痛を伴うものであろうとも。

ところが、真実を語るというりっぱな決意にもかかわらず、そのあと〈ワイルド・クローバー〉でパティ・ドワイヤーと会ったときに、口からぽろりと出たのは、「そのタトゥー、すてきね」だった。心のなかで正直の徳を語り、自分の改心ぶりを自慢しておきながら、その舌の根も乾かぬうちに、またうそをついてしまった。

とはいえ、ことお世辞に関しては、白黒あいまいなところがある。ときには、うそも方便。パティのタトゥーほど目立つものに、気づかないふりは通用しない。相手の気持ちを傷つけたくなければ、時折のささいなうそはやむを得ないのではないかしら。

P・P・パティは、ぼやき屋《ピティ・パーティ》パティを縮めたもの（その理由はすぐにわかる）。わが家の隣人にして、地元紙の新米記者。事件記者としては駆けだしかもしれないが、常識の枠には収まりきらない情熱でそれを補っている。たいそうな自信家で、チャーリーズ・エンジェルより一枚上手だとうぬぼれている。

パティの服装はいつも黒ずくめだ。今日は黒のホルターネックに黒い野球帽。文房具店の材料でこしらえたお手製の記者証を首から下げている。ポケットはつねに取材用の電子機器でふくらみ、お尻を実物よりも大きく見せている。

わたしがお世辞を言ったタトゥーは右の二の腕にあった。

〈ワイルド・クローバー〉にいた全員が、パティが自分の体に彫ったものをよく見ようと近づいてきた。

「ヘビかしら？」ミリー・ホプティコートがためつすがめつしたあと、沈黙を破った。ミリーは入口近くの花台を補充するために、庭で摘んだ生花のブーケを携えてやってきたばかりだった。ミリーは献立作りという難題からわたしを救い出してくれるだけでなく、退職後の生活の足しにしようと花を育て、店で売ったブーケの収益をわたしと折半している。「コブラね、きっと」ミリーはふたたびじっくり眺めてから、自信たっぷりにつけ加えた。

パティはあきれたように目を回した。「ちがうってば」と言う。「これはドラゴン。小説のヒロインがしてたんでしょ。ヘビとは似ても似つかないわよ」

「トカゲかと思った」とキャリー・アンが、みんなと同じようにしげしげと見つめながら言った。

「痛かったでしょう」とわたし。

「酔っ払ってたのよね、きっと」とキャリー・アン。アルコール依存症から立ち直りつつある従妹は、それが事実ならいいのにと願っているようだった。他人の飲酒がらみの失敗を聞くことに、よこしまな喜びを見出しているようだ。

「だれも褒めてくれないの？」パティがひときわ恨めしそうな声を出した。「ストーリーだけじゃない、やさしいことを言ってくれるのは。これを彫ってもらうのはそりゃあ大変だったのよ。もう少しで気絶するところだった。せめてあんたたちも気に入ったふりをしてよ」

「よしきた」ちょうど店に入ってきたスタンリーが言った。奥さんを亡くしたやもめで、モレーンでわたし以外に蜂を飼っているのは彼しかいない。「気に入ったよ」

「まったく心がこもってないじゃない」パティがむっとして言った。

「針を突き刺すなんて、わたしには絶対に無理」ミリーがぞっとしたように言った。

「じつは、これは彫ったものじゃないの」とパティが言うと、店じゅうに安堵が広がるのがわかった。こんなものを毎日見せられては、たまったものじゃないので。

「じゃあ気絶とか大げさに言ったのはどうして？」キャリー・アンが一同を代表して訊いた。

「腹いせ」とパティ。

「どうせ、特大の風船ガムなんだろう」とスタンリーが言った。昔、ガムの包み紙の裏に、小さなタトゥーのシールがついていたのだ。

「ヘナで染めたの」とパティが言った。「だからもう忘れて。あたしがこれを見せたことも」

「いやでも目につくわよ」とミリー。「わざわざ見せてもらわなくても、目の前にあるんだから」ミリーはわたしのほうに向き直った。「今晩はルッコラとトマトのサラダでどうかしら。ポップオーバー（小麦粉、卵、塩、牛乳を混ぜて、シューのようにふくらませたパン）にはちみつバターを添えて……」

「奥に行きましょう」と、わたしはさえぎった。ディナーの献立を考えてくれるのはありがたいけど、どうか手遅れではありませんように。「あっちで相談したいから」

でも、後の祭りだった。

「なんの話？」パティが口をとがらせた。「パーティーを企画しているのに、あたしを招待してくれなかったの？」と、わたしをにらみつける。「親友のつもりだったのに」

わたしたちの関係についてのパティのまちがった思いこみも、かなり年季が入ってきた。たしかに友だちは友だちだけど、距離を置きたいというか……疎遠にしている友人というのが近い。あいにく彼女は隣に住んでいるので、お互いの距離が近すぎて、ちっとも落ち着けない。

ミリーが離れていき、ひとりでパティの相手をするはめになったわたしはため息をついた。「ホリーとマックスのパーティーなの」と言いながら、じりじりと玄関ドアに近づいた。「わたしはミリーと協力して、ディナーを準備しているところ」

「でも、あたしも招待してくれるつもりだったのよね？」

「仕事の会合だから」わたしはまたうそをつきながら、日差しのなかに逃げ出した。「お客さんも、この町の人たちじゃないし」

「で、あたしは招待してもらえるの、だめなの？」

「だめ」パティと渡り合うには、ときには毅然とした態度を取らざるを得ない。

パティの顔が泣きそうにゆがんだ。「あたしが新しいネタを仕入れるためにどんなに苦労しているか知ってるわよね。最近は子どものお誕生会を取材しているのよ。情けないったらありゃしない。あんたも探してみたら。こんな町で面白いニュースが見つかるかどうか、あんたも探してみたら」

「このディナーは面白くもなんともないから」

「あたしがひとひねりしたら、トップ記事になるわよ」

それはまんざらうそではない。パティは人間の最悪の面を引き出すコツを知っている。おまけに、近くにいる人間をだれかれなく困った事態に陥れる癖があった。それはたいていの場合、わたしだけど。

「今回はだめ」とわたしは言った。「再考の余地もなし」

パティはふくれっ面をした。「それはそうと、あたしの水筒を知らない？　あんたの事務所になかった？　どこかに置き忘れちゃって」

ベルトに付いたホルスターをちらりと見ると、空っぽだった。

パティの最新兵器は、特別誂《あつら》えのホルスター付き水筒。インターネットで注文したもので、表には「ストーカーにも権利がある」、裏には「あんたを見張っている」という特注の標語が入っている。

まともな頭の持ち主で、ストーカーを擁護するような人がいるかしら。

「ネタや情報源を追っていると、喉がカラカラになるのよ」その水筒が到着したとき、パティは言ったものだ。「こんなふうに装着するの」――ホルスターを腰に巻きつけ、新しい水筒をそこに差しこむと、銃を構えるように両手を宙に浮かせた。――「ほら、手が空くでしょ」

「いいじゃない」と、わたしはそのとき答えた。よくあるお世辞のひとつだが、ドラゴンのタトゥーを褒めたときと同様、どうも後味が悪かった。

「見たおぼえはないけど」あんな水筒なくなったらいいのに、と内心では思いながら。

それからはっと時間に気がついた。マックスとお客さんたちが養蜂場の見学にそろそろやってくる。

「急がなきゃ」とわたし。

「どこに行くの？」パティが後ろから叫んだが、聞こえないふりをした。

それはまちがいだった。なぜなら、パティはわたしをつけてきて、のちに、現われてはいけない場面でひょっこり現われたからだ。

5

マックスからわたしの携帯に遅れるという連絡が入ったが、そのときにはもう店を出て家に向かっていた。そんなわけで、この町の不動産仲介人で、わたしの天敵、ロリ・スパンドルと一戦交える時間の余裕ができた。彼女は隣家の私道に立っていた。ただしパティの家の私道ではなく反対側で、わたしの元夫クレイが別居したあとしばらく住んでいた家のほう。厳密にはクレイがまだその家の持ち主だ。というのは、わたしとの復縁をあきらめて町を離れたのが、住宅バブルのはじけたあとだったから。彼の家はそれ以来ずっと不動産市場で棚ざらしになっている。

「そこで何をやっているの?」とロリに訊いた。まともな買い手を捕まえたのかと期待して。ロリはカボチャのような顔に(丸くて、赤ら顔)、庭の雑草のような——つまり、しぶとくて、はた迷惑な——人柄。この町の町長である夫を裏切っているのは周知の事実だったが、わたしの元夫と寝たことから、わたしもその事実を知ることになった。なにしろ小学校から角突き合わせてきた仲なので、不貞を嗅ぎつかれたことは決して本意ではなかったはずだ。わたしが何を知っているかを考えたら、もっとへりくだった態度を取ってしかるべきなのに。

はっきり言って、この町はわたしたちふたりが共存するには狭すぎる。

「あんたのいまいましいミツバチのせいでこの家が売れないから」とロリ。「貸すしかないのよ」

「また？」

彼女がこのまえ同じことをしたとき、そのつけは恐ろしく高くついた。でも、それはまたべつの話。

「こんどは、身元もしっかりしているから」と、ロリは小ばかにしたように答える。

なんだかやけに自信たっぷりだ。何かよからぬことを企んでいるにちがいない。

はた目には——わたしのようにこの町の住人を知り尽くしていなければ——被害妄想にこりかたまっているように見えるかもしれない。でもわたしは、モレーンの住人ひとりひとりが、いざとなればどんなことをする人間か見当がついている。おまけに商売柄、それぞれの家の事情にもある程度通じていた——そのうちのいくつかは心底ぞっとするようなものだ。これまでに学んだことのひとつは、わたしたちはひとり残らず、鋭利な爪を隠し持っているということ。ふだんはたいていしまわれている。ところが、ひとたび事件が起これば、その爪で相手の目玉をえぐり出そうとすばやく身構える。

ロリのしたり顔は、爪にやすりをかけ必殺の短剣に仕立てあげたという意味だ。

何を企んでいるのか探り出すまえに、車が近づいてきて停止した。タイヤが縁石をこすり、一瞬乗り上げたあと、また道路に戻った。

おばあちゃん。

わたしの大好きな祖母が、愛車のキャデラック・フリートウッドのハンドルを握っていた。少々あぶなっかしいとはいえ、おばあちゃんの運転免許はまだ有効で、だれがなんと言おうと運転をあきらめるつもりはない。

おまけに、町の人たちはみな祖母の車を知っていて、近づいてくるのを見たらよけてくれる。

「まったくもうっ」と、うちの母がぼやきながら後部座席から降りてきた。「ほらね、トム」と話しかける。母さんの彼氏は、おばあちゃんの愛犬ディンキーを抱えて、助手席から出てきたところだった。「言わんこっちゃない。もう運転はやめてもらわないと」

おやまあ、母さんは〝高齢の親をいさめる娘の会〟という新しい組織を立ちあげ、その代表に収まりそうな勢いだ。つぎに町じゅうに陳情書を回覧する。でもだれも署名しないだろう。モレーンの住人たちはうちの祖母のファンだから。

わたしは、そんなにいやだったら、おばあちゃんの車に乗るのはやめたらいいじゃないと、口を酸っぱくして言ってきたけど、母は自分が助手席に乗ることでおばあちゃんを多少なりとも守っているつもりらしい。おばあちゃんが母さんを黙らせようとして、オークの大木に車を突っこむところが目に浮かぶ。でもそんなことは現実には起こりっこない。おばあちゃんは天使のような人で、がみがみと口うるさい娘も寛大な心で受け入れている。

「おはよう」とわたしに声をかけて、おばあちゃんは車の前をぐるりと回ってきた。白髪を小さなおだんごにして、そこに挿したバイカウツギの白い花のようにさわやかだ。

「めずらしいわね」母と祖母が訪ねてきたのが少し意外だった。ふだんなら、いまごろはもう店に出ていて、家にはいない。「どうしたの?」

「あんたには関係ないから」ロリがとげとげしい口調で言った。

「相変わらず威勢のいいこと」おばあちゃんがロリに言う。「でも、うちの孫娘にそんな言い方はないんじゃないの」

「失礼しました」とロリ。

うちの祖母に刃向かうような人間はだれもいない。それが身のためだと知っているから。

「家族写真を撮りましょうよ」とおばあちゃんが言いだした。「ヘレンとトムはストーリーの後ろに立って。それからトム、ストーリーにディンキーを渡して。それでいいわ。ヘレンも入って」

母さんはこれ見よがしの、大きな、苛立ったため息をついたが、言われたとおりにした。ディンキーはもちろん、わたしに会えて喜んだ。おばあちゃんに譲るまえ、しばらくディンキーの里親を務めていたからだ。ディンキーには困った癖がある――人の足におしっこを引っかけたり、下着を噛んで穴だらけにしたり――でも、ハンターから服従訓練を受けている最中で、しばらくは様子見というところ。ディンキーをしつけられる人間といえば、ハンターしかいない。

「あのう」おばあちゃんが写真を撮りおわるとすぐ、ロリがしびれを切らしたように言った。

どうしてさっさと立ち去らず、いつまでもぐずぐずしているのだろう。それにさっきの発言、わたしには関係ないとかなんとか。あれはどういう意味？

「いったいどうしたの？」おばあちゃんが写真をもう一枚、今回はロリのしかめっ面を撮っているあいだに、わたしは訊いた。

「家を見せてもらおうと思ってね」トムがそう言いながら、鋭い目で母をちらりとうかがった。

「家を買うの？」とわたしが訊いた。

「借りるんだ。うちは手狭だから」

それは謙遜というもの。トムは町で骨董店をやっていて、店の裏にあるこぢんまりした家に住んでいる。たしかに大きくはないけど、ひとり住まいには手ごろで……そこそこ、ただし……。

わたしはキッと母を見やった。母は視線を合わせようとしない。

「熱々のおふたりさんは」おばあちゃんがわたしからディンキーを受け取りながら、代わりに答えた。「一緒に住むんだって」

わたしは最初、おばあちゃんがハンターとわたしのことを言っているのかと思って、どきりとした。それから、おばあちゃんの笑顔がもうひと組の恋人たちに向けられていることに気づいた。

おやまあ、そうくるとは思っていなかった。母さんが？　彼氏と？　そんなばかな！

「でも……でも……」と口ごもる。「ずいぶん急な話じゃない」

自分の母親が父親の死後、初めて男の人とおつきあいするという事態に、わたしは遅まきながらようやくなじんできたばかりだった。それなのに、今度はその人と同棲？　しかもうちの隣で？　それはあんまりよ、いくらなんでも早すぎる。

「まあまあ」と、おばあちゃんがわたしをなだめた。「オカタイことは言わないの」

わたしは驚きのあまり、ぽかんと口を開けていたにちがいない。後ろを振り向いて、わが家を、子どものころに両親と暮らしていた実家を、あらためて見やった。かりにもその家の隣でべつの男性と暮らすなんて、どうしたらそんなことが考えられるのだろう。

「貸家ならほかにもあるでしょうに」と母さんに言った。

ロリが口をはさんだ。「あるもんですか。ここだけよ」

よくもそんなうそをぬけぬけと。ロリの悪意のこもった小さな目にうそだと書いてある。

「ほんのしばらくのことだから」と母さんがわたしに言った。「つぎの段階に進むことになったら、もっとちゃんとした家を探すわ」

「賃貸契約は一年でお願いします」とロリが言った。

「最長でも六カ月を考えているんだが」とトム。

「じゃあ、それで」と即答が返ってきた。

わたしはおばあちゃんに向き直った。「そしたら、おばあちゃんがひとりになっちゃうじゃない、ひとりぼっちよ」母さんには、「そんな薄情なことはしないで」

おばあちゃんが言った。「あたしなら大丈夫。それに、ヘレンとあたしは、あんたの父さんが亡くなったときに、とりあえず同居しただけだから。こんなに長くなるなんて思わなかった。母さんも巣立ちをしないとね」

まるで、生まれて初めて外の世界に飛び出すティーンエージャーみたいな言い方だ。

「そんなにあせらないで、まずは自分の家を見つけるのが先決じゃないかしら」わたしは母さんの頭越しに言った。

トムはよくできた男性なので、この話題には立ち入らなかった。ひとことも口をはさまない。トム・ストックはハンサムではない。男前にはほど遠いけど、親切で、思慮深く、大らかで、心配症のうちの母を補うにはもってこいの人柄だ。

「あなたはハンターと暮らしているそうね」と母が痛いところを突いてきた。「人のことをあれこれ言えた義理かしら」

「ほんと？」おばあちゃんの顔がさらに輝いた。そんなことが可能だとして。「あのハンターはいかすものねぇ」

「お母さん！」母さんがおばあちゃんをたしなめる。トムは笑いを押し殺そうとしたが、口もとが引きつっているのが見えた。

「だれから聞いたの？　わたしたちが一緒に住んでいるって」わたしは母を問いつめた。ニュースの伝わる速さときたら。

「みんなよ。あなたのおせっかいな隣人を含めて」

パティは町で一番のおしゃべりだ。

「そろそろよろしいですか?」ロリはだれでもいいから耳を傾けてくれそうな人に向かって声を張りあげた。「あと一時間したら、ストーン・バンクで家の内覧会があるんです。さあ、契約の手続きに取りかかりましょう」それからくるりと背を向け、肩越しに、してやったりという笑みを寄こした。

それを合図に、一行はわたしを二軒の家のはざまに置き去りにして、どやどやと行ってしまった。わたしは信じられないという思いで口をぼんやり開けていた。

母親が父親以外の男と同棲するという穏やかならざる事実になじむだけでも大変なのに、そのうえ、うちの隣の家に住むなんて。

今日はついていないどころじゃない。

まさしく天中殺だ。

6

「こいつはすてきだ」ギル・グリーン――マックスの会社の調香師三人組のなかでただひとりの男性――が言った。

ギルはぜい肉のかたまりで、脂肪がズボンのベルトの上に垂れさがり、あごの下までぶよぶよとつづいている。そのぜい肉を償うかのように、足は爪楊枝みたいにガリガリで、妊娠したコウノトリを思わせた。

マックスの部下たちは変人ぞろいとはいえ、わたしの期待とはちがって、だれひとりポケットに計算尺を突っこんではいなかった。

不格好な体形はさておき、ギルの歯はまばゆいほど白く、歯並びも完璧で、ひと財産つぎこんだことはまちがいない。さらに、結婚指輪の跡を着色ローションでごまかしているが、うまくいかず赤さび色に変色していた。どんな下心があるのかは、知りたくもないけれど。

彼は園芸が趣味だと言って、わたしがミツバチたちのために植えているいろいろな花を興味津々で眺めた。博識ぶりをひけらかし、ひとつひとつの花のラテン名とフランス語の名前を挙げてみせる。鼻持ちならない知ったかぶりだ。

ノヴァ・キャンベルがジョギングスーツのときほどすがすがしく見えないことに、わたしは目ざとく気づいてほくそえんだ。今朝会ったときは、みずみずしいバラ色の肌をしていたのに、いまでは頬のあたりがげっそりして顔色もさえない。

マックス、ギル、ノヴァとわたしはつれだって養蜂場——内輪の呼び方では蜂の園——に向かった。ホリーは家のそばから離れようとせず、巣箱には近寄ろうともしなかった。カミラも車が止まるとすぐに、こちらをちらりとも見ないで反対側に行ってしまった。マックスが言うには、新鮮な空気を吸いたいそうだ。

わたしがきっちり話をつけたあかつきには、酸素ボンベが必要になるだろう。

養蜂場をひととおり案内しながら、カミラがわたしの正体にまだ気づいていない様子ににんまりした。目の前にいるガイドと、さっきあれほどじゃけんに扱った自然保護派の市民がひとつに結びついたときのカミラの顔を見るのが待ち遠しい。なにしろ、こっちにはホームにいるという強みがある。

母さんたち一行は、調香師たちが到着するまえに帰っていた。こちらから持ちかけても、母は家の問題をわたしと話し合おうとしなかった。トムはポーカーフェイスを崩さず、おばあちゃんはわたしが質問しようとするたびに手当たりしだいシャッターを切った。でも、わたしたちのあいだを取り持つ気はないと言う。つまり、母さんからまえもって余計なことはするなと釘を刺されたのだろう。ロリはまぬけなうすら笑いを浮かべていたが、それはいつものこと。

妹には折を見て、母とトムの仲がどうなっているか、ふたりがうちの隣で同居を始める計画を立てていることもあわせて、知らさなくてはならない。でも、とりあえずはお客さんの案内だ。

養蜂場で見物客が一番感心してくれるのは、防護服を着ないで作業をすることだが、採蜜をしている場合でなければ、ちょくちょくそうしている。うちの蜂はわたしとは顔なじみで、巣箱の近くをぶらぶらするのも、巣箱を開けて巣の状態を確認することも、慣れっこになっている。防護服はかさばるうえ、夏場はとても暑い。そもそも彼らの甘露《ネクター》をいただくつもりでなければ、着る必要もない(今朝早くホリーのせいで中断したので、まだ採蜜は終わっていない)。

養蜂家用の厚手の手袋も、たまに刺されるのを防ぐという利点より、不便なことのほうが多い。親指はときどき刺されるけれど、それはたいていわたしが不注意で、自分の仕事に精を出している蜂を誤って押さえつけてしまった場合に限られる。

蜂に刺されないコツは、とにかくゆっくり動き、注意を怠らないこと。

巣箱を開けて女王蜂を捜し出し、見物客にこれがそうですよと見せたあとで、披露するうんちくがいくつかある。

・働き蜂の寿命はたった四週間ほどなのに、女王蜂は三年から四年も生きる。
・生涯に一度だけ子作りのために飛び立ち、そのあいだに十五匹かそれ以上の雄蜂と空中で交尾する。
・小さな女王は受け取った精子をすべて体内にある特殊な袋に貯えておく。結婚は一度で充分なので。
・女王蜂は働き蜂から餌をもらって、毎日五〇〇個から一五〇〇個の卵を産む。
・女王蜂は生まれてくる蜂の性別を決めることができる。
・受精させた卵は雌蜂、すなわち働き蜂になる（手足となって仕えてくれる雌蜂はたくさん必要だ）。
・受精させない卵は雄蜂になる（それにしても、いったいどれだけの雄蜂が必要だろう。一生に一度きりの交尾飛行までのあいだ、彼らはただぶらぶらと無為徒食の生活を送る）。

「それは理想の暮らしだな」ギルは雄蜂の役割が心底うらやましそうだった。「女たちが働いて、かいがいしく世話を焼いてくれるとはね」

「でも、交尾のシーズンが終わったら」と、わたしは参考までにつけ加えた。「巣箱から追い出されて、飢え死にするか凍死するかですけど」

「いまのは取り消し」ギルはあっさり気を変えた。

ちょうどそのとき、カミラが家の横手をぐるっとまわってきた。ぎょろりとした目が一同をさっと見渡し、わたしに目を留めた。

会釈を返す。

彼女がにこりともしなかったのは、まちがいない。でも驚いて口をぽかんと開けたのは、いい気味だった。母さんたちから引っ越しの見込みについて知らされたときの、わたしの反応とそっくりだ。

マックスが紹介しようとしたが、さえぎった。「もうお目にかかっていますから」と、わたしはもったいぶって、というか、思わせぶりに言った。

「こちらが義理のお姉さん?」カミラがマックスに言った。ぶしつけにも——そもそも礼儀をわきまえているかどうか——わたしを指さして。「さっき、この人に因縁をつけられたのよ」

ちょっと、それは言いすぎでしょう。「そちらが絶滅危惧種の野草を摘んでいたから」わたしは言い返した。「その件で、まだ少しお話が残っています」とつけ加えて、じろりとにらんだ。

「あら、おっかない」と花泥棒は言った。「今回は目撃者がいますからね。わたしにかまわないで」

気まずい沈黙が落ちたが、絹を裂くようなホリーの悲鳴で中断された。

「きゃあ、腕に一匹、止まってる」

夫が彼女を救おうと駆けつけ、みごと大役を果たすと、わたしたちのところへ戻ってきた。

「ホリー」マックスの隣にわがもの顔で寄り添ったあと、ノヴァが呼びかけた。「せっかくの楽しみをふいにしてるわよ」それからマックスに向かって、「いつもこんなふうなの?」

「ホリー」わたしは声を張りあげた。「いますぐいらっしゃい」

「すぐ行くわ」とホリー。そんな気はさらさらないくせに。

妹は油断をしている場合じゃない、自分の縄張りをしっかり守らなくては。わたしが妹に成り代わり、姉のよしみで警戒を怠らないようにしよう。それにしても、マックスはノヴァが色目を使っていることに気づいた様子はない。男はどこまでにぶいのやら。

「興味がないなら、家に帰ったら？」ノヴァがホリーに言った。「あなたの家の使用人だけど、目を光らせておく必要があるわよ。きちんとしつけないと」

ずいぶん意地の悪い言い方だ。

「ノヴァ」マックスがたしなめるような口調で言った。

「冗談よ」ノヴァは、むっとした表情のホリーに声をかけ、マックスに媚《こ》びるような笑顔を向けた。「そんなつもりじゃなかったの」

それからふたたび気合いを入れて、マックスにつきまとうという本来の仕事に戻った。わたしの真横にいる彼は、何万匹という小さな昆虫にも動じた様子はなかった。ミツバチが二、三匹、ノヴァにも止まったが、彼女も気にしていないようだった。それともマックスに感心してもらいたいのかも。ひょっとすると自分の毒舌のほうがミツバチの毒針よりもずっと強力だと思っていたりして。

ぶすりと刺してやりなさい、わたしはミツバチの世界にテレパシーを送り、小さな友人たちがそのメッセージを受け取ってくれることを祈った。残念ながら、そううまくはいかなかった。

うちの裏庭は、幅はそれほどでもないが、奥行きがあって――巣箱をたくさん並べるのに都合がよい――オコノモウォク川までつづいている。川下りに出かけていないときは、岸辺にカヤックをつないでいた。夕方のひととき、自然の魅力を堪能し、さわやかで香しい空気を胸いっぱいに吸いこみながらパドルを漕ぐのは、またとない息抜きなのだ。

「あの小屋はなんのため？」マックスがはちみつ小屋を指さして訊いた。わたしはその小さな建物ではちみつを精製し、〈クイーンビー・ハニー〉のブランドで販売している。

「案内するわ」わたしはそちらに向かった。

「ちょっと店をのぞいてくる」ホリーがわたしたちに声をかけた。「あとで落ち合いましょう」そう言い残すと、見学ツアーに引き入れるまもなく、家の脇をまわって姿を消した。危険な女性の扱い方について、妹は夫に輪をかけて血のめぐりが悪い。でも幸い、ノヴァもべつの用事を思いついたようだ。

「なんだか気分が悪くて」はちみつ小屋のドアを開けて、うっとりするような香りが漂ってきたところで、ノヴァがマックスに言った。「外で待ってるから」

そういえば、たしかに顔が赤い。わたしが川岸にあるベンチを示すと、ノヴァはそちらに歩いていった。

「大丈夫？」マックスが後ろから声をかけた。

「すぐよくなるわ」ノヴァは振り向かずに答えた。「ちょっとむかむかするだけだから」

彼女がいなくなると、雰囲気は心もち軽くなった。カミラとわたしはお互いに話しかけず、視線には相変わらず敵意が含まれていたが、その余分な緊張があっても、ノヴァが一行から抜けたことでほっとした。みんなもひと息ついたように思われた（それとも、わたしだけ？）。ふだん使っている道具類を見せ、はちみつ製品をいくつか味見してもらった。そのなかにはつい最近試作したばかりの、ばらの花びらを入れたはちみつもあった。結果は上々。スコーンにとてもよく合う。

はちみつ小屋にはせいぜい十五分しかいなかったが、外に出ると、ノヴァの姿が見当たらない。

「車で待ってるんじゃないかな」とギルが言って、私道に向かった。「ちょっと見てくるよ」

マックスは感謝の笑みをわたしに向けた。「世話になったね。うちの連中にすばらしい養蜂場を見せてくれてありがとう」

「どういたしまして」わたしは心からそう言った。ノヴァがマックスにつきまとい、わたしとカミラがもめたにもかかわらず、それは偽らざる気持ちだった。人さまに仕事ぶりをお目にかけ、それを褒めてもらうのは嬉しい。

「ノヴァは車にいなかった」ギルが戻ってきて言った。

「カヤックは岸にあるから、川には出ていないし」わたしはそう言いながら、川のほうに歩いていった。川岸を上流か下流に向かって散策しているのかもしれないと思って。

結果的に、その考えは当たっていなくもなかった。

ノヴァは川面にはいなかった。

川のなかにいたのだ。

両腕を広げ、顔を下に向けて、浅瀬で沈んでいたのだ。

彼女に駆け寄りながら、パティ・ドワイヤーの敷地の側で人影がさっとかすめるのを見たような気がした。

あらためて目をやると、何もなかった。

ノヴァがまだ沈んでいるほかは。

マックスとギルがすぐあとから川に入り、わたしに追いついた。カミラとわたしは脇に寄って、彼らがノヴァを岸に引きあげているあいだに、携帯で九一一に連絡した。

心肺機能蘇生術は功を奏さなかった。全員が彼女を助けることはできないとわかってからも、男性ふたりはずいぶん長いあいだ続けていた。最初は一分間に百回のリズムで、望みがないとわかってからは、もう少しゆっくりと。どちらにしても変わりはなく、ノヴァは彼らの努力に応えてくれなかった。

蜂に刺されたらいいのに、などと思ったせいで、わたしは罪の意識を感じた。

ノヴァ・キャンベルは死んでしまった。

7

わたしたちはノヴァのまわりに寄り集まった。いまにもまぶたがぴくぴく震え、起きあがるのではないかというように茫然と見つめる。さっき連絡した救急車の到着を待ちながら、マックスとギルは交替で心臓マッサージをつづけた。せいぜい五分くらいだったと思うが、サイレンの音が聞こえたときには五時間も待ったように感じた。ぼんやりした頭で、ハンターにも電話して彼の新居の庭で死者が出たことを知らせておくべきだったかもしれないと思いついたが、まだこれが現実のこととは信じられなかった。

カミラとわたしはもうにらみ合いをやめていた。もっと大変な事件がもちあがったからだ。そうこうするうちにパティ・ドワイヤーが現われた。黒いスエットパンツの膝から下がぐっしょり濡れ、黒いスニーカーも水をたっぷり含んで、歩くとビチャビチャ音を立てることに気づいたが、その情報はすぐに脇に押しやり、あとで考えることにした。

「六十センチの深さで溺れるかしら」とカミラが疑問を投げかけた。

言われてみれば、たしかにそうだ。

「自殺じゃないの？」とパティが言いだした。「ふさぎこんでいなかった？」

みな肩をすくめたものの、その可能性が高いとは思えなかった。同僚たちがはちみつ小屋にいるあいだに、自殺なんてするかしら。人好きはしなかったけど、ノヴァには落ちこんだり、精神的に不安定な様子は見えなかったので、その説には納得しかねた。

マックスにはべつの考えがあり、そちらはまだしもありそうに思われた。

「脳に動脈瘤があってそれが破裂し、川に落ちたのかもしれない」

全員がその場面を思い浮かべた。

サイレンの音が大きくなり、家の正面で止まった。

「あるいは心臓発作かも」とギルがつけ加えた。「ああいう健康オタクにかぎって、ころっと死ぬんだよ」

ちょうどそこへサリー・メイラー巡査がパトカーを私道に止めて、車から降りてきた。サリーは優秀な警官で、うちの店のなじみ客。一瞬、警察長のジョニー・ジェイが彼女のすぐあとからやってくるような気がしたが、休暇のことを思い出した。やれやれ、ありがたい。彼なら今回の出来事を口実に、わたしを八つ裂きにしかねない。この状況はどう見てもわたしのせいじゃないけど、そんなことはおかまいなし。鼻毛が数えられるほど顔を寄せて、わたしをねめつけるだろう。

「みなさん、下がってください」とサリーが呼びかけ、わたしたちは道を空けた。

救急車がすぐあとから到着した。あとは救急隊員にまかせて、わたしたちは家のそばまで引きあげ、事態の進行を重苦しい気分で黙りこくって見守った。

警官が家の正面側にテープを張り、野次馬を立ち入らせないようにした。

検死官のジャクソン・デイヴィスが白いヴァンに乗ってやってきた。わたしとは親しいので、救急隊員のほうに向かいながら、こちらを見てうなずいた。

まもなく、ストレッチャーと空っぽの遺体収納袋がすぐそばを通って川に近づいていくのを見送った。数分後、こちらに戻ってきた収納袋は、今度は空ではなかった。胃のあたりがむかむかした。悪い夢でも見ているようだ。

サリーが供述を取りにこちらへやってきたが、まずわたしを脇に呼んで、声をひそめてたずねた。「マックスと一緒にいる人たちはだれ?」

「彼の家に泊まっているお客さん」わたしは養蜂場見学について説明した。話すことはたいしてなかった。

「膝ぐらいの深さで溺れたみたいね」サリーは首を振った。わたしたちと同じようにとまどっている。「検死がすんだら、いろいろわかるでしょう」

「どれくらいかかりそう?」

「さっそく取りかかるそうよ。大まかな報告書はすぐに手に入る」

「重い持病があって、たまたまその発作が川辺で起きたんじゃないかしら。そのせいで川に落ちて、溺れてしまった」

「検死で何もかもはっきりするわ」サリーは気楽にそう言うと、ほかの警官たちに交じって仕事を始めた。

もしノヴァが大声で助けを求めていたら。もし全員で小屋に入っていなければ。もし、もし……。

せめてものなぐさめは、事故が起こったときに、母が目と鼻の先にいなかったことだ。うちの母は最悪のタイミングで、つまり、わたしが何か問題を起こしたように見えるときをねらって姿を現わすという癖がある。だから、とりあえず蚊帳《かや》の外に置くことができてほっとした。どうせすぐに耳に入るだろうけど。

それにこの一件では、ホリーも関係者のひとりになるだろうから、攻撃もお手柔らかになるかもしれない。だがそのとき、妹が現場に居合わせなかったことにはたと気づいた。例によって、まんまと逃れたのだった。わたしひとりを窮地に残して。

8

〈ワイルド・クローバー〉に着くと、奥の事務室でホリーがマックスとの電話を終わろうとしていた。受話器を置く。

「気の毒にね」と妹は言った。その言葉に偽りはなさそうだった。「そりゃあ、ノヴァのことはあまりよく思ってなかったけど——夫に色目を使って、下心が見え見えじゃない。でも、こんなことになるなんて」

「たしかにね」

「マックスのことは信じてる。正直と信頼が、わたしたち夫婦のモットーなの。出張がちだから、よけいに。それでも、ノヴァのことは気がかりだった」

「まあ、すんだことだし」わたしも間近で見る人の死に動揺していた。ついさっきまでぴんぴんしていた人間が、これほどあっけなく死んでしまうとは。とはいえ、ノヴァのことはほとんど知らないし、これまでに目にしたわずかな事実から彼女を好きになるのは難しかった。

「どこかよそでだったらよかったのに」とホリー。「べつの機会に、ずっと遠い場所で」

「同感。マックスはさぞショックでしょうね」

妹はうなずいた。「あとのふたりを遅いランチに連れ出すそうよ。わたしはここで姉さんと一緒にいなさいって」

「おばあちゃんがお昼を用意してくれるんじゃなかったの」

「ちょっとした行きちがいがあって。おばあちゃんは母さんがキャセロールをオーヴンから出したと思い、母さんはおばあちゃんが出したと思いこんでいた。留守中に黒焦げというわけ」

「あのふたりはお笑いコンビみたいね」わたしは深いため息をついた。今日のさまざまな出来事のせいで気が滅入っていた。「母さんはトムと同居するんだって」と妹に知らせた。「信じられる？」

「あらそう」とホリーはけろりとしている。「よかったじゃない」

「家族のなかで反対してるのはわたしだけ？」

「母さんには母さんの人生があるんだから。そこは割り切らないと」

「それも心理分析？」

ホリーは肩をすくめた。「姉さんはわかりやすいから。父さんが亡くなってもう六年たつけど、まだその悲しみが癒えない。だから父さんはまだ生きているって、心のどこかで思ってるの。母さんがほかの人とつきあっているのを見ると、父さんの死が現実のものになってしまう」

「でも、ふたりでうちの隣に引っ越してくるのよ。ロリにそそのかされて、いまにも契約しそうなの。今朝は下見にきた。もしかしたら、もう隣人なのかも」

「それはさすがに」とホリーも同意した。「まいるわね」

「いつもあんなにご近所の目を気にしてきたのに。どういう風の吹きまわし？」

「まあ、今回はかまわないんでしょう。だってご近所は姉さんだけだから」

「ずいぶん勝手ね。そう思わない？」

「そのうち慣れるわよ」

わたしは話題を変えて、今晩の夕食のことを相談した。

「こんなときに料理のことなんか考えられる？」と、ホリーはため息をついた。「あんなことがあったあとで、食べる気になるかしら」

「わかってないのね」とわたし。「お葬式のあとでご馳走が出るのはどうしてだと思う」それは紛れもない事実だ。親しい人を失った悲しみを多少なりとも和らげるのに、ご馳走に勝るものはない。「今晩はいわばお通夜よ。みんなでいろいろ話をして気持ちをすっかり吐き出すことが必要なの」

「なるほど」

「テイクアウトを利用するならそれでもいいけど」

ホリーは顔をしかめた。

「こういうのはどう？　マックスはバーベキューが好きだから」とわたしは言った。「彼にステーキを焼いてもらいましょう。ミリーが庭で採れた野菜でおいしいサラダを作ってくれるそうよ、それにポップオーバーも」

妹はわたしをちらりと見て、眉をひそめた。「マックスが主菜をこしらえて、ミリーが副菜を用意するとしたら、姉さんは？　食事の手配を引き受けてくれたんじゃなかったの」

「ちゃんとやってるじゃない。わたしは仕切り役。あなたも試してみたら。得意な人にまかせると、そりゃあうまくいくから」ふと、ホリーはすでに実践していることに気がついた――わたしに何もかも丸投げしている。

そのときだれかが裏口をノックした。どうぞと声を張りあげると、サリー・メイラー巡査が入ってきた。浮かぬ表情だ。「ストーリー、ホリー、ここにいたのね。ふたりにあと二、三訊きたいことがあるの。すわってもいいかしら」とドアを閉めた。

「どうぞ」わたしは立ちあがって、予備のパイプ椅子を出した。「でも、まえに話したとおりで、つけ加えるようなことは何もないけど」

「そうかもしれない。でも、ホリーにはいくつか確認させて」サリーは腰を下ろし、妹に注意を向けた。「故人のことはよく知っていた？」

ホリーはその質問に驚いたようだった。「いいえ、まったく。夫の部下だけど、会ったのは昨夜が初めて」

「で、あなたたちふたりはうまが合った？」

ホリーは少しためらってから、「まあ、そうね」と言葉をにごした。

「ちょっと待って」わたしの声は思ったよりも大きかった。「まるで質問攻めじゃない。

ホリーがご主人の部下のひとりと仲がよかったかどうかなんて、どうして気にするの？」

「これはいつもの手順なの」

事故の場合には、そんな手順などないはずだ。警察は……殺人を疑っているの？

ホリーの携帯が鳴った。「ちょっと失礼。すぐに戻ってくる」と言って、部屋を出た。わたしとサリーはふたりきりになった。

「どういうことか、説明してほしいんだけど」とわたしは言った。「だめなら、自分でジャクソン・デイヴィスに電話する」検死官とわたしは親しい友人だ。過去にくわしい情報を教えてもらったことがあり、今回も期待していた。

サリーはわたしをにらみつけた。

どちらもあえて口にしなかったが、わたしは警察内部につてのある刑事と一緒に暮らしている。ハンターとジャクソンがいれば、事実はあっというまにわかるだろう。

「だれにも言わないから」わたしは約束した。

「念には念を入れているだけ」サリーは相変わらずはぐらかした。「あらゆる方向から。ノヴァ・キャンベルについて、あなたはどう思った？」

「とくに何も」と、ささいなうそをついた。「今日会ったばかりだし。あなたこそこの件をどう見てるの？」

「検死官が疑いを持っている、言えるのはそれだけ。証拠品を集めて検査に回すことになる」

「溺死じゃないとしたら、なんなの？」

「それはちょっと」

「じゃあ、溺死じゃなかったのね？　心臓の持病は？」わたしはたたみかけた。「動脈瘤の破裂はどう？」

「妹さんにあと二つ、三つ確認しないと。あなたも自分の供述につけ加えることを思いついたら、どんな細かいことでも連絡して」

まったく、今日のサリーはずいぶん手ごわい。買い物のときは値引きしてあげているのに。サリーは立ちあがり、ホリーを探しにいこうとした。「この件は警察長に指揮を執ってもらわないと。呼び戻そうとしたけど、もうつかまらなかった。そもそもバウンダリー・ウォーターズを選んだのはそのためだけど。休暇のあいだ連絡がつかないように。よりにもよってこんなときに」

「残念ね」とうそをついた。わたしに言わせれば、サリーはまちがっている。願ってもないタイミングだ。

「警察長がつかまるまで、ウォーキショーの保安官事務所に支援を求めたの。捜査に協力してくれるそうよ」

ふいに胸騒ぎがした。「事件を担当するのはだれ？」と訊く。

「ハンター・ウォレスじゃないわ。それを心配しているなら」と、わたしの心を読んだように、サリーが言った。「でもハンターはあなたを探してた。ご機嫌ななめだったわよ」

やれやれ。甘い日々もこれで終わりか。

9

「いったいどういうことなんだ？」とハンターが電話で説明を求めた。その口調はジョニー・ジェイとそっくり。わたしのせいだと言わんばかりだ。

「あの人が急に倒れて死んだのよ。わたしたちがはちみつ小屋にいるあいだに」

「まずぼくに一報してくれてもよかったんじゃないかな」

「頭がこんがらがっていたから」

「頼むから、彼女に食事を出したなんて言わないでくれよ」

それこそ大きなお世話だ。「どういう意味？　まるで、わたしの料理のせいみたいじゃない」

「彼女に何か出したのか、それとも出さなかったのか？」

「これから答えるところ」わたしは頭にきていたので、ハンターの言葉の裏の意味をあやうく聞き洩らすところだった。「ちょっと待って。それはつまり、ノヴァが毒を盛られたってこと？」

「わからない。その可能性もある、と検死官が言ってるんだが、それはここだけの話にしてくれ。いいね」そこでひと息つき、「『わかった、ハンター、約束する』は？」

「はいはい、約束します」

「じゃあ、ノヴァ・キャンベルは何か口にした？」

わたしが朝食を届けたことを話してもよかったが、そもそも彼女が食べたかどうかわからないし、ハンターの態度にも気を悪くしていたので、「それにしても失礼よね。まったく。あなたもわたしの手料理を食べてるのよ。ひょっとして、もう死んでるの？」と言い返した。

ハンターは刑事のしゃべり方と態度を崩さず、それがカチンときた。「だれか怪しい動きをした者は？」と彼は質問した。

怪しい動きを見せたのはノヴァ本人だけ、と言いたいところだけど、そういう意味ではなさそうだ。

「殺人と決まったわけじゃないでしょう」とわたしは言った。「健康オタクだったから、ユーエル・ギボンズ（一九六〇年代に活躍した自然食提唱者）のまねをして、そのへんで見つけたものを食べたとか。ギボンズはマツの木が食用になると言って、それを証明するために、実際にマツの木の皮をかじってみせたそうよ」

ハンターはひどい頭痛がするかのようにため息をついた。

「殺人の可能性は、警察がさらに情報を収集し、そうでないと判断するまでは除外できない。それは捜査の原則なんだ。これからホリーの家に行って、協力を申し出ようと思っている。ちょうどいま鑑識チームが家じゅうくまなく調べている最中だ。それが終わるまではだれもなかに入れない」

「ホリーとお客さんたちはどこに行けばいい?」

「それは彼らが決めることだ。こっちにはこっちの問題がある」

「警察はホリーの家で何を捜しているの？　ノヴァが死んだのはあそこじゃないけど」

「ホリーの家が終わったら、川岸をしらみつぶしに捜索するさ」彼はわたしの質問を巧みにかわした。「これだけ歩きまわったあとでは何も出てこないんじゃないかな。サリーはもっと慎重にことを進めるべきだった。自然死だと思いこんで、対策を講じなかった。さっきも言ったように、ぼくはぼくで厄介な問題を抱えているし」

「厄介な問題って？」こちらの声もとげとげしくなる。死体発見のごたごたに対処してきたのは、このわたしなのに。

「事件はうちの庭で起こった」と彼は言った。「つまり、ぼくには私的な関わりがある。捜査の指揮を執るべきなんだが、自宅が現場とあってはそうもいかない」

「だからこの事件から手を引いたの？」警察についてはよく知らないが、たしか弁護士は利害の衝突がある場合には引き受けない。それぐらいは知っている。

「やむを得ず。おまけに、その理由も警部に報告せざるを得なかった。これははなはだしい利害の衝突だから」わたしは彼の少しやましそうな様子に気がついた。まだ伏せていることがあるのだとぴんときた。「それで？」

「警部は、ぼくが……いや……ぼくたちが……一緒に住んでいることを、これまで知らなかったんだ」

「それで、気を変えて報告したわけね」わたしの声に怒りがまじっている。「やむを得ず」

ハンターの上司には一度会ったことがあった。見るからに威厳のあるこわもての女性だ。それにしても……わたしはもはや怒りを通りこし、ハンターがわたしと本気でつきあう気があるのかどうかを考えていた。

「隠してたのね」と言った。「ペットお断わりのアパートで犬を飼っているみたいに」

ハンターに答えてもらうまでもない。わたしは穴埋め問題が得意だから。彼はうまくいかない場合にそなえて、同居の件は公表しないつもりでいたのだろう。もしだめなら、裏口からこっそり出ていけば、だれにも知られずにすむ。わたしはすっかり頭にきて、離婚の痛手によるひがんだ考え方をした。

「それはちがう」とハンターは反論した。「プライベートと仕事を混同したくないだけだ、他意はない。まあ、これまでだれにも話したことがないのは事実だけど。ストーリー、ぼくもまだ勝手がわからないんだ。悪かったよ。きみを失望させたなら謝る」

わたしはふんと鼻を鳴らした。

ハンターはふたたびため息をついた。「八方丸く収めるには、ジョニー・ジェイを見つけて呼び戻し、自分の仕事をやってもらうことだ。だがバウンダリー・ウォーターズまで彼を運んだヘリコプターが文明社会に戻ってくるまでは、彼の居場所もわからない」

わたしは恋人を取り戻したかった。胸がときめく笑顔ときらきらした目でわたしを見つめてくれたかつての彼氏を。いまのハンターはちっとも好きになれない。一瞬、みずからバウンダリー・ウォーターズに乗りこんで、警察長を引きずり戻そうかとも考えた。たとえそのせいで、窮地に陥ったとしてもやむを得ない。ジョニー・ジェイの人柄を知っていれば、大いにありうることだ。わたしが故人の近くにいたというだけで、疑いの目で見るだろう。しかも今回の件はまさにうちの裏庭で起こった。手錠と留置場が待っている。あの男が町の警察長になった日を呪った。それからというもの、ずっと攻撃の的にされている。

わたしは警察長にテレパシーを送った。空高く放ち、うまく届くように念じる。
ジョニー、さっさと帰っていらっしゃい！

10

「ルッコラに、トマト……」ミリーが献立に必要な買い物リストをチェックしている。この件にはもううんざりしていたが、考えてみれば、まだ始まったばかりなのだ。「赤タマネギ……」ミリーは買い物かごを腕にかけて、材料をつぎつぎと入れている。「ディジョン・マスタード……」

「ルッコラはうちの庭にあるから」とわたし。「すぐに採ってくる」

「急がなくていいわ。ホリーの家にくるときに持ってきて」

ミリーが四番通路に曲がると、わたしは骨付きのリブロース肉を、頭のなかで何枚必要か数えながら選び、余分にもう少し買い足した。そうしておけば思いがけないお客さんがきたり、マックスがステーキを焦がしてしまってもあわてなくてすむ。余分に買っておくほうがいい理由はいくらでもあった。とりわけお金持ちの妹が代金を払ってくれる場合は。

ホリーはデザートを自分で用意することに決め、といっても、冷凍食品コーナーにある地元産チーズケーキのどれにするかということだけど、いま思案していた。七種の味がそろっているので、よりどりみどりだ。

ちょうどそのとき、パティ・ドワイヤーが後ろからそっと忍び寄ってきて――パティの悪い癖――「あんたはどうも疫病神みたいね」と言った。

「いやだ、そんな言い方しないでよ」

「うちの不動産価格はがた落ち」

「その手の話はロリの専売特許よ。耳にたこができるくらい聞かされてる」わたしは、ノヴァが死んだときパティの服が濡れていたことについて訊いてみようと口を開きかけたが、いまはそれどころではないと思い直した。パティはあとまわしだ。

ステーキ肉を選り分け、ジャガイモはどれにしようか迷った。レッドポテト、それともフィンガーポテトがいいかしら？　けっきょくレッドポテトに落ち着いた。

パティは今夜のイベントにつながる手がかりを見逃さなかった。わたしのあとにくっついて青果売り場をめぐりながら、「例の〝大〟晩餐会の準備をしてるのね、あたしはお招きを受けていないけど」と言いながら、人差し指と中指を立てて引用符をこしらえた。

「ご名答」

「あんたはほんとに友だちがいのない人間ね」

「よく言うわよ」

わたしたちの視線がからみ合った。「それはいったいどういう意味？」パティが険しい目つきでたずねる。

「悪いけど、いまほんとうに忙しいの」

「だめ、そうはいかないわよ」ぼやき屋パティの顔がゆがみ、いまにもべそをかきそうになった。

わたしは自分の口の軽さを悔やんだ。いまさら言い逃れはできない。そこで、ノヴァを川から引きあげてからずっと心にかかっていたことを口にした。

「あなたが川岸に駆けつけてきたとき、ズボンと靴がびしょ濡れだった」とわたしは指摘した。「どういうことか説明して」

「わたしが押さえつけて、川に沈めたんじゃないわよ、もしそういう意味なら」

パティはしたり顔で答えた。まるで何かを知っていて、ほくそえんでいるような表情だ。しかも何かを隠している。それはまちがいない。

買い物かごをジャガイモの棚の隣に置いてパティの腕をつかむと、人目のない事務室へ引っぱっていった。

「あれは溺死じゃない」とパティが言った。「それに、あたしたちふたりともそれを知っている」

わたしは自分が知っていることをだれかに話したくてたまらなかった。妹は関わりが深すぎるし、それを聞いたら震えあがってしまうだろう。かといって、パティは町のゴシップ屋のうえ、熱心すぎるほど熱心な新聞記者だ。しかも、もし評決が第一級殺人なら、死体発見時の不審な動きからみて、容疑者リストのトップにくる。それでも、パティの犯行という線はまずないと、わたしはにらんでいた。そもそも動機がない。おまけに、パティは見るからにやる気満々だった。もしノヴァを殺した犯人なら、いまごろどこかに身を潜めているはずだ。もともと裏でこそこそ動きまわるのが得意だし、性に合っている。

「これから死因について話すことは何もかも」と、まえもって口止めした。「他言無用だから。ホリーにはぜったい知られちゃだめよ」

「安心して。あたしはいまや記者ですからね。情報の秘匿は心得てる」

「でも、いずれは公表するんでしょう？　それが仕事だから。世間に秘密をばらすことが」

「そもそも」と、パティはわたしの話が耳に入らなかったかのようにつづけた。「本当は何があったのか、もう知ってるのよ。あなたから教えてもらうまでもない。ノヴァ・キャンベルは毒を盛られた」

なんと。わたしはまじまじとパティを見つめた。「だれに聞いたの？」怪しんでいるのを気取られないよう、驚いた顔をしてみせる。

「だれにも。あたしの勘」

「ただの勘じゃすまないわ。ほかのみんなより早く、検死官さえさしおいて、どうやってその結論を導き出したのか説明して」

「ジャクソンもノヴァをひと目見てわかったはずよ。溺死の表情をしていなかったから」

「それはつまり……？」

パティはしまりのない、穏やかな表情をこしらえた。ぽかんと開いた口といい、うつろなまなざしといい、もう何度目になるのやら、わたしはパティの正気を疑った。

「これが溺死の表情」とパティ。「こっちが中毒死」

今度は思いきり顔をしかめ、舌を突き出し、目玉をひんむいて見せる。

たしかに、二番目の表情はノヴァの死に顔とよく似ていた。

「ノヴァを殺した毒はなに？」パティは造作をもとに戻すと、質問した。「ストリキニーネ？青酸カリ？　強力な毒物はいくらでもあるから」

「殺人とは限らないわよ」とわたしは指摘した。「誤って何かを食べて……」

「……食中毒を起こした？」とパティがつづきを言った。どことなく皮肉な口調は、その可能性をこれっぽっちも信じていないことを示している。

「キノコは？　毒キノコを採って食べたとか」わたしは食中毒を起こす可能性のある植物――この地域に自生するキノコや野草――をひととおり頭に思い浮かべた。

・小さくて茶色いキノコ――茶色のキノコはどれも毒だと思っておいたほうがいい。みんな同じように見えるから。
・スズラン――花を活けたコップの水を飲んでも中毒を起こす。
・ツツジ――明日を迎えたければ、この花をハーブティーにしないこと。
・イチイの木――アメリカ産、日本産を問わず、葉を煎じて飲んではいけない。
・ルバーブ――茎がおいしい野菜だが、葉には毒が含まれ、命を落とす場合もある。

「たしかに口に入れると危険なものはいろいろあるわね」とパティもうなずいた。「アンモニア、衣類の防虫剤、灯油、虫よけ」

わたしはあっけにとられて一瞬パティを見つめ、それから気を取り直して言った。

「まあね。でも、わたしが考えているのは、毒だと知らず誤って食べてしまったケースよ。あなたがいま挙げたようなものを、わざわざ食べる人がいる？　苦しみぬいて自殺したいならべつだけど。それに、殺人の手段としてもいまひとつ。だれかの食事に防虫剤を気づかれずに混ぜることができる？　無理でしょう」

「なるほど。でも覚醒剤を投与された可能性もあるわよ。幻覚の症状が現われて、自分は魚だと思いこんだのかもしれない」

「そろそろ仕事に戻らないと」このやりとりがますますばからしくなってきたので、青果売り場に戻ってジャガイモを選ぼうとした。

「あたしにも手伝わせて」とパティ。

「ミリーとわたしで今晩の夕食は大丈夫だから。でも、親切にありがとう」

「料理じゃないわよ、ばかね。捜査のほう」

「わたしは捜査なんかしてないから。その理由は長くなるから省くけど」わたしたちが過去に何度もピンチに陥ったことはパティも承知のはずだし、あんな目にあうのは二度とごめんだ。「明日が終われば」とパティに言った。「ふだんの仕事に戻るから。それまでのあいだは、あまり深入りしないようにする」

「でも事件はあんたの裏庭で起こったのよ」

「関係ないわよ」

「おやおや。彼氏にそう言われたんだ」

「ハンターの指図は受けない」

「じゃあ、そういうことにしておきましょう」パティの目がらんらんと輝いている。「彼の言いなりじゃないことの証しに、あたしを関係者に紹介してよ。ホリーのご主人に、地元紙の記者が夕食の取材を希望していると伝えて。それはうそでもなんでもないし、あんたがいいと言うまでは死体のことはひとことも書かないから」

「新聞社はディナー・パーティーなんかに興味はないでしょう」

「まさか。容疑者が一堂に会するっていうのに」

最後のひとことは口がすべったらしい。パティがさっと視線をそらせたから。ゆめゆめ油断は禁物だ。

「わたしとハンターの関係について、あなたに申し開きをする義理はひとつもないわ」と切り返した。「それどころか、ノヴァが川に落ちたとき居合わせたのはどうしてか、そっちこそ説明する必要がありそうね」

「べつになんでもないわよ。それより、あたしを招待してよ」

押しの強さにたじたじとなる。わたしの頭はめまぐるしいスピードで回転していた。レーダーはまた殺人事件に巻きこまれるぞと警告し、脳みそはパティに異議を唱えている。直感は文字どおり警報を鳴りひびかせていた。パティは何かを企んでいる。でもいったい何を？

どうしてパティを招待できないか、当たりさわりのない言い訳を必死で考えているあいだに、ホリーがチーズケーキを持って事務室にやってきた。

「ノヴァの身にほんとうは何が起こったのか、気になってしかたないの」と、声をひそめてわたしたちに言った。「病気でなかったとしたら？　不審な点があるとしたら？」

わたしは横目でパティを見た。毒物のことは黙っておくようにという合図だ。ノヴァが中毒死だと考えたところで、妹の気分はよくならない、おそらくいっそう悪くなるだろう。そのうちノイローゼになってしまう。

わたしの合図はパティに通じた。ありがたいことに、妹には気づかれなかった。

「深さが六十センチのところで溺れるなんておかしいと思わない？」とホリーはつづけた。「だれかが押さえつけて水中に沈めたとしたら？　サリー・メイラーがわたしに妙な質問をするのよ」そこで、はっと大げさに息をのんだ。「じつは彼女は殺されて、わたしがその容疑者ってこと？　そういえば、わたしはみんなと一緒にはちみつ小屋にはいなかった。ますます怪しいじゃない。ＯＭＧ（いやだ）、気絶しそう」

「すわったほうがいいわ」わたしはチーズケーキを妹から受け取って、机に載せた。

「警察に質問されたのね？」パティは特ダネを嗅ぎつけた。手帳を取り出し、新しいページをめくる。「くわしく話して」

サリー・メイラー巡査が追加の質問をするためにホリーを探しに行ってから、わたしはずっと忙しかったので、妹がひとりのときをつかまえて、サリーとどんなやりとりをしたのかまだ聞いていなかった。いまやパティがちゃっかり同席して、メモを取ろうと手ぐすね引いている。

わたしはその手帳を取りあげた。「この会話は全部オフレコだから」と言い渡した。「メモはなし。この場でも、あとからでも。それがいやなら、席をはずすのね」

わたしたちはふたたびにらみ合った。わたしが勝った。パティがうなずく。

「わたしはきっと容疑者リストの一番上にいるのよ」と妹は言った。「サリーから、ノヴァと親しかったかどうか訊かれた。それって、まずいわよね」

「ばか言わないで」とたしなめる。「あなたの本心を知っている人なんて、いやしないわよ」わたしをのぞいて。いまではパティものぞいて、ということになる。このままではまずいので、つけ足した。「そもそも、彼女を嫌ってたわけじゃなし。これまでろくに会ったこともないんだから」

「そのとおりよ」ホリーの表情が目に見えて和らいだ。「そうか、サリーは全員に同じ質問をしたんだ」

「わたしも同じことを訊かれた」と言うと、妹はさらに肩の力を抜いた。「サリーはあなたを探していたけど。もう会った?」

ホリーはうなずいた。「午前中のことを根ほり葉ほり訊かれた。どうしてわたしが養蜂場の見学に最後までつき合わなかったのかも。ね、本物の殺人事件の捜査みたいでしょう」

「警察はノヴァの死因について、あれこれ推測しているだけよ。なんの証拠もつかんでいない。それはお互いさまだけど。あなたが、わたしたちの知らないことを何か聞いていなければ」

「いいえ」ホリーは鼻を鳴らした。「いま言ったので全部よ」

「じゃあ心配することは何もないわ」とわたしが言ったとき、ホリーの携帯電話が鳴った。妹は電話に出て、耳を傾けていたが、きれいな小麦色に焼いた肌が目に見えて青ざめた。電話を切ると、わたしがハンターからすでに聞いていたことを告げた。「マックスからだった」と言った。「警察がうちにいるって。家宅捜索ですって」下唇が震えている。

パティがホリーに声をかけた。めそめそした愚痴っぽい声ではなく、力強く、頼りがいのある口調で。新しい仕事は彼女をめざましく成長させた。「あたしが力になる」と言ったのだ。「記者証もあることだし」

「それが何かの役に立つの?」ホリーは、パティの首からぶら下がっているお手製の記者証をちらりと見た。

「一般市民より自由が利くのよ。ノヴァ・キャンベルが殺されたのかどうか心配なら、ディナーの取材がてら、お客さんたちのあいだをまわってあれこれ質問するわ。みんなあたしには話をしてくれるでしょう。新聞に自分の発言が載るのは嬉しいものだから。ひとりひとりに被害者の死亡時刻にどこにいたか、彼女が死んでいるとわかってどう感じたか訊いてみる。殺人と決まれば、もう一歩進んで、だれの犯行か探りましょう」

「みんなの居場所なら、わたしが知ってるけど」と口をはさんだ。スパイ活動に関しては、パティはずいぶん血のめぐりが悪いと思いながら。「全員うちの裏庭にいたから。それと、検死官が結論を出すまでは先走らないでよ。オフレコの意味は知っているんでしょうね」

「彼女がそこで死んだからといって、必ずしも……」パティは、ホリーがすっかりまいっているから毒殺の可能性は伏せておくという、わたしたちの取り決めを思い出した。

「ノヴァに持病があったことを切に願うわ」とホリーがパティに言った。「まだ大騒ぎするのはやめましょう。事実でないことはひとことも書かないでよ」

「じゃあ事実を教えてよ。そうすれば、あんたの容疑もすっかり晴れるかもしれない」

「それはいい考えね」ホリーは気のない返事をした。

「チーズケーキはどれにしたの？」わたしは話題を変えようとしてホリーに訊いた。

「一切れずつちがうものにした――ニューヨーク、チョコレートキャラメル、ペカン、チョコレート・アマレット、ブラック・フォレスト・チェリー」

そのとき、まえにホリーからおもてなしの手伝いを頼まれたときに聞いたことを思い出した。ノヴァのニンジンジュースのほかに、たしかもうひとり、食事制限のある人がいたような。

「食事のメモをおぼえてる？」とわたしは言った。「チーズケーキを食べられない人がいるはずよ。牛乳アレルギーで」

ホリーはため息をついた。「ありがとう。うっかりしてた。カミラがそうよ」

パティがしめしめとほくそえみ、べつの角度から攻めてきた。「あたしも招待してよ」とホリーにもちかける。「牛乳の入っていないデザートを持参するわ。給仕もまかせて。あんたは指一本動かさなくていいから」

「ぜひお願い」と、おめでたい妹は頼んだ。

それから数分後、わたしは事務所の出入り口から、ふたりが肩を寄せ合い、にわかに親友ぶって遠ざかっていくのを見送った。ちょうどそこへ、うちの母が苦虫を嚙みつぶしたような顔でやってきた。

「あなたに話があるの」と声を張りあげた。「いますぐ」

11

わたしと母の折り合いの悪さは秘密でもなんでもない。わたしたちの関係を〝込み入っている〟と呼ぶのは、ずいぶん控えめな言い方だ。

一部の母親とちがって、母さんがわたしの親友ぶることはない。それはちっともかまわない――その手のママたちなら見たことがある。娘の服を着たがる母親は、子どもにとってはうっとうしい存在だ。いつもべったり一緒にいたがる親も。ボーイフレンドや友だちづきあいに関して、親友きどりでしつこく訊いてくる親も。

それでも、母さんがありのままのわたしをもう少し好きになってくれたら嬉しい。いまとはちがうわたしに変わってほしいといくら頼まれても、それはないものねだり。そんな人間はこの世に存在しない。

わたしと母との関係は、大きなローラーコースターにたとえられる。あるときはキャーキャー叫びっぱなし、またあるときは、最初はおだやかで楽しいのに、だんだん怖くなって飛びおりたくなる。でも体が拘束されているので、動けない。

その昔、わたしは母さんに表向き従順なふりをして反抗していた。ことを荒立てずやり過ごすのが一番だと思っていたから。そういう症状を、専門用語でなんと呼ぶかを教えてくれたのが、カウンセラー志望の妹だ。わたしは母にきついことを言われても、にやにや笑ってごまかすだけで、自分を守ろうとしなかった（受動の部分）。そのあとわざと同じことをくり返して母を怒り狂わせ、無意識のうちに母の失望を楽しんでいた（攻撃の部分）。ふたつ合わせて受動攻撃。それがわたし、というか、かつてのわたしだった。

いずれにせよ、ホリーはそう言っている。わたしは自分がそれほど深く抑圧された動機を抱えているとは思っていない。母さんとわたしがアメリカ大陸の端と端に住んでいたら、きっと仲よくやっていけるだろう。そもそも小さな町で暮らし、家族ぐるみで商売をするというのは……生やさしいことではない。こちらも控えめに言って。

ところが、トム・ストックとつきあいだしてから、母さんはずいぶん丸くなり、わたしと一緒にいても目くじらを立てなくなった。新しい母さんに変身というわけだ。

ただし、いま目と耳から炎を噴き出している様子を見ると、どうやら昔の母さんがひょっこり戻ってきたようだ。どうかあまり長居しませんように。

こういう場合どうすればいいのか、まえに妹が忠告してくれた。だからどう対処すればいいかはわかっている。わたしがコツをのみこむまで、ホリーとふたりでロールプレイをくり返した。母さんとのあいだに境界を設定する。ひねくれた受動攻撃はもうこりごりだから。

母さんはわたしを上から下までじろじろ眺めた。「そんな格好で店に出るつもりじゃないでしょうね」カプリパンツとTシャツ、それにビーチサンダルというわたしの定番の仕事着は、もう何年ものあいだ、いがみあいの元になっていた。「お客さんに失礼じゃないの。まえにも話し合わなかったかしら」

「母さん、どんな格好をするかは自分で決めるわ。それに、そういう言い方をされると傷つくから、やめてほしい」よし、ちゃんと言えた。ホリーも褒めてくれるだろう。

母さんが驚いているのがわかった。すぐに取り繕いはしたけれど。「ホリーが招待したお客さんがあなたの裏庭で亡くなったと聞いたけど、どういうことなの？」

「それは事実よ」と認めるのはそんなに難しくはなかった。これまでなら、見えすいたうそをつくか、平謝りしていたところだ。

「世間の人がなんと言うやら」

わたしは肩をすくめた。「女の人がうちの庭で死んだ、とでも」

「茶化すのはやめなさい」母さんはいきり立った。「次から次へともめごとばかり起こして。ホリーもかわいそうに。お客さんがあんなふうに亡くなるなんて」ホリーは母さんのお気に入りだと言ったかしら。それは言わずもがなの事実。

「被害者には同情しないのね」

「町の人たちのゴシップ好きは知っているでしょう」

「ノヴァ・キャンベルがあんなことになったのは、わたしのせいじゃないわ」おやおや、もしかして言い訳している？　そのとおりだ。「それに、今度の件はわたしにもこたえた。少しはやさしくしてくれてもいいと思うんだけど」

母さんははっとした。

わたしはそこで話題を変えて、ずっと気になっていたことを持ち出した。「それはそうと」――だんだん調子が出てきた――「いまの話からすると、母さんがうちの隣へ引っ越してくるなんてありえないわよね」

「あなたには、だれかが目を光らせておく必要がありそうだけど」

「わたしはもう大人よ」思わず冷静さを失って、声がうわずった。「自分の面倒は自分で見ます」

「あら、そうかしら」母さんは指を折って数えはじめた。「あなたはアルコール依存症の人間を家に引きこんだ」それは言いがかりもはなはだしい――ハンターが何年もアルコールを断っていることは、何度も話題にのぼっている。「酒癖の悪いもうひとりを、店長に昇格させた」ハンターがアルコール依存症で、キャリー・アンは〝酒癖が悪い〟？ しつこいようだけど、どちらも断酒している。「それにあなたが警察長を毛嫌いするから、向こうもあなたをいじめる理由を探すのよ。おばあちゃんにこれまで何度、警察署まで迎えにきてもらった？」（二、三度です）

わたしは母に好きなだけ言わせておいた。それで気がすむのなら、と。

「それにあのミツバチ！」と母さんはなおもつづけ、わたしの顔の前で指を振りたてた。「蜂のせいで町内がどれだけ揉めたか。あの頭のおかしい隣人もあなたに悪影響をおよぼしてるわね。ハゲタカみたいに死体の上で旋回していたにちがいないわ」（大当たり）。母さんはいったん言葉を切って、わたしを底意地の悪い目で見た。「何も弁解しないの？」

わたしはしばらく間を置いてから、暗記していた台詞《せりふ》をそのまま口にした。

「母さんとわたしはしばらく距離を置いたほうがいいみたい。母さんのことは大好きだけど、いつも批判ばかりされるのは耐えられないの。もう帰って」

「な、なんですって？　よくもそんなことを」

そこでわたしは台本から離れた。「店にも顔を出さないでくれる？　当分はこなくていいから」

「あなたは自分の母親をクビにしようっていうの？」

このちょっとした〝おしゃべり〟のあいだに、母さんの顔をさまざまな感情がよぎった──最初は、ねちねちと嫌みを言ってさも得意げだったのが、わたしがこれまでとはまったくちがう態度で渡り合ったことから、驚きと不信の色が広がった。最後に、わたしが本気だと遅まきながら気づいたことも表情からうかがえた。

「ええ、そう。クビにしたの」

「家族なのに。そんなことできっこないわ」

「でも、そのつもり」

母さんは永遠とも思われるほど長いあいだ、わたしをにらみつけていた。わたしは目をそらさなかった。母さんはだしぬけに背を向けると、出ていった。

ひどい気分だった。これなら口をつぐんでがまんしているほうがよっぽど楽だった。

でも店に戻ると、母との小競り合いのことは忘れてしまった。キャリー・アンが、妹の夫と亡くなった女性が浮気していたといううわさで町じゅう持ち切りだと教えてくれたからだ。

「マックスがノヴァ・キャンベルと浮気なんかするもんですか」わたしはきっぱり否定した。

「それはよくわかっているけど」と従姉は言った。「あんたの耳にも入れておいたほうがいいと思って」

「だれがそんなうわさを広めているの？」

「当ててみて」

「ロリね」

キャリー・アンはうなずいた。「あたしも彼女が言い出しっぺだと思う。ところで、あんたのお母さん、さっき出ていったけど。いまから店番じゃなかった？　いったいどうしたの」

「クビにした」

「ええっ」キャリー・アンは鉛筆を耳にはさんで、顔をしかめた。「いまは人手がまったく足りてないのよ。ホリーはディナー・パーティーで頭がいっぱいで、デザートを選ぶ以外は指一本上げようとしなかった。おまけにその代金もまだもらってない。あんたも妹を手伝うから、あまり長居はできない。双子は片方しか都合がつかない。それなのに、ヘレン叔母さんをクビにしたわけ？　これから当番だってときに」

トレントとブレントの双子のクレイグ兄弟は大学生で、授業のあいまをぬって〈ワイルド・クローバー〉でアルバイトしていた。開店のときから手伝ってくれている。

キャリー・アンの言い分はもっともだ。彼女に迷惑をかけることは考えに入れてなかった。

「でも、店長はあなたなんだから」とわたしは言った。「そこをなんとかお願いできない？」

「あんたがあたしの頭越しに、従業員を勝手にクビにしなければ」

「悪かったわ」わたしは責任を感じ、謝らずにはいられなかった。「ごめんなさい、でもあんまりひどいことを言われたから、カッとなって」

「いざとなればミリーが手伝ってくれるだろうけど、彼女もあんたと一緒にホリーの家に行くのよね？」

「スタンリー・ペックは？　養蜂ではいろいろ助けてあげているから、そのお返しに、袋詰めぐらいは手伝ってくれるでしょう。それに電話番も」

「スタンリーに電話してみる。でもそれはあくまで一時しのぎよ」キャリー・アンは苛立たしげな表情でわたしを見た。それとまったく同じ表情を、わたしもこれまで何度も浮かべてきた。

「なんでもあなたがいいと思うようにして」

商売のことで、わたしの代わりに頭を悩ませてくれる人のいることが、しみじみありがたかった。〝旅は道連れ世は情け〟とことわざにも言うとおり。

12

「ペイン家での証拠品の採取はほぼ終わった」とハンターが電話で言った。「鑑識にまわして検査してもらう。マックスとお客さんたちも帰ってきた。いま警察の事情聴取を受けているよ。ホリーはどこにいる？ 警察が話を聴きたがっているんだが」

「どうして？ サリーがもうすませたけど」

「もう一度、聴きたいそうだ」

「少しまえならいたけど、そのあとパティと一緒に出ていった」

「見かけたら、この件を伝えてくれ。ところで、これからちょっと家に寄ってもらえるかな」

答えるまえに、今晩のディナーとその下準備に必要な時間を見積もった。ミリーがほとんどやってくれるだろう。わたしはステーキ肉とじゃがいもを持っていくだけだから大丈夫。それに、もしかしたらハンターはさっきのひどい態度を謝りたいのかもしれない。

「すぐに行くわ」

ところが帰ってみると、ハンターは悪いことをしたとはみじんも思っていない様子。しかも家にいたのは、彼とベンだけではなかった。鑑識チームがオコノモウォク川の岸辺で待機していた。

「あなたはこの事件の担当じゃないと思っていたけど」わたしは川岸に近づきながら、小声で言った。

「正式には。でも、うちの鑑識の連中だから。仲間うちのよしみだよ。彼らに現場を案内して、事件の様子を話してやってくれないか。なにしろ、ぼくはそのときここにいなかったから」

ははぁ、事件のあとすぐに彼に連絡しなかったことを、まだ根に持っているのね。

「ここです」わたしは鑑識チームに声をかけ、よどんだ浅瀬を指さした。「ここで彼女を発見しました」

わたしは一行を引き連れて、ノヴァが死ぬまえにお客さんがたを案内したのと同じコースをたどった。まず、ホリーが家のそばでぐずぐずしていたところから始め、残りの全員で養蜂場を見てまわったこと、ついでノヴァが気分が悪いと訴えて外に残り、ほかのみんなははちみつ小屋に入ったこと、外に出るとノヴァが川でうつ伏せに倒れていて、必死で救命措置を行なったことまで、現場をめぐりながら説明した。

いくつかの事柄は省いた。たとえば、カミラとわたしの衝突は事件とは何の関わりもないので。一行がはちみつ小屋に入ってから、ノヴァが絶命していることがわかるまでのあいだの、パティの不審な動きについては、警察の耳に入れるかどうかずいぶん迷った。川岸に駆けつけたとき、視野の隅で怪しげな動きを見たし、パティのズボンと靴が濡れていたのは、彼女が川に入ったことを示している。

パティが挙動不審なのはいまに始まったことではない。なんだかよくわからない理屈を聞かされたところで、彼女の考えを読むのはむずかしく、理解するのはお手上げだ。でも、わたしが目撃した情報をそのまま伝えて、ハンターを彼女にけしかけるのは気が進まなかった。いずれ折を見て、パティなりのやり方で、それがどういうことなのかすっかり説明してくれると信じている。

おまけに、ハンターは相変わらず、気難し屋のおたんこなすだ。

妹に対するノヴァの卑劣な態度――ホリーのミツバチ嫌いをばかにし、さらに家政を取り仕切る能力にもけちをつけたこと――についても黙っていた。警察がこれ以上妹に注目するような理由を与えるつもりはない。何がなんでも妹を守る覚悟だ。

わたしが話しおえると、先方はもう一度最初から全部くり返すようにと頼んだ。

鑑識チームのメンバーは、器具をいじっている者、川の水を採取する者、わたしが示した地点にはいつくばっている者、全員がおのおの専門の仕事にわき目もふらずに取り組んでいる。

ハンターに電話がかかってきて、彼はベンを連れて出かけた。ベンは人間の相棒に負けず劣らず熱心で、警戒怠りなく、職務に忠実だ。わたしは家庭菜園に分け入って、今晩のサラダに使うルッコラをひと束摘んだ。キッチンで洗っていると、ハンターがひとりで家に入ってくるのが見えた。わたしはくるりと背を向けてドアから飛び出し、店に駆け戻ろうかと思った。でもそれはやめて、でんと構えることにした。その場でじっと待ち受ける。

彼はいきなり本題に入った。「自分の庭で殺人事件が起こって、その捜査に従事しなければならない事態を想定しているかと訊かれても、これまでだったら、そんなことが起こるとは思いもしなかっただろうな」

わたしはあきれたように目をまわすのをこらえた。天をあおぐ代わりに、ハンターの怒りでぎらつく目を見返す。わたしなら慣れていなくもないけど、と言ってやることもできたが（わが家のある袋小路は、過去に、気の毒な人たち数名の人生の袋小路となった）、そんなことを言っても、目下の緊張した状況が和らぎはしないので、沈黙を守った。

心臓がどきどきしている。ハンターは早くも同居を解消するつもり？　下唇を嚙んで、鉄槌が下されるのを待った。

「この事件が解決するまで、自分の家に帰りたいなら」わたしは感情を交えない声で言った。「それでもいいわよ」なんて、うそもいいところだけど、彼に逃げ道を与えることにしたのだ。ただしハンターがそうしたら、もう二度と口を利かないつもりで。

ふいにハンターの表情が和らいだ。「ぼくを追い出そうたって、そうはいかない」と言いながら近づいてきて、わたしを抱き寄せた。「ふたりで乗り越えよう。ちょっとつまずいただけさ」

彼がつぎの〝つまずき〟の元を知るまでは、つまり、うちの母が隣に引っ越してくるとわかるまでは、まだどう転ぶかわからない。強く牽制したとはいえ、母さんのことだ。自分の思いどおりにする見込みが強い。そしてそれはたいていの場合、こちらの希望とは正反対になる。わたしの気持ちに配慮して思い止まるなんてことはしない。ハンターがこのことを知れば、足を取られた小さな石ころは、見上げるばかりの山に変わるだろう。

そのとき、さっきハンターに訊きもらした肝心の質問を思い出した。

「ホリーの家で採取した証拠品って？」

「被害者の部屋で、半分空になった水筒が見つかった」

「でも、まだ半分入ってるのね」と、わたしは前向きに訂正した。

ハンターはいったん黙り、それから楽しそうに笑いだした。かつて愛した人の面影がちらりとよぎる。「なら、まだ半分入っている水筒」そこで話題を変え、わたしの頭のてっぺんから足の先まで視線を走らせた。「今晩、半分脱いでやり直すのはどうかな」

それは名案。でも、わたしは本人よりも、ハンターのことをよく知っている。いったん手がかりをつかんだら（新しかろうと古かろうと、仕事であろうとなかろうと）、最後まで追跡する。さもなければ、こんなに早く刑事になれたはずがない。それでも、いまの言葉からは、ふたりの関係を大切にしたいという気持ちをくみ取ることができた。

「水筒の中身はなんだったの？」そう言いながら、彼の腕に体をあずけた。

「ニンジンジュース」とハンター。「冷蔵庫のなかにその瓶もあった。どちらもいま毒の有無を検査している」

わたしが持っていったあのニンジンジュース？　ジュースに何か混ざっていて、それがノヴァ・キャンベルの命を奪ったということ？　手のひらが急に汗ばみ、口はカラカラにかわき、心臓は早鐘を打ちだした。疑わしいニンジンジュースの出所はこのわたしだと打ち明けなければいけないのに、体がすくんでしまった。口は開くことを拒み、脳みそはジャクソンが何を発見するか様子をみようとすすめる。わたしはひとまずその指示に従ったが、とうてい賢明とはいえない判断だった。でもハンターは事件にすっかり気を取られ、わたしの反応には気づかなかった。衝撃の事実を明かすとすぐに、ふたたび川岸に戻って、鑑識チームに加わった。

できるものなら、彼に打ち明けたかった。でも頭のなかのさまざまな声とやり合い、賛否両論をはかりにかけているあいだに、ハンターは行ってしまった。それに、検査しても何も出てこなかったら？　わたしはもっともらしい理由をこじつけた。黙っていたおかげで、ハンターからまたお目玉を食らわずにすんだじゃない、と。

いま聞いたばかりのおぞましいニュースから、しばらく立ち直れなかった。足を引きずるようにして階段を上がると、ベッドに大の字になって倒れ、宙をぼんやり見つめながら、同居を始めたばかりなのに、わたしたちはもうだめなのかしら、とくよくよ考えた。

ようやく気を取り直したころには、そろそろホリーの家に行く時間になっていた。体にぴったりした黄色いシースドレスと、よそいきのビーチサンダルに履き替えた。〈ワイルド・

クローバー〉に立ち寄って、冷蔵庫からニンジンジュースをひとつ残らず取り出して段ボール箱につめ、「使用禁止」の貼り紙をして事務室に引っこめた。仕入れたもの全部に毒が混入しているとまずいので。万一、わたしがそうとは知らずにノヴァ・キャンベルに死をもたらした場合に備えて。そのことを考えるだけで胸がむかむかした。

それでも、これからディナーというときに、ホリーの家の食品に毒が入っているかもしれないと騒いで、パニックを引き起こすことだけはなんとしても避けたい。妹夫婦はそれでなくても心を痛めている。そのうえ、招待客のひとりに早すぎる死をもたらした原因が自宅のキッチンにあったかもしれない、などという余計な心配はさせたくなかった。

もちろん、こうしたあれこれはわたしの勝手な憶測にすぎない。もしハンターが本気で心配しているなら、ホリーとマックスに警告しているはずだ。情報は多ければいいってものじゃない、と頭の片隅で苦々しく考えた。想像力に火がついて、いまやとどまるところを知らない。

いちばん筋の通った答えは（わたしの活発すぎる想像力はさておき）、ノヴァ・キャンベルが食べてはいけないものを誤って口にした。以上。

でも、ディナーでは目を光らせ、耳をそばだてていよう。

最後になって思いついたものをあたふたとトラックに積みこんで、ペイン家に向かい、最新技術の粋を集めた広々としたキッチンで、ホリーとミリーに落ち合った。妹には宝の持ち腐れだが、アメリカを代表するシェフたちがすぐにも引っ越してきたいと思うような代物だ。

ずらりと並んだ高機能な備品。マイナス二十度以下になる冷凍庫、オーヴンは二つ、高級な鍋やフライパンがどれもみな手を伸ばせばすぐのところにぶら下がり、切れ味鋭い包丁はごく薄い紙でもスパッと切れる。

念のために、冷蔵庫を開けて中身をあらためた。少なくともニンジンジュースは見当たらない。おそらく警察が持ち帰ったのだろう。

わたしはさっそく下ごしらえに取りかかり、小粒のレッドポテトをスライスし、塩とローズマリーをまぶしてオーヴンに入れた。低温でじっくりローストする。

「わたしが焼き具合を見てるから」とミリーが言った。「お客さんの様子を見てきて」

ホリーとわたしはミリーにキッチンをまかせて、外に出た。ミリーはルッコラのサラダを作っているところで、口笛まじりに手を動かしている。外では、庭師のチャンス・アンダーソンが飲み物の準備をしていた。一流のバーテンダーのように蝶ネクタイを締め、なかなかさまになっている。

ここなら人の耳を気にしなくていいので、わたしは大急ぎでホリーに悩みを打ち明けた。

「ハンターはわたしと別れようとしてるの。言われなくてもわかる」

妹はわたしをじっと見てから言った。「姉さんは、見捨てられるのが不安でたまらないのね」

「そんなことないわよ」

「いいえ、そうよ。どうしてかはよくわからないけど。だって、これまで姉さんを捨てた人はいないから。たとえばクレイの場合、結婚を解消したのは姉さんのほうで、彼じゃない。姉さんはひとりにされるのが怖いの？」

「いいえ、ひとりでも平気だけど」それに実際、ひとり暮らしを楽しんできた。家族や親戚が大勢この町で暮らしているから、本当の意味でそう言えるかどうかはべつにして。それでも、わたしはひとりの時間がとても気に入っている。

「姉さんはハンターを離すまいと、しがみついているんじゃない？」と、カウンセラー見習いの妹が訊いてきた。

「まさか」

「いまの状態に満足してる？」

その点については考えこんだ。「いいえ。でもひょっとしたら、ハンターが自分の家に帰るように、わざと仕向けていたかもしれない」

「つまり、彼が別れようとしている場合にそなえて、先手を打って自分から拒絶してしまうのね」

わたしはまた考えた。「そうかもしれない。いやだ、どうかしてる」

「大丈夫よ、そんなに心配しなくても。姉さんはこれまでいくつかの別れを経験してきた――父さんを亡くし、結婚にも失敗した。ハンターと話し合ったほうがいいわ。自分の気持ちをきちんと伝えなさい」

「わかった」

「彼となら なんでも話せるでしょう。姉さんはいまちょっと不安定になっているのよ」

いい妹を持って幸せだ。ミツバチを怖がったり、母さんにおべっかを使ったり、マックスがそばにいないことでふさぎこんだりしていなければ、こんなに頼りになる妹はいない。

母のことを考えた拍子に思い出した。「そういえば、さっき母さんがすごい剣幕で店に乗りこんできた」とわたしは言った。「トムが現われるまえの、昔の母さんにそっくりだった。だから、あなたに言われたとおりにやってみたの。自分の気持ちをきちんと伝えられたと思う」

「えらかったわね。それで？」

「母さんをクビにした。そしたら出ていった」

ホリーはわたしをまじまじと見つめた。口をぽかんと開けて。「冗談よね」

「あなたが境界を設定するようにと言ったから、そうしたのよ。母さんは店に立ち入り禁止というわけ」

「母さんを追い出すようなロールプレイはしなかったけど」

わたしは妹に弱々しくほほえんだ。「まあね。その場で思いついたの」

ホリーはどうにか笑顔を取り繕った。「とにかく一緒にがんばりましょう。それに姉さんには、試練や苦労を乗り越えるのを見守ってくれる、いい友だちがいるじゃない」と言いながら、妹は笑いだした。ちょうど〝いい友だち〟のところで、パティ・ドワイヤーが到着したからだ。たしかに、わたしの隣人は友情と思いやりの鑑《かがみ》というわけではない。

それからすぐに、マックスとお客さんたちがパティオに出てきた。カクテルタイムの始まりだ。

13

話題は、当然ながらノヴァ一色だった。たとえば、

・いやあ、驚いた。
・持病があるとは思いもしなかった。
・しかも、あの若さで。
・警察がこの家まで捜索するのはおかしくないか。
・いやもちろん、たんなる形式だろうが。
・ノヴァの家族にはもう連絡したのだろうか。

家族？　そういえばノヴァに家族がいるとは考えもしなかった。このことを知ったら、家族はどんな思いをするだろう。

「離婚したんだよ」とマックスが言った。研究チームのあとのふたりと一緒にいて、それぞれがワイングラスを手にしている。「なんでも泥沼だったらしい。愛はかけらも残っていな

いそうだ。子どももいなかった。それにご両親はどちらも亡くなっている」

「兄弟姉妹もいないしね」とカミラがつけ加えた。彼女は時代遅れの、野暮ったい、茶色のパンツスーツを着ていた。わたしのほうをちらりとも見ようとしない。

一方、ギルは当のその同僚から片時も目が離せない様子で、わたしは薬指の指輪の跡を思い出した。奥さんを亡くした？　それとも離婚した？　あるいは、浮気性の元夫のように、独身のふりをしている？　わたしには関係のないことだと思いながらも、皮肉な目を向けずにはいられなかった。

「警察がきっと親戚を捜し出すさ」とマックスが言った。「草の根を分けても」

パティはこの会食のために、見ちがえるようなおしゃれをしてきた。黒は黒でも、今日は袖なしの細身のシフトドレス（パティがワンピースを着ているのは初めて見た）にフラットシューズで、野球帽は家に置いてきた。あいにくまず人目を引くのは、二の腕の火を噴くドラゴンのタトゥーだったけど。うっかり見落とすことはありえない。

「三種のベリーを使ったパイよ」と差し出した。

そのパイはおいしそうに見えた。「あなたが作ったの？」とわたしは訊いた。

「そんなにびっくりしないで。ケーキぐらい焼くわよ」

わたしたちは連れだってキッチンに入り、パティはパイをカウンターに置いて、あとはミリーにまかせた。

「これからみんなのあいだをまわって、おしゃべりしてくる」パティはふたりきりになるとそう言った。「あのふたりの内情を探ってみるつもり。もし第一級殺人だとわかれば、徹底的にマークして……」

わたしはさえぎった。「それは名案ね――みんなとおしゃべりするのは――でも糾弾したり、憶測でものを言ったりして、怒らせたりしないでよ。くれぐれも目立たないように」

「了解」

「何も口にしちゃだめよ」パティはキッチンから出しなに、わたしの耳にそうささやいた。

ディナー・パーティーでどうやって飲み食いするなというのだろう。周囲の人はみな、グラスを口に運んでいた。もうじき、目についたものを手当たりしだい食べはじめるだろう。もっとも、毒殺の可能性をほのめかされて、ものがおいしく感じられるはずもなかったが。わたしの想像力はいつも活発すぎるのだが、今回はすっかり暴走していた。被害者はノヴァひとりだけじゃないの、と自分に何度も言い聞かせる。あれが事故かどうかはさておき、わたしたちの身は安全そのもの――のはずよね。

キッチンではステーキを焼く準備が整い、ローズマリー風味のポテトとミリーのポップオーバーが一緒になった、なんともいえずおいしそうな匂いがオーヴンから漂ってきた。

エフィー・アンダーソンは料理の手伝いはしなかったが、洗い物の手伝いにきてくれたので、ミリーはいたく感激し、ふたりはすっかり打ち解けていた。

わたしは自分がお手伝いさんを雇い、お金がたっぷり入った口座からお給料を払うところを想像してみた。聞こえはいいけれど、実際には、幸せでも、健康でも、その他どんな尺度に照らしても、妹のほうがわたしより恵まれているようには思えない。だいいち、わたしはいまの暮らしが気に入っている。ハンターとわたしの問題に目をつぶれば、という条件つきだけど。

わたしは雑用係としてあれこれ手伝った。そのうちに、少量の毒ならほぼなんにでもいとも簡単に忍ばせることができるとわかって、怖くなってきた。さらに、自然界には毒のあるものがたくさんあり、人工的に作り出される毒物も多く、おまけにこの世に悪がはびこっていることを考えると、ますます不安が高まった。

ホリーが週末に招待したお客さんについて、わたしは何を知っているだろう。なんにも知らない。

ちょうどそのとき、カミラがキッチンを通りかかった。あわてて花泥棒を追いかける。

「今度はなに？」カミラは、わたしが廊下をバタバタ追いかけてくるのを見とがめた。

「こんなことは言いたくないんだけど……」と口ごもった。

カミラは取りつく島もない。「なら、やめて」

「そうはいくもんですか。あなたが明日帰るまえに、ぜひ相談したいことがあるの」例の野草について、ジョニー・ジェイがわたしに多額の罰金を科したいきさつを話した。「わたしじゃなくて、あなたがその罰金を払うのが筋でしょう」と話を締めくくった。

カミラはいつもの仏頂面で聞いていたが、わたしの話が終盤にさしかかったころ、ちょっとした異変が生じた。豚が鼻を鳴らすような音を立てたかと思うと、はでに噴き出したのだ。

どうしよう、カミラも毒を盛られた、というのが最初によぎった考えだった。ところがそのあと、彼女はお腹を抱えて笑いだした。なんだかばかにされているみたいで、一緒に笑う気にはとてもなれなかったが。

「いま、わたしのことを笑った？」

「そのとおり」とカミラ。「バチが当たったのよ」

「どうして？　自然を守ったから？」

「もう、しつこいわね」

「違反チケットはあなたのせいなのに」

「いいわ、じゃあ、罰金はわたしが払いましょう」

「特別許可証とやらを警察長に見せたらどう？　ひょっとしたら、チケットを破いてくれるかもしれないわよ」いまのは、ちょっと大人げなかったかしら。何はともあれ、カミラは罰金を払うことを承知してくれたのだから。たしかに感じはよくないが、だからといって嫌みを言ってもいい理由にはならない。

カミラは鼻孔をふくらませ、大きなバッグをごそごそ探ると、小切手帳を取り出し、さらさらとペンを走らせた。わたしの名前などはなから訊こうとしなかったので、そこだけは空白で。小切手をこちらに寄こすと、ぷりぷりしながらみんなのいるパティオに出ていった。

「それと、警察長に事実をきちんと話してよ」わたしはその背中に声をかけた。そんな見込みはまずないとわかっていたが。ひとつには、カミラとギルが、ジョニー・ジェイが釣り旅行から戻ってくるころには、いなくなっているだろうから。ふたつめは、カミラがわたしに腹を立てているから。小切手を書いてくれただけでも奇跡だといえる。

その小切手を折りたたんでしまった。家の奥に目をやると、パティがこっそり二階にのぼっていくのが見えた。特ダネのためならどんなことでもやりかねない。

わたしはため息をついて、キッチンに戻った。

今晩はディナー・パーティーを成功させる条件がそろっていた。ノヴァの死が水を差すことになったのが惜しまれる。湖に沈みゆく夕日のすばらしい眺め、夏の宵を彩る柔らかなろうそくの灯り。お酒はふんだんにあり、マックスの気配りのおかげで会話もはずんだ。留守がちなので、ホームパーティーの経験は豊富ではないが、きっと外でお客さんをもてなす機会が多いのだろう。話の中心を巧みにノヴァからそらして、いろいろ楽しい話題を提供した。その場の雰囲気もなごんで、わたしたちはおしゃべりを楽しんだ。みんな息抜きが必要で、大いに歓迎した。

マックスは片手にカクテルグラス、もう一方の手にトングを持って、慣れた手つきでグリルを担当した。「きみもミリーも、こっちで一緒に食べよう」手際のよさに見とれていると、そう声をかけてくれた。

「じゃあ、お言葉に甘えて」とわたし。「おいしそうな匂いね」

「ミリーは遠慮してこないんだ」

「頑固なところがあるから」たしかにそうだった。やさしい人柄なのに、いったんこうと決めたら、てこでも動かない。「それにお肉はあまり食べないみたいよ」

「それだと余ってしまうな。そうだ、ハンターを呼んだらどう？」

それは名案だ。わたしの彼氏は折紙つきの肉食系。ステーキをひと切れあげたら、獲物を仕留めたベンガル虎のように喉を鳴らす。わたしは二杯目の赤ワインで気分がほぐれてきた。何者かがわたしたちをだれかれなしに毒殺しようとしているという、とんでもない考えも薄れだした。ばかばかしいにもほどがある。ステーキ肉は店から熱々のグリルに直行。ポップオーバーとサラダは、ミリーのキッチンとわたしの菜園から持参したものだ。じゃがいもを調理したのはわたし。パイはパティが持ってきた。あの縁起でもない警告はパティが心配症だというだけで、それはいまに始まったことじゃない。

「いまどこにいる？」ハンターは最初の呼び出し音で携帯に出た。

「あなたこそ」

「うちだよ」一瞬、彼の家とわたしの家がうまく結びつかなかった。いまでは〝わたしたちの〟家なのに。

「わたしはホリーのところ」と告げる。「今晩のディナーの手伝いを頼まれたから」

沈黙。ややあって、「今晩、夕飯を一緒にとらないことはいつ決めた？」

なにそれ？　取り調べ？　「今朝よ。ホリーにとっては大ピンチで、すっかり慌てていたから」

「ぼくにはいつ言うつもりだった？」

もしかして、ハンターに言い忘れていた？　思い返してみると、たしかにそのとおり。

「ごめんなさい、今日は裏庭で人が亡くなったりして、あれこれバタバタしてたから。すっかり忘れてた」

今日は大変な一日だったのだ。わたしだってむしゃくしゃしている。あの甘い生活はどこに消えてしまったのだろう。日常のこまごましたことまでいちいちお伺いを立てなければいけないのだろうか。そして、彼の気にさわったら、どんなささいなことでも謝る？　まあまあ、落ち着いて。いまのわたしはふつうではない。態度を改めないと。

「あなたもいらっしゃいよ。ステーキがあるのよ」わたしは憂鬱《ゆううつ》な気分を振り払うように言った。

「ステーキ？」とハンター。その声がすでに明るくなったのが聞きとれた。

「それにミリーがポップオーバーを焼いてるし。もうじき焼きたてのほやほやが出てくるわよ」

「すぐ行くよ」それでひと安心した。ハンターが料理に毒が入っているかどうか心配していないのなら、わたしが気をもむことはない。

電話を切って振り向いたとたん、パティと鼻を突き合わせる格好になった。

「あの人たちが取り組んでいる〝極秘〟研究をすっかり突き止めた」パティはわざとらしく声をひそめ、〝極秘〟のところで指を二本立てて強調した。

「なんの話？　二階で秘密の文書でも見つけたの？」

「いいえ、ギルという男から聞き出した。スコッチの年代物を飲んで、すっかり口が軽くなってさ。聞いたらびっくりするわよ」

パティは酔っ払った調香師から手に入れた情報を説明した。どうやら、研究チームはさまざまな香料を混ぜ合わせたり、組み合わせたりしている最中に、驚くべき発見をしたらしい。

「彼らが発見したのは、ミラクルフルーツと同じような働きをする物質なの」とパティは言った。「ミラクルフルーツというのは、酸っぱいものを甘く感じさせる小さな赤い実のこと。お酢とかピクルスとか、酸味の強いものをそれと一緒に食べると、うっとりするほど甘く感じるの。ギルが言うには、このフルーツに含まれるタンパク質が舌の味覚にすっぽりはまり、酸味に触れたときに、甘味料として働くんですって。舌をごまかしてしまうのよ」

「そんなの聞いたことがないけど」

「これは事実よ。ネットで調べてみて。ミラクルフルーツで検索したら、すぐに出てくるから」

「わかった。それで？　ミラクルフルーツはもう発見されているんでしょう？」

「そうよ、でもこれはどう？」パティの眼球がぎらぎらした光を放っている。「あのグループは野菜をキャンディ味に変えてしまう方法を見つけたの」

わたしはいま聞いた内容をじっくり考えた。「すごいじゃない」

パティはうなずいた。首振り人形のように頭を上下に動かして。

「子どもたちがブロッコリーのおかわりをねだっているところを想像してみて。チョコレートやケーキのフロスティングみたいな味がするのよ」

チョコレート味の野菜がノヴァ・キャンベルの死に関係しているのだろうか。

「味覚テストがノヴァの命取りになったのかも」と言ってみた。「香料の新しい組み合わせを思いついて、自分で味見したとか」

「ありえる」とパティ。

そうよ！　もしそうなら、うちの店から持ち出したニンジンジュースは彼女の死とはなんの関係もない。これっぽっちも。ノヴァがそれを実験に使ったのならべつだが、その場合でも、気に病む必要はない。なぜならそれは彼女の勝手であって、わたしが何かをしたわけではないから。いままでのところ、これが一番好ましい仮説だといえる。

「それとも」とパティが言いだした。「競争のせいかもしれない」

「なんの競争？」

パティの視線が左に、ついで右にさっと動いた。まるでわたしたちが産業スパイみたいに。つぎは唇を動かさずにしゃべるのだろうか。「つまりね」と切りだした。「大企業はどこもトップに立とうとしのぎをけずっているわけ。あのチームが大発見間近だといううわさが広まったとしたら、ひとりずつ消そうとする人間が現われてもおかしくない」

その説はいただけなかった。「でもそれなら、マックスがまず標的になるんじゃない？」と反論した。「上司なんだから。それにそもそも、見慣れない人間がこのあたりをうろついていたかしら？　チームのメンバー以外で。茂みにひそんでいるとか」

幸いちょうどそのとき、私道に入ってくるハンターのハーレーダビッドソンの聞きなれた音がした。パティは姿を消した。何をしでかすつもりやら。

ハンターがオートバイを駐車して近づいてくるのを、わたしはほれぼれと眺めた。コットンのボタンダウンシャツとチノパンツ、それにネイビーブルーのブレザーに茶色いローファーできめている。この人がわたしの彼氏だなんて、いまだにしっくりこない。

そのあとの時間は飛ぶように過ぎた。料理は文句のつけようがない出来栄えだった――ミリーのポップオーバーは、外はサクサクで、なかはもちもち。ルッコラのサラダは頬が落ちそうだし、ローズマリー風味のポテトもうまくできた。わたしはチーズケーキをひととおり全部味見して、パティの三種のベリーを使ったパイも、ひと切れ小さく切っていただいた。ハンターが目も耳もそばだてているのがわかった。彼のその部分は仕事をサボるわけにはいかないらしい。なにしろ殺人の容疑者かもしれない人間に囲まれているのだから。

でもその他の部分は、このステーキはこれまで食べたなかで最高だと満足していた。

14

一夜明けた翌朝……どんな夜だったかは、まあ、さておいて……ほのぼのとした、くつろいだ気分で目がさめた。朝のコーヒーをしみじみ味わうと、ベンを庭に出して用を足してもらい、すでに忙しい一日を始めている幸せそうなミツバチのご機嫌をうかがい、シャワーを浴びて、コーヒーをもう一杯なみなみと注いだ。まだ眠っているハンターにひとことメモを残して、〈ワイルド・クローバー〉に向かう。

なんて気持ちのいい日だろう。ディナー・パーティーは無事に終了、だれも食中毒を起こさず、ギルとカミラはまもなく出発する。彼らが持ちこんできたかのような緊張とわだかまりの余韻も、一緒に持ち帰ってくれるだろう。ノヴァの死の真相はいずれ明らかになり、わたしたちも枕を高くして眠ることができるはず。殺人もなければ、容疑者もなし、気をもむ必要もない。愛の一夜は、わたしの人生観をそっくり変えるほどの力があった。

私生活も軌道に戻った。そう、ハンターと仲直りしたのだ。おまけに、母は〝好ましからざる人物《ペルソナ・ノン・グラータ》〟として出入り差し止めとなり、つきまとって嫌がらせをするジョニー・ジェイも近くにいない。わたしは店に入ると、頭上の窓を見上げた。もとは教会だったなごりで、ステンドグラスが店内に光の筋を投げかけている。新しい一日の始まりに胸がときめき、またしても笑顔がこぼれた。

人生ってすばらしい。

そこへロリ・スパンドルがやってきた。

「あんたの庭でまた死体でも見つかった？」とにやにやしながら言う。だれかさんの死体なら、堆肥の山に埋めてやるんだけど。それとも足に鉛の重しをつけて川の一番深いところに沈めるのはどうかしら。

ロリは図に乗ってつづけた。「お母さんはじきに契約書に署名するわよ。これから会う約束をしてるんだけど、あんたも同席する？」

「ロリ、ほかに見込み客はいないの？」

「危険なミツバチが群がっているような家の隣に、フィッシャー家の人間以外でだれが住む気になる？　お母さんはぞっとしない生き物にも慣れているけど。娘が娘だから」

わたしは人差し指でロリのみぞおち、大きな胸のちょうど真ん中あたりをぐいと押しやった。「いま人生の棚卸《たなおろ》しをしてるんだけど」さらに、もうひと押し。「買い物にきたんじゃなければ、あんたの名前を、わたしの幸福をむしばむリストの一番上に移動させるわよ。いま大掃除中だから、買い物しないなら、とっとと出ていって」

「おおこわ。今日はやけにつんけんしていない？」

ちょうどそのときスタンリー・ペックが現われ、にらみ合いは終わった。

「店に寄って開店準備を教わってこいと、キャリー・アンから言いつかって」と、ロリは無視して、わたしに話しかけた。「教えてもらえるかな」

従姉は優秀な店長として頭角を現わしつつあった。アルコール依存症から抜け出したら、人あしらいに長《た》けていたなんて、だれに予想できただろう？ 店はぴかぴか、陳列棚は輝き、将来を見越して新人を配置している。この調子だと、ホリーの無断欠勤にもうちの母の頻繁すぎる出勤についても、もう悩む必要はなくなる。なぜなら、ふたりとももう勤務表に二度と載せるつもりはないからだ。

「そんなところに突っ立って、何をしてるんだ？」と、これまでのいきさつを知っているスタンリーがロリに言った。買い物かごを押しつける。「さあ行った、行った」

スタンリーとはずっと親しい友人だったが、養蜂という共通の趣味を通して、わたしたちは永遠のきずなで結ばれることになった。接客係としては難点があるのだが、うちで働いてもらう以上、接客もこなさなければならない仕事のひとつだ。難点その一。スタンリーはくだらないことにがまんできないが、店ではそういうことがままある。その二。不満を表明する方法として、銃を振りかざし、ぶっ放すぞと脅すことが珍しくない。店の天井を穴だらけにするのは勘弁してほしい。

商店への銃の持ち込み禁止についてあとで調べてみよう。いまやウィスコンシン州では銃の携行は合法になってしまったので。とはいえ、スタンリーが携帯許可証を持っているかどうかはあやしい。政府にああしろこうしろと言われる筋合いはないと思っているのだ。

ロリがむっとして出ていったあと、もっと感じのいい常連客たちがぼつぼつやってきた。〈スチューのバー&グリル〉の店主スチューが、配達されたばかりの新聞を買いに立ち寄った。いつもならとっくに届いているはずなのに。

スチューはほれぼれするようないい男だ。世界一、色っぽい目をしている。

「ノヴァ・キャンベルは殺されたって、もっぱらのうわさだぞ」スチューはバーの客たちと意見を交換している。「お客たちはだれが犯人か賭けてるよ」

「それで？」

「ホリーが本命だな。あんたの妹が被害者を嫌っていたことは、みんなが知っている。それに理由もだいたい見当がつく。彼女のご亭主と部下についてのうわさが事実なら」

「そんなうわさが事実なもんですか」とわたしは教えた。「あなたも彼女が生きているあいだに会っていれば、ホリーがどうして彼女を嫌っていたかわかったでしょうに。わたしもひと目見て嫌いになった」

スチューは地元紙の《リポーター》の一面にざっと目を走らせた。わたしは《ディストー《おさわが》ター《せ》》と呼んでいるが、それには理由がある。ひとつには、パティがここの記者で、彼女の仕事ぶりを知っているから。もうひとつは、ふだん記事にするようなネタがないものだから、名誉毀損《きそん》すれすれの見込み記事を数多く載せて、世間を騒がせようとしているから。

「別嬪《べっぴん》じゃないか」スチューは、一面に載っているノヴァ・キャンベルの写真がわたしにも見えるように、新聞を掲げてみせた。

「男の人ってそれしか興味がないの？」

「まあね」それをしおにスチューは店を出ていったが、ウィンクして、わたしをからかっているのだと合図した。

ミリーがブーケを補充しに立ち寄った。わたしは新聞立てから一部抜き取って、ノヴァの写真を見せた。「こんなに早く、どこで写真を手に入れたのかしら」

「運転免許証よ」とミリー。「新聞はふつうそうするの。それにしても、よく撮れているわね。わたしの免許証を見てよ。犯罪者みたいだから」

「これからちょうど記事を読むところだったの」署名欄にパティの名前が載っていることに気づいた。ため息をついて、記事の本文に目を走らせた。

その記事はというと——。

ノヴァ・キャンベルが、地元の養蜂場を見学しているさなかに急死した。養蜂場の経営者ストーリー・フィッシャーは、〈ワイルド・クローバー〉の店主でもある。この店ではつねづね活発な憶測や中傷が飛びかっている。そして今回の悲劇は、この町の旧家のひとつで、何かと世間を騒がせてきたフィッシャー家をめぐるうわさの火に油をそそぐことになった。

キャンベルの死は、彼女が不用意に足を踏みいれた場所に関係しているのだろうか。殺人蜂《キラー・ビー》の群れをけしかけられたのか？　それに、フィッシャー家の末娘、ホリー・ペイン（旧姓フィッシャー）についてはどうだろう？　彼女の夫で富豪のマックス・ペインは、亡くなった女性の上司である。複数の情報筋によると、平生は静かなモレーンの町に被害者が滞在中、彼女とこの夫君のあいだにどんな関係があったのか、警察が目下捜査している。

嫉妬のせいで、ホリー・フィッシャーは自制を失ってしまったのか？

それとも、某夫の秘密の情事が暴かれる危機に瀕していたのか？

さらに容疑者リストに趣を添えるべく、ノヴァ・キャンベルの同僚ふたりを加えてはどうだろう。会社内部の人間がライバルを排除したのではないだろうか？

それともノヴァ・キャンベルは自ら命を絶ったのか？

これらはむろん、どれも推測にすぎない。協力して捜査に当たっている二つの法執行機関が、一般市民の知る権利に答えることを拒んだからだ。ちなみに、この事件を担当している捜査官たちは検死のくわしい結果が出るまでは箝口令《かんこう》を敷いているが、記者は脅しに屈することなく、これからもあらゆるニュースをお届けする。

〝続報《ストーリー》〟にご期待あれ。

「よくもこんなでたらめを」と思わず声に出してから、新聞台のまわりにちょっとした人だかりができていることに気づいた。後ろのほうから、つぎはだれを殺すんだい、とからかうような口調で（と、わたしには思われた）茶々を入れる声がした。そういうわけで、新聞はものの十五分で売り切れた。一部は自分用に、もう一部は友だちのために、二部買った客もいる。

「新聞はどうしてこんなガセネタを載せたのかしら」キャリー・アンは記事に目を通してから言った。「あなたの評判を公の場で貶《おとし》めることを禁じる法律はないの?」

「あるわよ。名誉毀損」

わたしは携帯を取り出し、ハンターに電話した。現実が、おとぎ話のような幸せに土足で踏みこんできた。

またしても。

15

　正午まえ、サリー・メイラーがパティ・ドワイヤーに、事情聴取のため警察署への出頭を命じる令状を持ってきた。サリーはハンターに応援を頼んだ。警察長代行ことサリーによると、パティは不愉快な誹謗中傷を行なったのか、さもなければ警察に話す必要のある情報を握っているかのどちらかになる。事情聴取は必ずしもわたしが望んでいたことではなかった。うちの家族の生活を徹底的に調べられるなんて迷惑このうえない。パティを留置場にぶちこんで、そのまま監禁してくれると思っていたのに。

　お昼休みのあいだ、わたしはパティの家の正面から一歩も動かなかった。警察に連行されるところをかぶりつきの席で見たかったからだ。生々しい警察の暴力は、ピーナツバターとはちみつサンドによく合うだろう。

　わたしはまだかんかんに怒っていた。なんて恩知らずなの！　友だちになってあげたのに。たしかにしぶしぶとはいえ、ただの義理ではなく、それなりに気をつかってきたつもりだ。ようやく玄関にパティが現われたときには、駆け寄って絞め殺さないようにするのが精いっぱいだった。

「情報源は口が裂けても明かさないわよ」パティは玄関ポーチの一番上でそう言い放ったが、すぐにハンターとサリーにはさまれて、サリーのパトカーまで連れていかれた。「あたしを逮捕するなんてどういうつもり。記者なのよ。ちょっと、腕を放しなさいよ。痛いじゃない」

ハンターは彼女の声が耳に入らないようだった。頭から湯気を立てていることから見て、相当腹を立てているようだ。

「パティ」わたしは大声で呼びかけた。「わたしがあんたを捕まえたら、腕だけじゃすまないわよ」

「ストーリー、きてくれたのね。助けて！」とパティは言った。今回は敵どうしだということもわからずに。「彼氏に乱暴を止めさせてよ」それからハンターに向かって、「とことん抵抗してやる。あたしの唇はセメントで封印してあるんだからね」と言った。

どうせなら、深さ二メートルのセメントの下に埋めてやりたい。

「約束したでしょ、パティ」わたしはサリーとハンターにしか聞こえないところまで近づいて言った。「オフレコだって。忘れた？　しかもあんなひどい尾ひれまでつけて」

「ほかにも情報源を見つけたのよ」と彼女も声をひそめて言った。「あんた以外に。ある人が協力を申し出てくれて」

それはどういう意味？　だれかべつの人間から裏が取れたら、わたしの秘密を口外してもかまわないと？　いかにも、パティが考えそうなへ理屈だ。べつの情報源とやらは、わたしの一番上等のビーチサンダルを賭けてもいいけど、ロリ・スパンドルにちがいない。

　パトカーが遠ざかるのを見送りながら、わたしはパティに試してみたい効果的な拷問の手口をあれこれ思い浮かべた——油で釜ゆでにする、トイレに頭から突っこむ、ちびた指の爪をはがす。彼女が口を割ると期待しているわけではない。どうせ情報源なんてうそっぱちだから。何もかもパティのでっちあげだ。

　それから二時間もたたないうちに、《リポーター》は声明を発表した。記事の全文を撤回したうえで、不満を持つ従業員が勝手に紙面を改変したと説明し、最後にその従業員をただちに解雇した旨を伝えた。

　とはいえ、もうあとの祭りだ。あのばかげた記事は深刻な結果を招くだろう。

　その一方で、店はかつてないほどにぎわっていた。これほどたくさんのお客さんが牛乳を切らしたのはこれまで見たことがない。

　わたしは携帯の電源を切った。なぜなら鳴りっぱなしで、しかも着信履歴を見れば、しつこくかけつづけているのは母さんひとり。わたしが一番話したくない相手だから。ホリーがお客さんのおもてなしで忙しく、新聞を読んだり、母さんからの電話に注意を払うひまがなければいいけど。なるべく長いあいだ知らないほうがいい。

〈スチューのバー&グリル〉の常連のひとりが店に来て教えてくれたのだが、スチューのカヌーとカヤックのレンタル業は、酔客のひとりが、最新の犯罪現場までひと漕ぎだと言いだしたせいで、人気がうなぎのぼりだそうだ。

その現場というのは、わが家の裏庭からつづく川岸のこと。

「みんなひどすぎると思わない?」わたしはたまりかねて言った。

しかし人は修羅場を好むもの。それが事実であろうとなかろうと。そしてこの小さな町はとりわけ、いったん消化したうわさ話をまた吐き出して広めることで、栄えてきたふしがある。

午後のなかば、双子たちがやってきて店番を代わってくれた。横目でそれとなくうかがわれたり、無遠慮にじろじろ見られたりすることにたまりかねていたので、ほっとした。こんな絶望的な状況で、平気な顔をしているのは難しい。

店を出てわが家のある通りへ向かった。ちょっと調べてみたいことがある。ただし、うちの裏庭ではない。パティの墓穴を掘るのにぴったりの場所なら、いくつか候補はあるけれど。こっそり裏手に回りたかったが、あたりをうかがっていると、野次馬のひとりがカヌーに乗って通りかかったので、開き直ることにした。

わたしはパティの家の玄関まで堂々と歩いていった。

たまたま運よく(そんなことはめったにないのに)、パティは逮捕のどさくさで鍵をかけ忘れていた。

どうしてパティは、ノヴァ・キャンベルが川で死んだとき、ちょうど居合わせたのだろう。

それに、どうしてその事実を隠し、わたしが問いつめたときも答えようとしなかったのか。

しかも今度はわざわざホリーとわたしに世間の注目を集め、ノヴァを殺した犯人に見せかけようとした。そうではないと知っているくせに。

パティ・ドワイヤーのねらいは特ダネだけではなさそうだ。それにいくら憎らしくても、彼女がばかでないことは知っている。あの記事のせいで上司ともめることはわかっていたはずだ。警察とも。わたしとも。

つまり、それだけ切羽詰まっていたにちがいない。その事情を探ってみよう。

これまでにパティの家に入ったことはあったが、二階には一度も上がっていない。まっすぐ階段をのぼって、彼女が望遠鏡で近所をのぞいている部屋に向かった。ぴかぴかの本体と、梱包してあった段ボール箱が床に散らばっていることから見て新品だろう。

パティはものを極力持たない主義のようだ。どこもかしこも必要最小限のものしかないので、その分仕事もはかどるはず。ただしそれは、わたしがここでやるべき仕事、つまり何を捜せばいいかを正確に知っていれば、だけど。でもひと目見たらぴんとくるわよ、と自分に言い聞かせた。

部屋をひととおり見渡す――望遠鏡、空っぽのクローゼット、飾りけのない壁。電子機器がいくつか(カメラ、ビデオ、高性能の双眼鏡)、どれもみな机の上に並んでいる。

机の引き出しには手紙の束があった。ずいぶん古いもののようだ。手紙を束ねている輪ゴムまで古びていて、引っぱると切れてしまった。手紙はどれもイリノイ州シカゴのパトリシア・ブルーノ宛て。差出人は南西イリノイ刑務所。

「何をしてるの」背後でいきなり声がした。手紙が床にばさりと落ちて散らばった。心臓があやうく止まりかけた。

くるりと振り返る。

「パティ！　あなたこそ何をやってるの？」とすました顔で訊き返したが、いまの状況を考えれば悪あがきだった。

パティは腰をかがめて手紙を集めた。「あたしたち、本気で手を組まない？」と言った。「あんたは自分で思っているよりも探偵仕事に向いているし」

「それはどうも」わたしはごにょごにょ言いながら、パティを釈放するなら、気を利かせてわたしに一報してくれてもよかったのに、とハンターを恨んだ。

「でも、あんたは知りすぎた」とパティはつづけて、近づいてきた。目を細くすがめ、思わせぶりな口調で。「生かしちゃおけない」

わたしの顔から血の気がすっかり失せたのはまちがいない。

と、パティがほがらかな声で言った。「冗談よ。そんなにびくびくして」

わたしは気を静めようと数を数えた。今回は十ぐらいでは（どんなにゆっくり数えても）役に立たないだろう。そもそもうちの隣人が相手では、役に立ったためしがない。千なら効き目があるかもしれないが、それでもあやしい。

「階下に行きましょう」パティは手紙を引き出しに戻した。「何もかも説明する。あたしとしたことが。あんたを見くびってた」

パティに言われたくない。

念のため、お先に階段を下りてもらった。

「パトリシア・ブルーノは、あたしが結婚していたときの名前」と言いながら、パティは椅子に腰かけた。「当時のことは、まるで悪夢みたいに思える。あたしはまちがった結婚をしたの。相手は、思っていたような男じゃなかった」

パティが？　結婚していた？　ひゃあ！　ちっとも知らなかった。

「そうだったの」か細い声で言って、わたしも腰を下ろし、咳払いをした。「その気持ち、よくわかる」わたしの元夫がどうしようもない女たらしだったことは、町じゅうが知っている。

「あんたのだめ亭主とは格がちがう。あいつはあたしよりずっと年上で、何度か刑務所のお世話になっていたんだけど、そうとわかったのはあとになってから。しかもそれはまだ序の口で、結婚したとたん、暴力を振るうようになった。細かいことは省くけど、ひどいものだった。もうたくさんだと思って、すぐに逃げ出そうとした。夫にはそんなことをすればぶっ殺すと言われた」

「ひどい目にあったわね」とわたし。「でも、うまく逃げられてよかった」

「彼が服役しているあいだに決行したの。離婚して、この町にきた」パティは身を乗り出した。「あんたも聞いたことがあるんじゃない。ハリー・ブルーノっていうんだけど」

たしかに、その名前には聞きおぼえがあった。「あのシカゴマフィアの？」

「そのとおり」

わずか数分のあいだに、わたしは二度、言葉を失った。最初はパティがわたしを殺すと脅したとき。そして今度は、わたしの向かいにすわっている女性が結婚していた――しかも、元夫がマフィアだとわかって。

「彼はあなたの居場所を知ってるの?」と訊きながら、パティがまだ消されていない以上、そんなはずはないと考え直した。

パティは弱々しくほほえんだ。「知ってるでしょうね。マフィアの一員なんだから。相手がだれであれ、いずれは突き止める。それに、ときどき電話で話もしてるのよ。そうやって、彼が出所してから、ずっと目を離さないようにしてきた。ありがたいことに、彼はすぐにほかの女性と出会って再婚した」

「ほっとしたでしょう」とわたし。

「そりゃあね」

わたしはパティに心から同情した。とはいえ、説明してもらいたいことはまだ残っている。

「打ち明けてくれて嬉しかった」と、ひとまず言った。「でも、私生活に問題があったからといって、うちの家族についてあんなひどい記事を書いた理由にはならない。あの記事とあなたの過去とは何の関係もないもの」

「悪かったわ、あんなことをして。どうかしてたのよ」とパティ。「とにかく世間の注意をそらそうと必死で。昨日、あんたのあとを追って家までついて行ったり、ノヴァ・キャンベルを助けようとして川に入るんじゃなかった。もしこれが明るみに出たら、一生、塀のなかよ。あたしの話をすっかり聞いたら、あんたにもわかるわ」

へぇ、そう。「だといいわね。わたしはもうがまんの限界だから」

「まあ聞いて」パティは椅子の背にもたれかかった。「あたしはハリー・ブルーノの先妻。ノヴァ・キャンベルは後妻なの」

それは衝撃の事実だった。まさかそうくるとは。「だから殺したの？」と思わず口走っていた。

パティはぎくりとして椅子から飛びあがった。「ほらね、あんたでさえあたしがやったと思ってる。世間の人たちはどう言うかしら。きっと同じよ。でも、あたしは彼女がこの町にいることも知らなかった。あんたの裏庭で彼女を見かけるまでは。まえにネットで結婚式の写真を見たから、すぐに彼女だとわかった。ノヴァが川にくずれ落ちたとき、さっさと逃げ出せばよかったのよ」

そのとおり。そうしていればよかったのに。「でも、助けようとして川に入ったのよね」

パティはうなずいた。「もう死んでたけど」

「なるほど」とわたしは言った。「でも、あきらめるのはまだ早い。最初に発見したからといって、犯人とは限らない」

パティは憮然として言った。「まあね」

そのとき、ふとべつのことを思いついた。「ノヴァが死んだと聞いたら、ハリー・ブルーノは復讐にくるんじゃないかしら。離婚したかもしれないけど、聞いたところでは、マフィアは身内を大切にするというから」

「これは『ゴッド・ファーザー』じゃないのよ。ハリーは彼女を憎んでた」

「どうして知っているの？」

「言ったでしょ。いまでもたまに連絡を取っているから。彼はよりを戻したがっているけど、おあいにくさま、そうはいくもんですか」心配のあまり顔がくもっている。「だれかべつの人をさっさと見つけてくれたらいいのに。こっちにきてつきまとわれたら、いい迷惑よ」

「うちの家族を巻きこまないでほしかった」わたしは席を立ち、玄関に向かった。パティの過去や立場が、彼女のしでかしたことの釈明になるかどうかはよくわからない。それでもパティをちょっぴり気の毒に感じていた。

パティの事情が、通りを歩いていても頭から離れなかった。

残念ながら、店に戻ると、新しいうわさが駆けめぐっていた。

ノヴァ・キャンベルの水筒に入っていたニンジンジュースに毒が仕込まれていたというのである。

16

「ドクゼリだったよ」

ハンターが店の事務室のパイプ椅子に腰かけて、そう言った。ベンとわたしはお決まりの挨拶の最中だった。わたしは頭のてっぺんを撫でてやり、ベンは生暖かい舌で愛情をこめて顔をなめまわす。ハンターとはもう少しありきたりな方法で挨拶をすませていたが、彼に触れられた肌がまだうずいていた。

「どうしてそのニュースがこんなに早く洩れちゃったのかしら」

新しいうわさが駆けめぐる速さときたら、豪雨のあとの鉄砲水もかなわない。

「ドクゼリはこのあたりではよく見かける雑草だ」とわたしの彼氏はつづけた。「広々とした湿地、たとえば水辺なんかに生えている。きみの家の裏にある川岸にも生えているんじゃないかな」

わが家がいまでは〝わたしの〟家で、〝ぼくたちの〟家ではないことに気がついた。

「アメリカではもっとも毒性の強い植物なんだ」ハンターはさらに補足した。「軽く肌をこすっただけでも皮膚から吸収されて、強い痙攣《けいれん》を起こし、命にかかわることがある」

その野草がこのあたりに自生していて、それほど危険なら、せめて姿形なりとも知っておきたい。その毒草の写真を探し出し、もしうちの敷地で見つけたら、退治する必要がある。ハンターに少し待ってもらって、パソコンでドクゼリを検索した。すらりと背の高い、繊細な植物が画面に現われた。緑がかった白い小花がたくさん集まって傘が開いたような形をしている。

「これだよ」とハンター。「さっき言ったように、皮膚についただけで症状が現われることがある。茎はなかが空洞になっている。まえに子どもたちがその茎で草笛を吹いて、中毒を起こした。それぐらい猛毒なんだ」

「あらまあ」とわたし。ドクゼリがこれまでわたしのレーダーに一度も引っかからなかったことに唖然として。うるしなら知っている。でもドクゼリは……ちっとも。

「それと、もうひとつ」とハンターが言った。「検死官によると、ドクゼリはニンジンと同じような匂いがするらしい。味も似ているんじゃないかな。試食しようとは思わないけど」

わたしはすくみあがった。毒入りのニンジンジュースなんて、考えられる死因のなかでも最悪のものだ。どうしてこんなことになってしまったのだろう。

「ノヴァのニンジンジュースに毒が仕込まれていた、という町のうわさはまちがいよね」わたしはすがるような思いで言った。「ノヴァはドクゼリにさわったとか、草笛を吹いたかしたせいで亡くなったんでしょう？」

「いや、どうやら根を裏ごしして、冷蔵庫にあったジュースに混ぜたらしい」

わたしは心のなかで渦巻いている感情を表に出してしまったにちがいない。ハンターに、「どうかした？　疲れた顔をしてるけど」と言われたからだ。

「もう若くないのよ」

「まあそういうわけで、ぼくとしては、そのニンジンジュースを用意した人間を見つける必要がある」

わたしはごくりとつばを飲みこんだ。

ハンターはしんぼう強い表情で、わたしにじっと目を凝らした。「ここまでで、何かつけ加えたいことは？」と訊いた。

ハンター・ウォレスとは長いつきあいなので、心のなかが読める。彼が感情をすぐに表に出すタイプというわけではない。むしろ古典作品のように、深く掘り下げなければ、隠されたテーマはわからない。けれども、いまわたしに向けている表情なら知っていた。

ハンターはすでにわたしの名前をジュースと結びつけている。

逃れるすべはない。「ええ、そうよ」と認めた。「そのニンジンジュースはうちの商品。一緒に入荷した残りの分はもう店頭から片づけた」わたしは事務所の片隅にある、手書きの警告をつけた段ボール箱を指さした。「箱ごと持っていって、ひとつ残らず検査して。全部に毒が入っていても驚かないから」そこで、やや気を取り直した。「むしろそのほうがいいわ。犯人は知り合いのだれでもないということだもの」

「よし、検査に出すよ」

彼氏は本腰をすえて取り調べにかかった。「じゃあ、そもそもどうしてペイン家にニンジンジュースを配達したんだい？」

ほらね、だから彼に言いたくなかったのだ。わたしがたまたままずい場面に居合わせるのは、いまに始まったことじゃない。一番都合の悪いときに、一番都合の悪い場所に現われるというありがたくない才能に恵まれている。さらに、ハンターがねらいをつけているのが妹だと思うとぞっとしなかった。「ホリーに頼まれて」としぶしぶ答えた。「でも元はと言えば、ノヴァのご所望だったの。ホリーはただお客さんをもてなそうとしただけ」と急いでつけ加えた。

「となると、警察のホリーに対する心証はあまりよくないな。きみもわかっていると思うけど」

「あの子は植物のことはこれっぽっちも知らないのよ」と、彼を説きふせようとした。「バラの花束でもないかぎり。それに、そんな心のねじくれた人間じゃないの。まえもってあんなことを企むなんてありえない」それはまちがいなかった。妹はなんにつけ、まえもって計画などしないタイプだ。ニンジン風味の毒草をニンジンジュースに混ぜるなんて、逆立ちしたってできっこない。

「それもそうだな」とハンター。「あくまでぼくの個人的な意見だから、関係ないけど」

少なくとも、その点は認めてくれたということだ。

「まだほかに、ぼくに言ってないことは？」ハンターはさらに追求した。

うーんと考えこんだ。正直なところ、ほかに秘密なんて……ちょっと待って、何もかも打ち明けるにはまたとない機会だ。それに、妹から注意をそらせることができるなら一石二鳥。「ノヴァが死んだとき、パティも川にいたのよ」そうよ！　ハンターにはた迷惑なパティ・ドワイヤーを追跡してもらおう。

ハンターは椅子にもたれて、わたしを探るように見つめた。目をそらしたくなったが、必死でこらえた。「話を聞かせてもらおうか」と彼は言った。

そこで一部始終を話した――パティの家を嗅ぎまわった部分は省略して。なけなしのプライドまで手放すわけにはいかない。パティが結婚していたこと、ノヴァが後妻だということ、パティいわく、ノヴァを助けようとして川に入ったことを話した。最後に、パティが中傷記事を書いた理由として挙げた苦しい言い訳――彼女自身から注意をそらすため――をそのまま伝えた。「パティは疫病神よ」と締めくくる。

「いつもそう言ってるじゃないか」とハンターもうなずいた。

「それ見ろ、でしょ」

「それ見ろ」ハンターは立ちあがった。「サリーに、パティの過去について知っていることを全部話すんだ。パティは署へ連行したとき、マフィアとのつながりはひとことも言わなかったから」

「あなたからサリーに言ってもらえない？」

「きみからのほうがいい。一緒に行こうか」

「いいえ、ここを片づけたら警察署に寄るわ」

ハンターがベンと一緒に、ニンジンジュースの段ボール箱を抱えていったあと、パティが携帯にかけてきた。

「しばらく町を出るつもり」と彼女は言った。「ほとぼりが冷めるまで」

「そんなこと、警察に事実を話すまでは無理よ。ハンターにはいま話したけど」

「いま一番心配なのは警察なんかじゃない。ハリーのことが気がかりでたまらないの。あたしを探しに本人がやってくるかもしれない。見つかるのはまっぴら。あの男はすぐにカッとなって暴力を振るうから」

わたしが答えるまえにパティは電話を切った。

しばらくして、ホリーが事務室に荒々しく入ってきた。「あの性悪の魔女はどこにいる?」とわめいた。すっかり頭にきて、ドアが開けっ放しなのも気にせず大声で怒鳴るので、お客さんにまで筒抜けだ。

パティが町を出ようとしているのは、もっけの幸いだった。マフィアの元夫が怖いようでは、レスリングの達人にはとうてい太刀打ちできない。

わたしはさっと立ちあがって、ドアを閉めた。「落ち着いて」と声をかけたが、自分の耳にもその忠告はむなしく響いた。

ホリーはすごい早口でメール用の略語を並べはじめた。いくつか聞きとれたが、そのほとんどは口にするのもはばかられるような罵倒のたぐいだった。それが終わると、つきものが落ちたように、ふつうの言葉に戻った。「パティはどこ？」

「消えたわ」とわたしは言った。「もうこれ以上、悪さもできない」

「これ以上なんてないわよ」と妹は叫んだ。「おまけに警察までノヴァが毒殺されたって言ってるのよ。うちの冷蔵庫にあったニンジンジュースで。マックスはもうかんかんよ。弁護士に電話して、あのまぬけな新聞とパティ・ドワイヤーを訴えてやるって」

店のほうから、いくつかの声に交じってがやがやと騒ぐ声が聞こえてきた。

「しばらくここで頭を冷やしていなさい」とわたしは妹に言った。「店の様子を見てくるから」

ホリーは椅子にぐったりとすわりこんだ。わたしは妹を残して出ていった。

店は大忙しだった。そして追っ払ったはずの母親がレジの後ろにいた。

わたしはかっとなって詰め寄るのをこらえた。

「こういうときこそ家族は団結しなきゃ」母が先手を打ってわたしに呼びかけた。「新聞に出た中傷記事の被害を食い止めるのよ。あなたの頭のなかにあるほかのことは、いずれきっちり話し合いましょう。いいわね？　とりあえずいまは一致団結よ」

母はわたしの答えも待たずに、つぎの客のレジを打ちはじめた。わたしたちのあいだに不都合なことなど何ひとつないかのように。

母がレジの横に募金箱を置いていることに気がついた。

「パティ・ドワイヤーは心を病んでいるんですって」と、客のひとりひとりにほがらかに説明している。「だから、治療費の足しに寄付を募っているの」募金箱のてっぺんからはお札が何枚か突き出していた。「あのとんでもない記事を見た？　あれを書いたときには、もう変調があったんでしょうね」数人の客がさらに紙幣と小銭を入れた。わたしがレジにいたものの数分のうちに。

店を出て頭を整理し、母さんに対してつぎにどんな手を打つかを考えた。わたしの身近にいる女性の多くには、共通した性質がある。

・自分の気持ちをきちんと伝える……もとい……強引に押しつける。
・能力を過信している。
・競争心が強い。
・なんでも自分の思いどおりにしようとする。

続けようと思えばまだまだ続けられるが、はきだめに鶴のような人がひとりいることに気がついた。おばあちゃんだ。ちょうどいま店の外のベンチにディンキーと一緒にすわっている。しんぼう強く、愛情たっぷりで、しかも出し惜しみしない。他人をありのまま受け入れ、大らかそのもの。おばあちゃんのすばらしい遺伝子を、ほんの少しでいいから受け継いでいますように。

「お母さんは反省してるのよ」と祖母は言った。

「じゃあ、素直にそう言えばいいじゃない」わたしは祖母の隣に腰かけた。ディンキーがわたしの膝に移り、あごのところまでのぼってきた。べたべたした舌をかわそうと、身をよじる。

「お母さんなりのやり方で謝ったのよ。今日ここへきたのは、あなたや家族のことを大切に思っている証拠なの」

「『ひどいことを言って、ごめんなさい』と言えばすむのに」

「それができないから。ヘレンは口に出して謝ることができないたちでね」

たぶん、おばあちゃんの言うとおりだ、としぶしぶ認めた。しばらくベンチに並んですわり、目の前を行き来する近所の人たちやお客さんと世間話をしながら、おばあちゃんはパティが心を病んでいるという母さんの作り話をせっせと広めた。当たらずといえども遠からずではないかしら。

しばらくしてホリーも店から出てきて、おばあちゃんの隣にすわり肩を寄せた。妹とわたしは祖母の頭越しに目を見交わし、ふたりで力を合わせてがんばること、そして気持ちを強く持つことを伝え合った。妹は正気を失う瀬戸際でなんとか踏みとどまった。

それからホリーはけなげにも店に戻って母のレジ打ちを手伝い、おばあちゃんは写真を撮りがてら散歩に出かけ、わたしは事務所に戻って、たまっている事務仕事に取りかかった。とはいえ、頭のなかは雑念でいっぱいだった。

これまでにわかった事実は（とりとめのない考えを並べると）、

・ノヴァ・キャンベルはドクゼリにより故意に毒殺された。
・わたしがその手段（ニンジンジュース）を配達し、ジュースは凶器の一部であることが判明した。
・ニンジンジュースを持参するように頼んだのは、ホリーだ。
・ホリーは、ノヴァが自分の夫に色目を使っていることを知っていた。
・ホリーは容疑者として申し分がない――動機、機会、手段と三拍子そろっている。

ただし、うちの妹は毒草と天然記念物の区別もつかない。クロネコとスカンクのちがいもわからない。妹にとって自然とはガラス越しに鑑賞するもので、おぞましいあれこれが襲ってこないように、せめて網戸や雨戸の陰からのぞくものだ。それに仮に毒草を摘むためだけに、思いきって大自然に分け入ったとしても、たとえばリスのようにおとなしい動物を見ただけで悲鳴をあげるだろう。まちがいない。

要するに、ホリーが本気でノヴァを毒殺したければ、大量の睡眠薬をワイングラスに溶かし、それをノヴァにすすめるほうが、取りうる手段としては可能性が高い。そもそも毒殺はホリーには似合わない――そんな恐ろしい手段を選ぶぐらいなら、妹は言葉と体を使って、ライバルをマットに沈めるだろう。相手は荷物をまとめて逃げ帰るはず。

ホリーは卑劣でも腰抜けでもない。

でも、今回の犯人はそうだ。

となると、だれだろう？

うちの家族（当然のこと）と、パティ・ドワイヤー（頭はまともじゃないけど、人殺しにはどうしても思えない）を勘定に入れなければ、考えられる容疑者はたったふたり、ギル・グリーンとカミラ・ベイリーだ。考えてみれば、これほどしっくりくる容疑者はいない。ふたりとも調香師。香りの素材を混ぜ合わせ、組み立てる専門家で、植物から毒薬を作り出すのもお手のもの。

ノヴァの死は、あのチームが取り組んでいた例のプロジェクト——野菜をキャンディ味にする物質の開発——となんらかの関係があるにちがいない。さらに、わたし自身の第一（および第二）印象から判断するに、ノヴァ・キャンベルは決して一緒に働きたい同僚ではなかっただろう。となれば、疑問はただひとつ——ふたりのうちどちらが犯行に及んだのか。

わたしはハンターに電話した。「マックスのお客さんたちはもう町を出た？」そう訊いたのは、高飛びするまえにじっくり話を訊きたかったからだ。

「そうはいかない。同僚が殺されたんだから。町を出ないように命じられている」

つまり、警察も容疑者をホリーひとりにしぼってはいないというわけだ。「しめた！」とわたし。「えーっと……その……」

「きみはほんとうにわかりやすいな」とハンター。これまでとはちがって愉快そうな声だ。

「家族を守りたい、その気持ちはわかる。でも、この事件には首を突っこまないこと。いいね、ストーリー」

「あなたにうそはつきたくない。だって、もう巻きこまれているんだもの」

なにしろ、渦中にあるのはうちの家族。妹、妹の夫、わたし、みな身内だ。ハンターは優秀な刑事だし、彼のチームもきっとそうだろう。それにサリー・メイラーにも全幅の信頼を寄せている。それでも、ただ手をこまねいているわけにはいかない。

「まいったな」とハンター。

「それはお互いさまでしょ」

「きみを閉じこめておかないと」

「期待してるわ」と、思わせぶりな口調で答えた。

電話を切る。

店をのぞくと、ミリー・ホプティコートがブーケを満載した手押し車で到着したところだった。午後も遅くなり、そろそろ夕食の献立を考える時間になると、店は猫の手も借りたいほど忙しくなる。けれども今日はめずらしく、スタッフが全員そろっていた――双子、キャリー・アン、母さん、スタンリー、わたし、おまけにホリーまで。もっとも、妹を常勤のスタッフと呼ぶのは無理があるけれど。

「お宅に寄ってきたのよ」ミリーがホリーに言った。「お客さんに出すものを二、三こしらえたから」

「助かるわ、ミリー」妹は感謝あふれる声で言った。

「頼りにしてる」とわたし。事件の捜査にかまけて、食事の用意はすっかり忘れていた。

「エフィーが親切にしてくれて」とミリーが言った。「それにしても、とんだことになったわね。家じゅうてんやわんやでしょう。なんとまあ、毒殺だなんて」

「そのことだけど、ドクゼリについて教えてくれない？」と、一緒にブーケを並べながら頼んだ。

「ニンジンと同じセリ科の仲間よ」とミリー。なるほど。ハンターもニンジンとよく似た匂いがすると言っていた。

「根っこに一番毒があるの」その話題を耳にした買い物客たちが足を止め、人だかりができていた。スタンリー・ペックもにじり寄って、耳をそばだてている。「別名、牛殺しとも呼ばれているのは、牧場に生えているのをそのままにしておくと、牛が食べて一巻の終わりだから」

「牛みたいにでかい動物を殺すほどの猛毒なら」とスタンリー言った。「人間だと、どうなることやら」

わたしたちはそれについてしばし考えこんだ。

「このあたりにも生えている？」とホリーが質問した。妹の心のなかは手に取るようにわかった。もしそうなら、この先二度と野山には入らないつもりなのだ。こと自然に関しては、聞き分けのない子どもと同じだから。

ミリーはうなずき、ハンターのおかげですでにわたしの知識に蓄えられている、もうひとつの事実を裏づけてくれた。

「ええ。なんなら、これから生えているところへ案内しましょうか」

「退治せんといかんな」とお客さんのひとりが言った。「よし、いまから行こう」

ちょうどそこへロリ・スパンドルがやってきて、最後の言葉を聞きつけた。うちのミツバチのことを話していると思ったらしい。「もういいかげん、わかったでしょう」と言った。「ストーリー・フィッシャーの蜂は危険だって。それに、みんな《リポーター》を読んだ？あの気の毒な女の人を殺した犯人も、ミツバチかもしれないのよ」

「いいかげんにしろ、ロリ」スタンリーが言った。「あんなたわごと。あんたもわかってるだろうに」

わたしは、ロリがフォルダーを抱えていることに気がついた。うちの母がサインすることになっている賃貸契約書かしら……いや……どうかそうではありませんように。忙しさにかまけて、まだハンターの耳にも入れていないのに。

「母さん」相変わらずレジの後ろに陣取っている母に声をかけた。「ミリーと一緒にドクゼリを探しに行きましょう」

「わたしは店番をしているわ」と母は言った。

「いいえ」母をロリが持っている契約書から遠ざけなければならない。「店は双子にまかせましょう。それに、ほとんどのお客さんが一緒に行くのよ、そうよね、みんな？」いくつもの頭がうなずいた。

「ここは大丈夫ですから」とトレントも言ってくれた。

「あら、わたしは行かないけど」とホリー。「トレントとブレントを手伝うことにする」

「ほらね」わたしは母さんに言った。「人手は十分にあるから。さあ、行きましょう」

「でも、お約束が」ロリが母に言った。

「あとにして」と母。「ストーリーの言うとおりだわ。その危険な毒草がどんなふうだか見ておかないと。ご近所でも牛を飼っているお宅が何軒かあるから。ドクゼリがまずい場所に生えているかどうか知りたがるでしょう」

「じゃあ、あたしも同行します」ロリの仲介人魂は、この機を逃すまいとした。

「おばあちゃんは？」母さんがあたりをきょろきょろ見まわした。「おばあちゃんも一緒にきて、写真を撮ってもらわなくちゃ」

「ここにいますよ！」店の後方でさっと手が上がった。小柄な祖母はおかしがっていたにちがいない――母さんはふだん、おばあちゃんの写真には苛立ちを隠さないのに、いまここで認めたも同然だったから。

わたしたち一行は、ミリーを先頭に通りをぞろぞろ歩いていった。

メイン通りを北に向かっていると、ハンターがたまたま反対側からやってきた。車を寄せて止め、窓を下ろして、わたしに声をかけた。「これからリンチに出かけるんじゃないだろうね」

足を緩めることなく、母さんが言った。「あら、ハンター。みんなでドクゼリの勉強にいくところなの」

そこでハンターはトラックを駐車して、車から降りた。ベンを後部座席から出してやりリードをつけると、一行に加わった。みなでスチューの店を通りすぎる。バーの客も何人か加わった。

ミリーは橋の左手から道路をはずれ、オコノモウォク川の土手に沿って進んだ。かなりの数になったお供を引き連れて、茂みをかきわけ、川沿いをたどる。

「このあたりにあるのはどれもちがうから」

ミリーは、とりわけおっかなびっくりの数人に声をかけた。彼らは緑色の丈の高い草を見れば、それがたまたまドクゼリだといけないので、めったなことでは触ろうとしなかった。ハンターとベンとわたしはしんがりをつとめた。岩場を越えるとき、ハンターは手をつないでくれた。

おじゃま虫のパティがいないとどうも勝手がちがう。冒険となれば、パティはいつも先頭に立った。この外歩きも気に入ったはずだ。べつにさびしいわけじゃない、と自分に言い聞かせた。ただ調子が狂うというだけ。もしこの場にいたら、さぞ張り切っていただろうに。まさに水を得た魚のように。

そういえば、とふと思い出した。パティはいまどこにいるのかしら？

わたしはパティの知られざる過去について、これまでいろいろ想像をめぐらせてきた。やはり、パティにも伏せておきたい事情があったのだ。でもいま家族のもとに身を寄せているとしても、その家族がどこに住んでいるのか、あるいはどういう人たちなのか、さっぱりわからない。家捜ししているところを見つかった今日まで、パティは身の上話のたぐいは一切せず、個人的な質問はいつもはぐらかしていた。

前方では、ミリーがガマの生い茂る沼地に分け入り、わたしの足元ではビーチサンダルの指のあいだで泥がびちゃびちゃ音を立てた。ぬかるみを歩くはめになるなんて、ひとことも聞いていなかったのに。

ミリーが立ち止まった。「ほらこれ。絶対に触っちゃだめだから」と警告した。「見るだけよ」

母さんは最前列のど真ん中にいた。ロリはヒルのように吸いついて離れない。わたしたちはおばあちゃんが写真を撮れるように道をあけた。そして順番に前に出て、ノヴァ・キャンベル殺しの主役たる可憐な植物をじっくり眺めた。自然のなかで、ドクゼリはすました顔で風にそよいでいた。ほっそりと背が高く、繊細な花と葉をつけている。この野草がそれほどの猛毒を秘めているとはだれも思わないだろう。

たぶん、調香師をのぞいては。

「サリーはホリーのお客さんたちを徹底的に調べたの？」わたしはハンターの耳にささやいた。「あの朝どこにいたのか、ちゃんと確認した？」

「そうしたほうがいいと？」わたしたちは目を合わせた。彼の目が笑っている。

「余計なお世話？」

「まあね」

「ごめんなさい」

帰り道、ロリとわたしはたまたまぶつかり、ロリは足を滑らせて川に落ちた。ファイルと書類一式も彼女もろとも川に沈んだ。

おっと、いけない。

17

ロリ・スパンドルとわたしは、小学校にあがるまえからの顔なじみだ。校庭の遊具から突き落とされたのが、いまにつづくいさかいのきっかけで、わたしはそのとき腕の骨を折ったのだった。

だから川にちょっとつかったぐらい、過去のいざこざのいくつかに比べたら、ものの数にも入らない。

ロリはにごった川から顔を出し、ひとしきりむせた。丸顔が真っ赤になっていたけど、それは目新しくもなんともない。賃貸契約の書類が川面に散らばり、ゆっくり沈んでいくのを眺めるのは痛快だった。インクが水に溶けて、ゆらゆらと流れていく。

ほかの人たちが手を貸してロリを水から助けあげた。トラックの運転手もかくやという悪態が聞こえた。これで世間の人にもロリ・スパンドルの正体がわかっただろう。わたしはそそくさと後ろに下がった。わたしの果たした小さな役割がみんなの目に留まらなかったことにほっとして。ハンターがすぐにやってきた。

「きみが突き飛ばしたのかい？」と小声で訊いた。その軽い口調から、わたしと同様、小気味よく思っているのがわかった。以前ロリにつきまとわれた経験があり、辟易《へきえき》していたのだ。ロリはわたしの足を引っぱろうと、卑劣にもハンターにしつこく言い寄った。ハイスクールでも、大人になってよりを戻してからも。たしか彼女は人妻ではなかったの？　寝取られ町長のグラントもお気の毒に。あのロリが奥さんだなんて。もっとも、夫のほうもたいしたことはない。

「あなたもきっと褒めてくれると思うけど」わたしはハンターを遠くへ引っぱっていきながら言った。「彼女のたくらみを知ったら」

ハンターをせかして、スチューの店の裏手にあるテーブル席についた。ここなら人目につかないが、わたしの名前はなぜかよく人の口にのぼるので、ロリはしぶとく恨みを募らせるだろう。警戒を怠るわけにはいかないけど、それもべつに目新しいことではない。

ハンターがベンのリードをはずしてやると、ベンは足もとに腰を下ろして、前足をなめはじめた。

「パティの関与について、サリーにはもう話した？」とハンターが口火を切った。

「これから。ここを出たらその足で」でも目下わたしの頭を占めているのは、ロリとうちの母の件だった。「そのまえに、ちょっと話があるの」と、まずハンターに警告した。「あまりいい知らせじゃないけど」

彼はため息をついた。疲れ切ったときに思わず洩らすたぐいの――覚悟はできていないけど、とにかく拝聴するよという――長い、深々としたため息。

「母とトム・ストックが同居するんですって」と打ち明けた。ハンターの眉が驚いたように跳ねあがる。「そうでしょう」とわたし。「びっくりするわよね。いい年をして」

ハンターはその知らせをしばらく吟味したあと、意を決したように言った。

「よかったじゃないか。トムはいい人だ。ぼくは好きだけど」

ええっ？　この取り決めがどんなにいけないことか、わかっているのはわたしだけ？　ホリーは異存なし。おばあちゃんも。おまけに、いまやハンターまで？

わたしは咳払いした。「その決断に伴う、ささやかな問題がひとつあるの。たいしたことじゃないけど、話し合っておいたほうがいいと思って」

「というと？」

「ふたりの新居はうちのお隣、別れた夫が住んでいた空き家なの」

はた目には、ハンターの様子にこれといった変化はなかった。わたしと同じくらい彼のことをよく知っていなければ、そのきざしを読みとることは難しい。どれもごく微妙で——あごから唇にかけてややこわばり、鼻孔が（片方ずつ）かすかに震え、喉仏がごくりと上下し、物思いにふけっているかのように視線は川面から動かない。

ハンターの言葉を待ちながら、これまでてこずってきたおなじみの悲観主義に逆戻りしないように努めた。わたしたちには乗り越える力があると信じたかった。こんなことで彼は別れたりしないはず、よね？　うちの母はいつもハンターによそよそしかった。そもそもハンターがこんな目にあういわれはない。それどころか、うちの家族のせいで、しなくてもいい苦労をしょいこんでいる。新居の庭で死体が出たこともしかり。同居している恋人（つまり、わたし）が毒入りのニンジンジュースを持ちこんだこともしかり。うちの母に、獲物の上空を舞うハゲタカよろしく、隣家から見張られることもしかり。

三十六計逃げるにしかずだ。

わたしはさらに待った。

やがてハンターはあごをさすった。川をざっと見渡す。何を考えているのだろう？　わたしがとんだお荷物だったとでも？　永遠にも思われる時間のあと、ハンターはようやく口を開いた。「頭痛がしてきた。家に帰って薬を飲むよ」

家。熱々の新婚モードのころは、たしか〝ぼくたちの〟家だった。雲行きが怪しくなるにつれて、〝きみの〟家になり、いまや〝ただの〟家。吉兆とは思えない。

「大丈夫？」と訊いた。おねがい、「うん」と言って。

「まあ、なんとか」とハンターは答えた。

ちょうどそこへ、なんの前触れもなく、きわめつけの凶報が届いた。橋のてっぺん、ちょうどわたしたちの頭上から、「これはこれは、おそろいで」と呼びかける声がしたのだ。

わざわざ顔を上げなくても、その気取ったえらそうな声には聞き覚えがあった。

ジョニー・ジェイだ！　休暇から戻ってきたのね。しかも、最悪のタイミングで。

こんなことなら、手遅れになるまえにさっさとサリーを見つけて、パティの情報を伝えておけばよかった。警察長が帰ってきた以上、サリーは一介の巡査に逆戻り。やれやれ。でも、とりあえずいまはハンターがそばにいる。

ハンターは刑事の顔に戻り、橋から下りてこちらにやってきた警察長に挨拶した。つづいて彼は言った。「事件の謎をとく手がかりをいくつかつかんだ。ちょうどよかった、いま説明するよ」

「フィッシャーが歪曲した事実なんぞ聞く必要はない」とジョニーは一蹴した。「そいつの彼氏からもな。あんたはこの事件の担当じゃないだろうが、ウォレス」

「それはそうだが」とハンター。「きみの耳にも入れておいたほうがいいと思って」

ジョニー・ジェイは携帯をベルトから取り出し、番号を押した。ハンターはこめかみをもんだ。「ハンター・ウォレスの協力は必要ないと、本人に説明しているんですがね」とジョニー・ジェイは名乗ったあとでそう訴えた。

ハンターは目をつぶり、さらに額をさすった。

「警部がじかに話したいそうだ」警察長は嫌みな口調で告げると、携帯をハンターに渡した。ジョニー・ジェイの縄張り意識の強さは広く知れわたっていて、だれも彼の職権をあえて侵そうとはしない。長期戦も辞さないというならべつだが、ほかの大方の法執行機関にとっては、それほどの値打ちはない。

ハンターは携帯に耳を傾け、それから電話を切って警察長に返した。「悪いが、失礼するよ」と言った。彼が呼び戻されたのは、ことによると平和を守るためかもしれない。ハンターとジョニー・ジェイは過去に何度か衝突したことがあり、今回もへたをすると面子《メンツ》や沽券《こけん》の問題に発展するおそれがあった。彼の上司は穏便にことを収めたのではないかしら。

「大丈夫？」ハンターはわたしに訊いた。

「ひとりでも平気だから」と見栄をはり、彼がベンを連れて去っていくのを見送った。

警察長はわたしを見て、眉をしかめた。「あんたと妹は謹慎だ。町から出ないように」

「わたしがいつ尻尾をまいて逃げ出した？」と強気に出た。「あなたをへこましてやるのを楽しみにしてるのに」

「フィッシャー、いまに思い知らせてやるからな」

「望むところよ」とわたし。

「ところで、あのおせっかいな隣人はどこにいる？」と彼は訊いた。「彼女にいくつか訊きたいことがある」

「どうぞご自由に」

わたしは長い一日にくたびれはてて店に戻った。商品が充分に足りているか棚を確認し、双子が夕方の買い物客をスムーズにさばいていることを見届けてから帰宅した。

やがてハンターとベンが帰宅すると、おもてのポーチにすわり、中華料理のテイクアウトを持ち帰り用の箱からそのまま食べた。どちらもあまり話すことはなかった。

パティの家は暗かった。

母さんの未来の家も。

ウシガエルの雄が雌を呼ぶ野太い声が暗闇にひびいた。川では、目をさました夜行動物たちがくぐもった音を立てている。

ハンターが家に入ったあと、わたしはカヤックを川に出し、二、三時間パドルを漕いで、もやもやした考えを頭から追い払った。

岸に戻ってくると、ハンターとベンが川岸でわたしの帰りを待っていた。ハンターに肩を抱かれて、ふたりで〝家〟に入った。いこいの場所にふさわしい呼び名はまだ決まらない。

18

よく晴れた月曜日の早朝、わたしはミツバチたちの世話をし、彼らが巣箱の小さな出入り口に現われ、蜜を集めに飛び立つのを見送った。夏のあいだ、養蜂場はあまり手がかからない。ミツバチたちは花の咲く植物をいくらでも見つけることができる。何匹かの蜂は飛び立つまえにわたしに止まった。小さな目がわたしを間近からしげしげと眺める。防護服は着ていないが、通常の予防策に抜かりはない。そのほとんどは常識的なものだ。見物のお客さんには、まえもってこんな注意をしている。

・香水や匂いの強いひげそりクリームはつけないでください。蜂たちは花と勘ちがいするか、その匂いが嫌いだと率直に伝えるでしょう。いずれの場合でも、刺されるおそれがあります。

・薄い色の服を着てください（白かベージュ）。華やかな花柄はとくにいけません。さっきと同じ理由です。花とまちがえられないようにしましょう。

・ミツバチは生まれつき好奇心が強いので、ゆったりした服だとなかにもぐりこみ、出られなくなって刺してしまいます。それを防ぐために、裾にゴムの入ったスエットパンツと輪ゴムは養蜂家にはなくてはならない友人です。
・うちの裏庭のようにクローバーやタンポポが自由に生えている養蜂場には、裸足で出ないでください。小さな動物たちは巨大な足が下りてくるのが見えず、どちらにとっても不幸な結果を招きます。

ほらね。どれも常識ばかり。

ミツバチたちに朝の挨拶をしたあと、川に出ていたカヌーを追い払った。ふだんは川の往来にはまったく注意を払っていないが、この二人組の男は、スチューにカヌーを借りて、うちの庭の写真をバシャバシャ撮っていた。石をひとつふたつ投げてやると、あわてて逃げ出した。ほんと、ずうずうしい。

そのあと、くたくたになるまでベンにフリスビーを投げてやり（ベンはいつまででもできそうだったけど）、彼氏にキスして送り出し、それからメイン通りを歩いて店に出勤した。ミリー・ホプティコートが一番に顔を見せた。ありがたいことに、何もかもふだんどおりで、本来の生活に戻ったようだ。

「ペイン家のお客さんたちの食事を全部まかせてもらったの」とミリーが報告した。

「そこまでしてもらわなくても」

「マックスがアルバイト代をはずんでくれるって。現金収入があると安心なのよ。それに、やりがいもあるし。ケータリングの仕事を始めようかと思って」ミリーはそれだけ言うと、店をめぐって食材を選びはじめた。

つぎにやってきたのは、キャリー・アンだった。「なんだか騒々しいわね」

わたしは彼女の目が澄んでいることに気がついた。従妹兼友人としては、そういう細かいところに気を配っている。酒びたりの生活に逆戻りしてほしくないので。かつてはビールであれウォッカであれ、手近にあるお酒を見さかいなく飲んでいた。

「警察長が帰ってきたから」とわたしは彼女に言った。

「あらまあ。それはお気の毒に」とキャリー・アン。「あの男はあんたを目の敵にしてるから」

「そうなのよ」

従妹にレジをまかせて、わたしは〈クイーンビー・ハニー〉の棚を整理しながら、ジョニー・ジェイの偏った態度と石頭について思案した。ハンターとわたしが手に入れた情報に耳を貸そうとしないのは、警察官にあるまじき態度だ。サリーはすでにノヴァの身元確認をすませているはずだから、ノヴァとパティが同じ男と結婚していたことを警察長が知っていてもおかしくはない。あの情報は、どんなぼんくら捜査官でも突き止められるだろう。でもパティも川につかっていたという部分は、ハンターとわたししか知らない重要な事実なのに。

それでもジョニー・ジェイがへそを曲げてわたしたちを捜査から締め出すなら、これ以上協力する義務はあるだろうか。彼はなんて言ってたっけ？　フィッシャーが歪曲した事実なんぞ聞く必要はない、とか。それならけっこう、どうぞご自由に。

パティがあのおぞましい記事を書いて捜査のほこ先をかわそうとした気持ちが、いまではちょっぴりわかるような気がした。なぜなら、生きているノヴァを最後に見たのがパティだと明かせば、警察の関心はパティに向かい、今度はうちの家族が得をするからだ。殺人は罪のなすり合いを生み出すことがわかってきた。

だが、ハンターでさえこの件に関しては沈黙を守っている。とりあえずは。彼の性格からいけば、わたしから聞いたパティの情報を報告する義務があると考えているのはまちがいない。だが、その相手が警察長とは限らない。ハンターは自分の部署を通して、からめ手から攻めるつもりだ。

そうなれば、ジョニー・ジェイはわたしを探しにやってくる。どうあがいても、あの男を振り払うことはできないだろう。

お昼まえにうちの母がやってくるのは、まえもって承知していた。キャリー・アンがひとことの相談もなく、勤務表に戻したからだ。頭にきても不思議はなかったが、これは賢明な判断だった。母とわたしは当たりさわりのない挨拶を交わした。よく知らない相手に示すのと同じ程度には、わたしにも如才なく接することにしたのだろう。進歩――と呼べなくもない。

そのあと、わたしはホリーの家に向かった。

車を止めると、ジョニー・ジェイがちょうど帰るところだった。

「覚悟しておくんだな」と彼は言った。「留置場の一画を丸々あんたの家族用に空けてある」と、きざな笑顔を残してパトカーで走り去った。わたしへの恨みがなんであれ、本気でカウンセリングを受ける必要がありそうだ。公正な判断力が鈍っている。あの男は子どものころからいばり屋で鼻つまみ者だった。町中みんなそれを知っているが、わたしをぎゃふんと言わせたいというあのこだわりは健全とはいえない。どちらにとっても。

ホリー、マックス、ギル、それにカミラが外のテーブルのまわりに勢ぞろいしていた。テーブルには、ミリーが腕をふるったご馳走が並んでいた。エフィーが全身をすっぽりネットで覆ってバラ園で作業しているのが見えた。

「チャンスはまだクモを退治してないのね」わたしは妹に言った。

「いやになっちゃう」と妹は言った。「エフィーが言うには、あのあたり一帯にいるそうよ。チャンスが殺虫剤を撒《ま》くのをいやがるから、厚手の手袋をして一匹ずつつまむか、靴で踏みつぶすしかないの。おまけに、卵からどんどん孵《かえ》っているというし」ホリーは気色の悪い虫がうじゃうじゃいるところを想像して身震いした。

「警察長はなんの用事だったの」わたしは妹をわきに呼んで訊いた。カミラは知らん顔をしていたが、ギルは満面の笑みで手を振ってきた。

「山ほど質問をしていった。どれもまえに答えたものばかりだったけど、今回いくつか細かい事実がわかったの」

しまった。もう少し早くきていたら、ギルとカミラの供述からもっといろいろわかったたかもしれないのに。「何か目新しいことでも？」

「ええ、ギルとカミラがノヴァに反感を持っていたことは秘密でもなんでもないけど、でもそれは事件とはあまり関係がなかった」

「どうして？」

「ふたりには、警察長が質問した時間の初めから終わりまで、鉄壁のアリバイがあったから」

それはたしかに意外な展開だ。

「つづけて」とわたし。

ホリーは身を寄せて、ささやいた。「ふたりは一緒にいたの、ギルの部屋で。しかも、ちっともやましそうじゃなくて、マックスとわたしの前で堂々と認めたのよ。警察長の耳にだけ入れることもできたのに」

そういえば、ギルとカミラは土曜のディナーのあいだ、やけに親密そうに見えた。ただし……「カミラはあの朝、あなたの家の四輪バギーで出かけたのよ」とわたし。「この目で見たもの。そのことを忘れてるんじゃない？」

「それは朝早くでしょう。警察長が所在を確認したのは、午前十一時から、みんなで姉さんの養蜂場に出かけるまでだから」

「おふたりさんは、そのあいだベッドで一緒だったと？」

「それでも、わたしのアリバイに比べたらずっとましよ」ホリーは暗い顔で言った。「わたしの話を裏づけてくれる人はいないもの。マックスのアリバイも。ふたりともひとりでいたから。マックスは書斎に、わたしは自分の部屋にこもっていた」

「だれかがうそをついているのよ。わたしはカミラが怪しいと思う」

ホリーは首を振った。「警察長はふたりの話に納得しているようだったけど」

「つまり、どちらもジュースに毒を混ぜる機会がなかった」

「まあね」

おやおや。イチ押しの説だったのに。わたしはため息をついて、新たな情報について考えてみた。すると、べつの可能性に思い当たった――カミラとギルは共謀していたのではないだろうか。ベッドで励んでばかりいたとは限らない。カミラは目的にうってつけの毒物を探しに外に出かけ、そのあいだギルはアリバイ工作していたのかもしれない。

あとはそれを証明しさえすればいい。当面はわたしひとりの胸に収めておこう。

ホリーがわたしの腕をぎゅっとつかんだ。「ジョニー・ジェイに、覚悟しておくんだなと言われた。いやな予感がする。すごく感じの悪い態度だったし。どうしたらいいかしら」

「落ち着いて」と、わたしは言った。「あいつはわたしにも同じことを言ってた。でも最後には、正義が勝つのよ」そんなことは一瞬たりとも信じていなかった。裁判の陪審員を務めたことがあって、〝正義〟がいかにいいかげんなものかをこの目で見た。それでも、妹を励ますために何か言わなくてはならない。

ハリー・ブルーノとノヴァとパティの三角関係について話すと、妹は自分の悩みをすっかり忘れてしまった。

「ノヴァとパティが同じ男と結婚していた？　パティってどこまでも謎の女ね」ホリーはわたしが話しおえるとそう言った。「姉さんは、パティの説明を信じてる？」

「パティが言うには、ノヴァのところに駆けつけたときには、もう死んでいたそうよ。もし溺死なら、パティが一番怪しい。でも毒殺となると。計画的な犯行だし、パティは、ノヴァがうちの庭に現われるまで、ハリーの再婚相手がこの町にいるとは知らなかったと言っている。パティには毒を仕込む時間がなかったのよ」

「激しい感情は、殺人の強い動機よ」

「犯人はパティじゃない」わたしはきっぱりと言った。

それが正しければいいけど。

19

わたしたちは外のテーブルに戻った。昼食の席での話題は、当然ながら、警察長の訪問と、町を出てはいけないという命令、それとジョニー・ジェイが本気でわたしたちのうちのだれかを疑っているかどうかに関するものだった。

わたしはマックスの隣の椅子に目立たぬように腰を下ろし、ネズミのように鳴りをひそめ、フクロウのように耳をそばだてた。

この事件は、わたしの好きなボードゲーム〈クルー〉（館で起こった殺人事件を解決するために、「犯人」「凶器」「犯行現場」を当てる推理ゲーム）とよく似た様相を呈してきた。

ホリーとマックスの家は、ゲームボードに描かれた館の図面とよく似ている。書斎、ビリヤードルーム、温室、その他もろもろそろった大金持ちの館。ただし犯行現場（というか、その始まりとなった場所）については、すでに目星がついている——寝室だ。枕もとの小卓にジュースの入った水筒が載っているのが見つかった。それから、うちの裏庭。つぎに凶器は、鉛のパイプでもなければ燭台でもない。拳銃ともちがう。毒だ。ゲームにそんな凶器があったかどうかは覚えていないけど。

最後まで残った疑問は、犯人はだれかである。ミス・スカーレット（つまりカミラ）か、マスタード大佐（ギル）か？　それともふたりが共謀したのか？

わたしはこのゲームが大好きだったけど、あまり得意ではなかった。いつでも最初から容疑者をひとりに絞りこみ、疑惑の対象を広げるということをしなかった。その点はよく反省しなければ。同じ失敗はしたくない。

ゲームの思い出はギルの言葉でさえぎられた。「まったくばかげてるよ」彼はわたしをちらりと見た。「ストーリーはどうか知らないが、ほかのみんなにはもうばれているわけだし」

カミラはわたしの視線を感じて、もじもじするだけの常識は持ち合わせていた。思わず頬がゆるみそうになったが、なんとかこらえた。カミラがほんとうに野草を摘む許可を持っているのかどうか、あとで確認しよう。まゆつばとはいえ、彼女がうそをついたという証拠になる。

「あなたがたのアリバイについては聞いたわ」わたしは感情を交えない声で応じた。このふたりは個人的な事柄についてあまりにもあけすけではないか、と思いながら。

ギルはつづけた。「べつに恥をさらすわけでもなし」

お相手が刺すような視線を投げた。彼はそれに気づいて、失言を取り繕おうとした。

「いや、きみのことじゃなくて」

カミラは席を立った。

「いまのはたしかにまずかったな」とマックスが言いながら、携帯容器からコーヒーを注いで、わたしに渡してくれた。わたしは感謝のしるしにほほえんだ。マックスは本物の紳士だ。ホリーの目にくるいはない。

マックスはギルにしぶい顔をしてみせた。「きみたちふたりとも、従業員どうしのその種の関わりを、会社が奨励していないことは知っているはずだが」

「ぼくたちは上司でも部下でもない」とギルは反論した。「それに、ふたりとも被害者の女性が苦手で、敬遠していたことを考えれば、アリバイがあって幸いだった。さもなければ、いまごろ容疑者扱いだ。そもそも、あのジュースの瓶になんぞ触るんじゃなかった」

その発言を聞いて、わたしははっと気を取り直した。「あなたの指紋がついていたってこと?」

マックスが答えた。「ギルはマジックインキで瓶に直接、『飲むな。ノヴァ専用』と書いたんだ」

「悪気はなかった」とギルはわたしに説明した。「ノヴァは私物にうるさくて、ちょっとしたことにもすぐ目くじらを立てるから」

「ジョニー・ジェイの目には、ほかの人たちを遠ざけ、ねらった相手だけが毒を飲むように仕向けた、と映るでしょうね」とわたしは言った。ギルはどうしてまだ逮捕されないのだろう、と思いながら。

「ばかばかしい」

彼は立ちあがって、家のなかに入った。

マックスは部下たちに代わって、わたしに謝った。

「気にしないで」とわたしは言った「あの人たちが何をしようと、あなたの責任じゃないもの」

「あの三人はもともと仲が悪くてね。もっと早く手を打てばよかった。まあ、そのうちふたりは仲がよすぎるみたいだが」

「何が問題だったの？」

「お互いにライバル意識が強すぎた。競い合うのは健全だが、まだ成し遂げてもいない手柄を独り占めしようと、チームワークどころか、足の引っ張り合いをする始末でね」

ホリーが夫の言葉を聞きつけて、会話に仲間入りした。「あなたも大変ね」と、夫の後ろにまわって肩と首をもんだ。「まるで子どもの喧嘩みたい」

「きみの支えがなければ、とても切り抜けられそうにないよ」とマックスは妻に声をかけてから、「もっと一緒にいられるといいんだけど」とわたしに言った。

それを聞いて、あらためて妹夫婦を見直した。ふたりはこれまで結婚生活の悩みや夫婦のきずなを、わたしの前で見せることはめったになかったので。たしかに、ホリーはマックスの出張がつづくとすぐにめそめそするので、夫がいなくて寂しいことはわかっていたけど、そんな妹にも、夫を支えるよき妻としての一面があることを、今回、初めてかいま見ることができた。

それなのに、わたしは妹がおしゃれにしか興味がなく、仕事をサボることばかり考えていると思っていた。どうやら妹のことを見そこなっていたようだ。

「新発見についても、もめていたの？」とわたしは訊いた。

「これまで以上に。三人とも自分の手柄にしたがっていた」

ホリーはマックスのつむじにキスして、椅子に腰かけた。

そのあとしばらくしてチャンスが帰ってきて、キャリッジ・ハウスのそばに車を止めた。赤いバラのそばでかがんでいたエフィーが立ちあがり、クモよけのネットを脱いで、夫のそばに行った。ふたりの身ぶりから、言い争っているような印象を受けた。エフィーは夫の顔に指を突きつけ、声こそ荒らげてはいないものの、怒りが全身からひしひしと伝わってくる。耳をそばだてたが、言葉はひとつも聞きとれなかった。

チャンスは身を守るように腕を組み、妻からやや遠ざかるような姿勢を取っている。

「あばたもえくぼの時期は過ぎたみたいね」とわたしは言った。ネットの結婚仲介サービスも良縁を保証してくれるとは限らないようだ。

「人間関係ほど厄介なものはないよ」とマックスが嘆息した。

まったく同感だ。

20

「何か手がかりは見つかった？」

わたしは、〈ワイルド・クローバー〉にソーダ水を買いに立ち寄ったサリー・メイラーにたずねた。パトカーはいつものようにエンジンをかけたまま通りに止めてある。

「あと二つ三つよくわからない点が残っているけど、もうひと息というところ。個人的には、あの招待客ふたりに手錠をかけてやりたいんだけど」とサリーはわたしに耳打ちした。「どうもうさんくさいのよ。この捜査を警察長に引き継ぐことができてほっとした。わたしには荷が重くて」

「ジョニー・ジェイはホリーを疑っているんでしょう。そもそも目のつけどころがおかしいわよ」

「カミラ・ベイリーとギル・グリーンについて、わたしの耳に入れておきたいことはある？　わたしがまだ知らなくて、妹さんを捜査の対象からはずすのに役立ちそうなものは？」

サリーの思いやりに富んだ心は、心ないジョニー・ジェイを補ってあまりある。

「ふたりともノヴァと仲が悪かった」わたしは言った。

「はい、つぎ」とサリー。その情報はすでに知っているということだろう。

「どちらも仕事柄、猛毒を作り出せる知識がある」

「はい、つぎ」

「あのふたりはわけあり」

サリーはくすくす笑ってから、「はい、つぎ」と言った。

「カミラは事件当日の朝、四輪バギーに乗って外出した」

「それは、つまり……どういうこと？」

そこで、カミラとわたしがもめたことを話した。「ドクゼリを探していたのかもしれない」

「手持ちの情報はそれだけ？」

「ギル・グリーンがジュースの瓶に書いた警告はどう？」

「それも知ってる」

「お互いのアリバイを証明してるなんて、都合がいいわね」

「警察はアリバイを信用するとは限らないけど」とサリーは言いながらソーダ缶を開け、窓ガラス越しにパトカーに目をやった。

「へぇぇ！」実際、それは初耳だった。

「テレビの見すぎよ」サリーはわざとらしく頭を振った。「刑事ドラマをうのみにするのはやめなさい。現実はあんなふうにはいかないから」

「テレビの前にべったりすわってるひまなんてないわよ」

「それはハンターのせい？」

「またまた」わたしは笑いながら言った。

そのあとすぐにジョニー・ジェイがやってきて、おなじみのはったりをかました。

「容疑者を三人にしぼったぞ」事務所で、わたしの隣のパイプ椅子に腰かけてそう言った。後ろに傾けている椅子を、そのまま押し倒してやりたい衝動をこらえる。

「ここへお招きしたおぼえはないけど」とわたし。

「リストはどこへやったかな？」ジョニー・ジェイは胸ポケットを探るふりをしたが、何も出てこなかった。「見るまでもないか。あんたの妹もそのひとりだ。嫉妬深いたちだからな。よその女が亭主に近づくのががまんできない」

「そんなばかなことをだれから聞いたんだか」

もちろん、彼はあからさまな当てこすりを聞き流すつもりはなかった。

「信頼できる筋だ」

「信頼できる？　あのいかさま記事のこと？　パティ・ドワイヤーが書いたものよね。うちの店で油を売ってないで、さっさと彼女を捜しにいけば」

彼は無視してつづけた。「おつぎが亭主のマックス・ペインだ。如才ない、気さくな人柄だが、やつにも片づけなきゃいけないことがあった。ひょっとしたら、キャンベルが鼻についてきたのかもしれん。あるいは、女房の耳に入れると脅されたか」

「あきれてものが言えない」

「あとは義理の姉だな」それがわたしのことだと、とっさにはわからなかった。「妹からライバルを始末するのを手伝ってくれと頼まれた。贅沢三昧の暮らしをめちゃめちゃにされたら困るからな。そこでお姉ちゃんはひと肌脱ぐことにした。毒入りジュースを届ける。これにて一件落着だ」

「刑事ドラマの見すぎね」とサリーの受け売りをした。「そろそろ帰ってよ」

「一緒にきて、すっかり自供したらどうだ？」

「ジョニー」わたしはぐっと身を寄せた。「わたしのことがそんなに嫌い？」

「それとこれとは関係ない。わたしは仕事に個人的な感情を持ちこまない主義だ」とにらみつけたが、ちなみに、最初に目をそらせたのは彼のほうだった。

よくもそんなことが言えたものね。

「仕事に持ちこまないですって？　よく言うわよ」とわたし。「モレーンで起こったことは全部わたしのせいにするくせに。わたしを重罪で刑務所にぶちこみたいという執念のせいで、仕事にすいぶん支障をきたしているみたいだけど」

ジョニー・ジェイは立ちあがった。「とりあえず今日はここまでだ。またくる」

彼が帰ったあと、わたしはハンターに電話した。「一般市民が警官をいやがらせで訴えるにはどうしたらいい？」と訊いた。

「こんどはどんなへまをしたっけ？　話し合いで解決できないかな？」からかっているような口調だ。

「あなたじゃないの。あなたが相手なら、もっといい方法がある。まじめに答えて」

「傷害を文書にする、写真を撮る、証人の名前を挙げる」

なるほど。あいにく写真に撮るような怪我はひとつもない。そもそも、ジョニー・ジェイが嫌がらせをするときには、きわめて慎重にことを運ぶ。証人はまずいない。パティが一度か二度、もしかしたら居合わせたかもしれないけど。

ハンターは電話越しにわたしの考えを読んだ。「ジョニー・ジェイにはかまうな」

「は？ あの男はいま店を出ていったところよ。わざわざ店にきて、わたしがノヴァ・キャンベルを殺したと言いがかりをつけたのよ」

ハンターは携帯に向かって、大きな深いため息をついた。

「きみと警察長は町で事件が起きるたびに、同じことをくり返さなきゃ気がすまないのか。いいから、やつには近づくな」

「彼のほうから、わたしの縄張りにやってくるんですけど」

つづいてわたしは、ホリーの招待客たちについて、彼らに不利な証拠をだれも集めようとしていないように見えると苦情を言った。かくいうわたしも証拠はつかんでいないが、わたしに言わせればこれは単純明快な事件で、自分で捜査したほうがいいかもしれない。手をこまねいていれば、どこかの執念深い警察長のせいで、わたしと妹の人生は生き地獄になってしまう。

「それに、もしわたしがだれかを殺すつもりなら」と最後に大きく出た。「相手は、週末の滞在客なんかじゃない。ジョニー・ジェイが死体になっているでしょう」

「言いたいことはそれだけ?」とハンターが訊いた。

「いいえ。うちの店から持ち出した箱詰めのニンジンジュースはどうなった?」

「まだ報告は受けていない。でも、毒は入っていないんじゃないかな」

「ひと箱全部が毒入りだと、言うことないんだけど。ただし、卸売業者が配送したうち、毒が入っているのはもちろんそのひと箱だけで、ほかの人には危害が及ばない。もしそうなら、わたしたち全員の容疑が晴れる」

「そうなればいいとは思うけど、あまり現実的じゃないな。でも、もっと不思議なことだって起こらないわけじゃない。帰りにピザを買っていくよ」

「じゃ、それを励みに」

つぎに、ミリーと今月号の〈ワイルド・クローバー通信〉の打ち合わせをした。

「このまえ作ってくれたルッコラとトマトのサラダはおいしかった」とわたしは言った。

「それに、ポップオーバーのはちみつバター添えは、天にも昇る心地がしたわ。ぜひ掲載しましょう」

ミリーは金の卵でも見つけたように顔をほころばせた。わたしがレシピを褒めるたびにいつもそんな表情を見せる。「あとは、はちみつを使ったスイーツを二つ、三つかしら」とミリー。「いくつか心当たりがあるの」

〈ワイルド・クローバー〉のスタッフは全員、〝心当たり〟の試食を楽しみにしている。

「これまではいつも自然の食材を使ってきたけど」とわたしは言った。「ほら、クレソンとかアミガサタケとか。でも今回のドクゼリ騒動を考えたら、これからは市販の材料に限ったほうがいいかも」

ミリーは賛成しなかった。「あなたもわたしも、食べられる野草とそうでないものを見分けられる」と言う。「全部は無理でも、注意を怠らなければ大丈夫じゃないかしら」

ミリーの言うとおりだ。このあたりは自然の珍味にこと欠かず、家の軒先に（というか、ほとんど軒先に）生えている。クレソンやアミガサタケのほかにも、たとえば、

・ヒラタマネギ——タマネギとニンニクを掛け合わせたような味がする。
・アスパラガス——道路脇の電線に沿って、鳥が落とした種から芽が出る。
・ホコリタケ——バスケットボールほどもある大型の白いキノコ。
・アンズタケ——アンズに似た風味のキノコ。
・ヒッコリーの実——これぞ珍味。

これらのご馳走を全部あきらめるのは、たしかにつらい。

「ミリー」とわたしは言った。「それでも、ドクゼリはやっぱり怖い。触ってもいけないんでしょう？」

「ええ、でももう実物を見て知っているから、近寄らないようにすればいいのよ」

「手袋をはめていれば大丈夫？」

「安全に取り扱うには、そうするより仕方ないわね」

「なるほど」

「何を企んでいるの？」

「訊いてみただけ」

ミリーが事務所のパソコンで〈ワイルド・クローバー通信〉の次号の構成を練っているあいだに、わたしは双子を手伝って、ドア郡の賞を取ったワインのケースを下ろした——チェリー（甘口と辛口）、パナシーア・ピーチ、クランベリー、プラム、ペニンシュラ・ディナー・レッドとホワイト。

「ワインが入荷するといつも手伝いにきてくれますね」トレントが笑いながら言った。双子たちは最近そろって二十一歳の誕生日を迎え、大手を振ってお酒が飲める。

「ぼくたちだけで大丈夫ですよ」双子の弟もにやにやしている。

「これはまだ味見してないわね」わたしは、ラズル・ダズル・ラズベリーを一本引き抜いた。

こんな調子で冗談を言い合っていたが、途中からは上の空になった。頭のなかでパズルのピースがつながりはじめたからだ。カミラはわたしと野草の件でもめたときに軍手をはめていた。それを手に入れて、検死官のジャクソン・デイヴィスに検査してもらったら、ある毒草の痕跡が見つかる可能性がある。

そうなれば、カミラを永遠に塀のなかに閉じこめておける。

わたしはあの場面を思い出そうと努め、カミラがはめていた軍手に意識を集中したが、あのときは頭に血がのぼっていたので、あまり注意を払っていなかったらしい。確実に言えることは、色つきでも花柄でもなかったというぐらいで、おそらくは目立たないくすんだ色だったにちがいない。

店が万事順調なのを見届けると、わたしはふたたびホリーの家に向かった。

21

「四輪バギーを借りたいですって？」とホリーが言った。ショートパンツにホルターネック、裸足でパティオに出ている。

「そんなに意外？」

「いったい、どこに行くつもり？」とホリーが訊いてきた。

「ちょっとそこまで」とごまかす。「いいお天気だし、風に髪をなびかせて、ひとっ走りしてこようかと思って」

「わたしもつきあう」と妹は言った。「マックスはギルとカミラをホリーヒルに案内しているの」

ホリーヒルというのは近くにあるカトリックの聖堂で、このあたりで一番の観光名所だ。ハンターのもとの自宅からもそう遠くない。聖母教会に詣でる人は年中引きも切らず、その鐘楼からはケトル・モレーン地方の絶景を一望のもとに見渡せる。マックスとお客さんたちはあと数時間は帰ってこないだろう。

エフィーが離れのほうからやってきた。「四輪バギーがどうのこうのと聞こえましたけど」と言った。「もし乗るなら、雨になるそうですから、気をつけて」

全員が空を見上げた。たしかに黒っぽい積乱雲がどんどんこちらに近づいてくる。

「じゃあ、遠出はやめましょう」とわたし。

「靴をはいてくる」とホリーは言って、家に入った。

「軍手を貸してくれる？」わたしは、遠ざかっていく妹の背中に声をかけた。くわしい話をするのはまだ早いし、もう少し具体的な証拠をつかむまでは、わたしの推理を妹に知らせたくない。でもエフィーが小首をかしげてわたしをじっと見ているので、もう少し説明をしなければいけないような気がした。「その、あれよ、けがをした動物とかがいるといけないから。まえにも一度そういうことがあったの。翼の折れたクーパーハイタカを見つけて。素手だったら、助けてあげられなかった」

それは実際にあった話なので、口実とはいえ、もっともらしく聞こえた。

「たしか作業台の上にいくつかあったから」とエフィーが教えてくれた。「自由に使ってください。でもこのあたりには狂犬病にかかった動物がときどきいますから、コウモリとかキツネとか、ふつうは夜行性の動物を昼間に見かけたら、近寄らないように」

ホリーがばたばたと家から出てきて、わたしたちはホリーとマックス夫妻がレジャー用の乗り物をしまっている納屋に向かった。四輪バギーが数台あるほか、どんな地形でも走れるジープ、業務用の芝刈り機や庭仕事の機材、それにスノーモービルが二台ある。

妹が四輪バギーのエンジンをかけているあいだに、わたしはエフィーから聞いたとおり、作業台の上に軍手が数組あるのを見つけた。帰ってきたらこの家にある軍手をひとつ残らず押収することにした。そもそも、そのためにポケットにビニール袋をしのばせてきた。戦利品をジャクソンに渡して分析してもらうことを考えると胸がわくわくする。

これは、法執行機関の人間ではない一般市民ならではの特典だ。ハンターが殺人に使われた可能性のある他人の手袋を手に入れようと思えば、ありとあらゆる煩雑な手続きを踏まなければならない。でもわたしの場合、なんの権限もない代わりに、なんの責任もない。好きなように——いやまあ、ほぼ好きなように——できるし、その結果に頭を悩ませることもない。

わたしが運転席に、ホリーが後ろに乗って、田舎道をばく進した。この道は、あたり一帯に張りめぐらされている遊歩道《トレイル》のひとつに通じている。カミラとわたしが理想的とは言いがたい状況で出会った日に、カミラがたどったのと同じ道筋だ。おそらくあの対面のあとすぐに——あるいは、そのまえに——カミラが毒草を摘んだのではないかと考えると、鳥肌が立った。手に持った野草の花束は、彼女の真の目的をだれにも気取られないための目くらましだったにちがいない。

最初のうち、あたりは刈ったばかりの芝生の匂いがした。わたしたちは芝刈り機に乗った庭師のチャンスに手を振った。やがて常緑樹の雑木林に入ると、顔に吹きつける風はマツの芳香に変わった。遊歩道は最近手入れされたばかりで、ボランティアの人たちが巡回と管理の担当区域を決めて、協力して作業している。

「バイカウツギのいい匂いがする」オレンジとジャスミンを合わせたようなめくるめく芳香が嗅覚を刺激し、祖母が髪に挿していた白い花を思い出した。

あっというまに、カミラ対ストーリーの対決の現場に到着した。四輪バギーのエンジンを切り、ホリーが降りるのを待って、その場所まで案内した。わたしたちが最初に会ったときの一部始終をおぼえているかぎりくわしく、軍手も何もかも含めて、ホリーに話すことにした。これまでは妹をさらに追いつめるようなまねはしたくないと思っていたが（それでなくても神経をすりへらしているので）、打ち明けるには頃合いだという気がして。

「というわけで、カミラがノヴァを殺した犯人だという気がするの」と話しおえた。「そう考えるとつじつまも合うし」彼女が怪しいと思われる点をひとつずつ確認した。「まず手段。香料の仕事をしていれば、植物についても当然くわしいでしょうし、毒草の知識もあるはず。つぎに動機。マックスによれば、研究チームのなかで対立が激しくなっていたそうよ。あとは機会だけど……それについてはまだ考えているところ。ギルとカミラがお互いのアリバイを証明しているから。でも、カミラがドクゼリを摘む機会があったことはまちがいない」

「あの人はちょっと変わってる」とホリーもうなずいた。「でもふたりともそうよ。姉さんが言った動機と手段は、カミラと同じくらいギルにも当てはまるんじゃない」

「犯人はふたりのうちのどちらかね。わたしたちはノヴァを殺していない。マックスもそう。あのふたり以外に、あとだれがいる？」

「パティ」

「彼女はやっていない」と言ったのは、これが初めてじゃない。「わたしはカミラ・ベイリーが怪しいと思う。こうしたらどうかしら——ドクゼリを摘むには手袋がいる。それにカミラに初めて会ったとき、彼女は軍手をはめていた。だから、お宅にある軍手をそっくりジャクソン・デイヴィスのところへ持ちこんで、分析してもらうの」

遠くで雷がゴロゴロ鳴る音がした。

「そろそろ帰らないと」ホリーは黒雲が湧いてきた空を見上げた。

わたしはあたりの野草にさっと目を走らせた。「ここにはドクゼリはないわ。家まで引き返しましょう。ただしスピードは落として。あなたが運転してちょうだい。わたしは目を皿のようにしてドクゼリを探すから」

「ひゃあ、わたしはドクゼリがどんな形かも知らないのよ。知りたくもないけど」

道路を六百メートルほど戻ったところで、ホリーに沼地の近くまで行くように頼んだ。妹にはバギーのところで待っていてもらい、水辺まで下りて、あたりの野草を注意深く調べた。うっかりしてドクゼリに触ったらおおごとだ。これまで何年もまったく気にしていなかったくせに、いまではすっかり怖じ気づいていた。

でもそのかいあって、ドクゼリをたちどころに見つけた。レースのように繊細な花が、勢いを増してきた風にさやさやと揺れている。

急いで四輪バギーに戻り、ホリーに大発見を伝えた。「カミラはここでドクゼリを摘んだにちがいないわ」ときっぱり言いきった。「ジョニー・ジェイがわたしの話を聞こうとしないのが残念だけど」

「あの男を地面に倒して、スコーピオン・デスロックをかけてやりたい。うちの家族をこんなひどい目にあわせるなんて」

わたしはジョニー・ジェイが妹の必殺技で締めつけられているところを想像して、にんまりした。

雨が一滴落ちてきた、つづいてもう一滴。頭上では真っ黒な雲が、険悪な様相をますます強めている。

「急ぎましょう」とホリーが言った。「さあ、乗って」

「軍手を集めないと」わたしは妹の後ろに乗り、たたきつけるように降りだした雨のなかを出発した。

納屋に四輪バギーを入れたころには、ふたりともびしょ濡れだった。

22

「やっぱり渡さないことにした」

ホリーはそう言うと、猛々しいレスリングの構えで、軍手が置いてある納屋の作業台の前に立ちはだかった。

「急にどうしたの？」わたしは、敵意むき出しの態度に驚いた。

「よく考えてみて」ホリーの髪から水がしたたり落ち、ホルターネックは肌に貼りついている。「ジャクソンが軍手から何か発見したらどうなる？」

わたしもびしょ濡れのまま、ぽかんとして妹を見つめた。

「願ったりかなったりじゃない」

「ふうん。じゃあそのつぎはどうなる？」

「えーっと、そこまできたら、ハンターに相談するのはどうかしら」と言ってみた。パティがこの場にいなくて幸いだった。この手の捜査にだれであれ男性の手を借りることを、忌み嫌っているから。彼女に言わせると、それは弱腰であり、女性差別であり、男に依存し、おもねるもので……と果てしなく続くのだが、褒め言葉はひとつもない。

かつてはP・P・パティの過去について、頭を悩ませたものだ。どうしてそこまで人に頼るのをいやがるのか、あれではいくらなんでも不用心だ。それに、どうしてだれともつきあわないのだろう、と。一時は、もしかしたらパティは女性に惹かれるタイプではないかと勘ぐりもした。なにしろ男という男を毛嫌いしているので。でもいまにして思えば、それぐらいの根性がなければ、暴力亭主に耐えて、逃げ出すことはできなかっただろう。

わたしがハンターに決断をゆだねようとするたびにこきおろされたのも、わかるような気がする。

「そうしたら、どうなる？」とホリーが答えをせかした。「軍手からドクゼリの痕跡が出てきたら、ハンターとジャクソンはどうしろと言うかしら」

わたしはうんざりして鼻にしわを寄せた。その答えを言うのがいやだったから。

「警察長に提出しろとうるさいでしょうね。ねぇ、要するに、何が言いたいの」

ホリーはさっきから抵抗の構えを崩していなかった。すきあらば軍手をかすめとろうという魂胆を見抜かれているのかもしれない。うかつだった――妹がその気になれば、出し抜けるはずなどないのに。

「そのあとは？」とホリーはたたみかけた。「警察長はどう出る？」

わたしはにっこりした。

「カミラ・ベイリーを第一級謀殺で逮捕するわ」

「は？　本気でそんなふうに思っているの？」

いつもはこれほどにぶいわけじゃない。ようやく話の筋が見えてきた。

「あなたはどうなると思う？」ややおずおずとたずねた。

「ジョニー・ジェイはわたしを逮捕して取り調べるでしょうね」

〝わたし〟という単語がわからない場合にそなえて、ホリーは親指で自分の胸を指した。

「あるいはマックスを。あるいはわたしたち夫婦を。だってここにある軍手はどれもうちのもので、カミラの持ち物じゃないから。姉さんも共犯として逮捕されるかもしれない。妹をかばってお客に罪を着せようとしたって」

それはいかにもジョニー・ジェイがやりそうなことだ。わたしとしたことが、うかつだった。いくらカミラに不利な発言をしても、それを判断するのはジョニー・ジェイ。ノヴァが殺された日に、カミラが軍手をしていたのを見たとわたしが言っても、絶対に信じないだろう。

「えーっと……」

「ひと休みして、このちょっとした問題をどう解決すべきか考えましょう」とわたしは持ちかけた。「とりあえず電話で訊いてみる。カミラは野草を採る許可証を持っていると言ってた。もしそれがうそなら、アリバイだってうそかもしれない」

わたしたちは雨のなかを家まで猛ダッシュして、タオルでふいたあと、キッチンに腰を下ろした。

自然保護局に電話して、十三回たらい回しにされたあげく（ホリーがいちいち数えていた）、自動音声がウィスコンシン州のホームページを参照するようにと教えてくれた。妹がノートパソコンを広げる。

「カミラがほんとうに許可を取ったかどうか怪しいものよ」とわたしは言いながら、ウェブサイトに張りめぐらされたリンクをつぎからつぎへとたどっていった。「ほらここに、野草の採取はとくに公有地においては、絶滅危惧種採集許可証がないかぎり禁止って書いてある」

「もしかしたら、カミラはその許可証を持っているんじゃない？」

「ウィスコンシン州発行のものを？」

「それは無理でしょう。週末にきたばかりだから」

「許可証を発行できるのは州だけよ。州によってちがうけど。それにこれを見て――故意に違反すれば、高額の罰金か九カ月以下の実刑、あるいは両方だって。ということは、ジョニーはわたしに手加減してくれたんだ」

ホリーにも見えるように、画面の向きを変える。

「たしかに、そう書いてある」

「うそ第一号発見！」

ここまでの進展に大いに気をよくして、わたしは声を張りあげた。まずカミラがたどった道でドクゼリの茂みを発見した。彼女はうさん臭い軍手をはめて、人目をあざむくために野草を摘んだ（うちの店を賭けてもいい。ホリーの家の軍手のひとつから、ドクゼリの痕跡がたっぷり検出されるだろう）。そして、野草採取の特別な許可証を持っているとうそをついた。

とはいえ、どれもみな状況証拠で、ホリーが軍手の提出を拒んでいる以上、カミラのアリバイを崩すことぐらいしかわたしにはできない。もしアリバイを崩せなければ、カミラは殺人を犯しながらまんまと逃げてしまう。

マックスとお客さんたちはそれからまもなく帰宅した。雨に降られて、ホリーヒルの見学を途中で切りあげてきたのだ。もっと時間があれば、カミラの寝室を捜索することもできたが、それはまたの機会を待つしかない。そういえばディナー・パーティーの夜、パティが二階へこっそり上がっていったことを思い出した。何か発見したかしら。いや、その可能性はまずないだろう。もし見つけていれば、わたしに話しているはずだ。

たまたまギルと台所でふたりきりになったときに、仕事について訊いてみることにした。

「〝キャンディ味の野菜〟を研究してるんですってね」

ギルはテーブルについた。「興味があるの？」

「もう市場に出せそう？」

彼はむっとした表情を見せた。「この手の研究開発にはおそろしく時間がかかるんだ。不備があってはいけないし、そのあときびしい審査に通って初めて市場に出る。まだまだこれからだよ」

「ノヴァがいなくなって、あなたとカミラだけで研究をつづけられる？　彼女の知識がこの研究には欠かせないんでしょう？」

わたしは、ギルがうぬぼれ屋で、他人が自分より高く評価されることにがまんならないタイプだとにらんでいた。

ギルはまたしても気色ばみ、わたしの読みが当たっていたことが証明された。

「この研究に関するかぎり、ノヴァはものの役にも立たなかった。利己主義のかたまりのような彼女がいないほうが、研究もはかどる。ものを作り出すことより、他人の手柄を横取りすることや、上司を口説くことに熱心だったから」

ノヴァはかつての同僚でしかも亡くなったというのに、ずいぶん手きびしい態度だ。ギルは彼女への反感を隠そうともしなかった。

「警察長とはちょくちょく連絡を？」と訊いてみる。

「連絡？　いや、とくには。われわれは供述を行ない、警察長はいくつかの事実を確認しに二、三度やってきたぐらいで、あとは本命の容疑者を追いかけるので頭がいっぱいのようだが」

わたしは片眉を上げた。

「本命の容疑者ね」とわたしはくり返した。「へぇ」

「問題の時間にわたしがどこにいたかは、みんな知っているからね」ギルは得々として言った。

わたしは彼の自信たっぷりな目をのぞきこんで思った。

自分でそれを広めたんでしょうに。

23

午後はずっと店にいて、魅力的な商品の並べ方を工夫したり、お客さんたちの相手をするので忙しかった。地域の暮らしに溶けこむことは店主の大切な心得で、店に足を運んでくれる人ひとりひとりに気を配ることが、商売繁盛の秘訣のひとつだといえる。だから、うちのスタッフにはお客さんとのおしゃべりを奨励していた。

ただし、ほどほどに。キャリー・アンはその特権につけこんでいるというもっぱらの評判だ。

五時になると、わたしは双子にあとをまかせて家路についた。

メルセデスベンツが一台、パティの家の外に、といっても真正面ではなく、うちとの境目あたりに止まっていた。黒い車で、窓ガラスも黒っぽく、イリノイ州のナンバープレートがついている。車の持ち主がだれかは、勘の鋭い人でなくても見当がつく。パティの元夫でシカゴのマフィア、ハリー・ブルーノだ。

たちどころに、ひとつの筋書きを思いついた。ハリー・ブルーノは後妻が殺されたことを知った。そして先妻が犯人だと思いこむ。ノヴァはパティの家の裏口で死んだも同然だと考えれば、あながちこじつけとは言えない。いかにもパティの仕業のように見える。彼がここにきたのは復讐のために決まっている、とわたしの脳みそは言った。

拳銃を持っているハンターがもうじき帰宅するか、さもなければ、スタンリー・ペックに電話して飛び道具の応援を頼むしかない、ととっさに判断した。メルセデスのトランクに自動や半自動の武器一式がぎっしり詰まっているさまが目に浮かんだ。

たとえナンバープレートやハリー・ブルーノに関する内部情報がなくても、問題の車がこの近隣のものではないことは見当がついただろう。モレーンはトラックとSUVの町で、祖母の愛車キャデラック・フリートウッドのような変わり種もたまに見かける。でもメルセデスとなると？　ありえない。

うわさをすればなんとやらで、ちょうどそのとき、おばあちゃんのキャディがメイン通りの角を這うように曲がってくるのが見えた。わたしが縁石の特等席から見守っていると、おばあちゃんは高級車の前方にゆっくり駐車しようとした。ほとんど成功したかに見えた。ところがそのとき、メルセデスのボンネットに、バックしてきたキャデラックの頑丈な後部バンパーがぶつかった。衝撃を感じるとすぐに、おばあちゃんは急ブレーキをかけて、窓を下げた。助手席にいたディンキーが床に転がり落ちるのが見えたが、宙返りには慣れているらしく、またすぐ座席に飛び乗った。

「なんでまた？」とおばあちゃんはわたしに訊いた。「たっぷり余裕があると思ったのに」

たしかにそのとおり。前はたっぷり（いくらでも）、ただし後方はゼロ。

「ちょっとこすっただけ」とわたしはうそをついた。メルセデスを見ると、けっこう大きな傷がついている。おばあちゃんが目測を誤ったときの例に洩れず、自分の車には引っかき傷ひとつない。キャディは装甲車なみに頑丈だ。

わたしはあたりをきょろきょろ見まわした。だれも駆けつけてこない。

「まず左に目いっぱい、ゆっくりハンドルを切って。それからうちの私道に入って、家のすぐそばに駐車して」

そこなら、ぶつかった車の持ち主がすぐに見つけて、二足す二の答えを導き出すことはないかもしれない。そのあかつきには、二×四《ツー・バイ・フォー》の角材を振りまわして現われるかもしれない。あるいは、四十四口径のピストルをひけらかすかも。

わたしの指示を無視して、祖母は窓をしめると、アクセルを踏みこんで縁石に乗り上げ、うちの芝生を突っ切った。それでも、さんざん腕を振りまわし、こっちこっちと場所を示したかいあって、なんとか予定の場所に駐車できた。

祖母が車から降りるとすぐに、わたしは祖母とディンキーをせきたてて家に入ってもらい、パティの家に面した窓に駆け寄って、外をうかがった。

「何を探しているの、おまえ?」とおばあちゃんが訊いた。わたしのすぐあとをついてまわっている。

「メルセデスの持ち主よ」

「あの車の後ろで、動物がうろうろしているね」と、おばあちゃんは指さした。「パティの家の向かいの植え込みから出てきた。クマじゃないかしら」

「このあたりにクマはいないけど」頭をそちらにめぐらすと、メルセデスの後ろで何かが動いたが、よく見えなかった。

「いますとも」と、おばあちゃんは言い張った。「ときどき道に迷って出てくるの。ゴミ箱をあさらないように、石を投げてやらなきゃ」

わたしはおばあちゃんの腕をつかんだ。「ここにいて。安全だから」それから外をもう一度うかがった。「どこに行った？ まだいる？」

しばらくのあいだ、ふたりとも何も言わず、何も見なかった。それからハンターの携帯に電話した。「そろそろ帰る時間よ」

「そんなにお待ちかねとは、嬉しいね」

「もう近くまできた？」

「そのあえいでいるような声もいいな、ぐっとくるよ」すっかり怯えて息づかいが荒くなっていることを言っているのだろう。刑事なら、欲望のうずきと恐怖のおののきぐらい聞きわけられるでしょうに。

「ベンを連れてメイン通りを曲がったところよね？」

「いや、残念ながら。勤務時間が終わる直前に電話があって。ウォーキショーのちょうど反対側に向かっている……それにしても火傷しそうだな。このつぎはまえもって連絡してくれ」

「もう切らなきゃ」わたしは電話を切って、スタンリーの短縮番号を押した。

「じゃあ、あたしはそろそろ」スタンリーが電話に出てくれますようにと祈っていると、おばあちゃんが横から言った。「クマなら車の下にもぐりこんだよ。寝そべったと思ったら、あっというまに」

さっとそちらを振り向いたが、またしても見そこねた。スタンリーのなじみのある声が電話から聞こえると、すぐさま言った。「パティの家がなんだかおかしいの。いますぐきてくれる？」

「よしきた」

銃を持ってきてと、わざわざ頼む必要はなかった。それがスタンリーの標準装備だから。こんなに長く刑務所行きを免れているのは奇跡で、わたしはその奇跡がつづいてくれることを願っている。

「九一一に電話しようよ」とおばあちゃんが言った。

「それはジョニー・ジェイにかける、ということよ」

「おやおや、それならいまのは忘れて。いいことを思いついた。あたしはここから写真を撮るから、あんたは調べておいで」

隣家の居間の窓越しに人影が見えた。「だれかがパティの家にいる。ほら、あそこ」

おばあちゃんは目を細めて、わたしの人差し指の先をたどった。「光線があまりよくないね。ちょっと行ってドアをノックしてこようかしら。だれが出てくるやら」愛用のインスタントカメラを手に持っている。

「クマは？」

「あれは、おまえをちょっとからかっただけ」とおばあちゃん。「怪しい動きをしていたのは、きっとパティ・ドワイヤーですよ。黒ずくめの格好をして、ニンジャみたいにあちこち嗅ぎまわっているんだから」

「パティがメルセデスの下にいるなら、家にいるのはだれ？」

「よからぬ輩《やから》だろうね」おばあちゃんは奥歯にものがはさまったような言い方をした。

ちょうどそこへ、スタンリーが裏口から駆けこんできた。頭のおかしなパティに負けないくらい、目が興奮でぎらぎらしている。すっかりスパイになりきったおばあちゃんは、「あたしがパティの家のドアをノックするから、援護をお願い」と頼んだ。

そして瞬きするまもなく、ディンキーを抱きあげて出ていった。スタンリーがすぐあとにつづく。わたしはふたりのあとから家を飛び出し、パティの家の玄関に向かうふたりを片目で追いつつ、縁石に止まっている車のほうを振り返った。

そのとたん、ドーンという大きな爆発音が響いた。

そして縁石に止まっていたメルセデスが吹っ飛んだ。

耳をつんざく爆音、噴きあがる炎、その他もろもろ。

わたしは悲鳴をあげた。車が爆発したとき、パティ（かどうかはともかく）がまだ車の下にいたのではないかと思って。

そのあとは何もかもがスローモーションのように進行した。

わたしは手を口に当てて、その場に立ち尽くしていた。

ディンキーを抱いたおばあちゃんとスタンリーがパティの家の玄関ポーチから、目を丸くして通りを見つめている。

玄関が乱暴に開くと、男がひとり、おばあちゃんを突き飛ばさんばかりの勢いで飛び出した。ハリー・ブルーノにちがいない。イタリア系マフィアと聞いてすぐに思い浮かぶようなタイプではない。何もかもほどほどというか、中肉中背で（この男ならパスタの大皿は注文しないだろう）、茶色の髪は長くも短くもなく、身につけているのは普段着で高価なスーツではない。ロレックスの腕時計さえはめていない。でも、そんなことより肝心なのは、武装しているかどうかだ。

スタンリーがどこからともなく銃を取り出し、振りかざした。

男は車の残骸を見ると、驚きと怒りに顔がゆがんだ。振り向きざま、スタンリーの銃よりひと回り大きな拳銃を懐から出す。ハリーとスタンリーがにらみ合っているあいだ、みな息を止めていた。

視野の片隅で、黒っぽい人影がパティの家の裏側に消えるのが見えたので、胸をなでおろした。あれはおそらくパティ本人で、無事だとわかったからだ。

おばあちゃんがものすごくついていた。メルセデスに傷をつけた件で、マフィアの報復を心配しなくてすむ。なにしろ、車のボンネットはもはや見分けがつかない。少なくとも、この事故のおかげで命拾いした人間がひとりはいるわけだ。

タイヤのリムがひとつ、まるで映画のように、通りを転がっていった。

スタンリーは男に事情を説明しろと怒鳴ると、銃を地面に置いて、両手を上にあげて降参した。

男はこれまで聞いたこともないようなひどい罵声をスタンリーに浴びせ、おばあちゃんがその口を石鹸でごしごし洗ってやるよとすごんだ。

「わたしたちがやったんじゃないから」勘ちがいされては困るので、わたしも叫んだ。

男はふいに背を向けて通りを駆けだし、メイン通りの角を曲がって見えなくなった。遠くからサイレンの音が聞こえてきた。

おばあちゃんの言ったとおり。

よからぬことが起こりそうだった。

24

「だれひとり何も見ていないとは、どういうことだ？」とジョニー・ジェイは息巻いた。「あんたら三人は、車が爆発したときたまたまその近くにいたのに、何ひとつ見なかったただと？」金属片を蹴飛ばす。「最初からもう一ぺんやり直し」

「同じ話を何回むし返すんだろうねぇ」とおばあちゃんは言いながら、現場の様子をつぎつぎと写真に収めた——金属の塊、パトカー、関係者全員。

ディンキーはジョニーのズボンの裾をくんくん嗅いだかと思うと、しゃがんで靴におしっこをした。

「この子はあなたが好きなんだって」とおばあちゃんが説明した。

ジョニー・ジェイはおばあちゃんをにらみつけ、靴の甲を芝生になすりつけた。

「わしらは裏庭でストーリーの巣箱を見学してた」とスタンリーが言ったのは、これで何度目になるのやら。「おかしなものは何も見かけなかった。爆発の音なら、たしかに聞こえたけどな」

わたしたち三人はあのあとすぐに気を取り直し、全会一致で白を切りとおすことに決めたのだった。わたしはおばあちゃんとスタンリーに、得意の箇条書き方式で事情を伝えた。

・あいつはマフィアよ！
・パティを捜しているの！
・悪党だから！
・あんな目にあって当然よ！

ふたりはそれだけ聞くと、すすんで口裏を合わせてくれた。

わたしたちのだれかが警察長につけねらわれるのは、絶対にごめんだ。ちなみに、もし事実をありのままに話したら、スタンリーは武器の不法所持で逮捕されてしまうだろう。サイレンの音が近づくなか、スタンリーは銃の携帯許可証を持っていないことを白状したのだった。おまけに、その銃は登録さえしていなかった。とりあえず家の裏手にある、地下室の明かり取りの穴に投げこみ、落ち葉をかけて隠した。

ジョニー・ジェイが真犯人のパティを追跡することも、わたしたちは望んでいなかった。自衛のためにしたことなのに、面倒に巻きこまれては気の毒だ。問題ならもう充分に抱えている。それにしても、どこで爆弾の作り方を教わり、どこで材料を調達したのだろう。でもパティのことだから、こんな日がくることに備えてまえもって準備し、隠しておいたにちがいない。

いましがた目撃したことから考えて、パティは元夫に少しもひけを取らなかった。わたしだったらパティが勝つほうに賭ける。彼女は初戦をものにした。このぶんだと戦争は必至だがパティは隠密作戦が得意だから、奇襲をかけることもできる。

さて話を戻すと、ジョニー・ジェイはまだどなり散らしていたが、それしきのことはなんでもない。

「きっとテロリストですよ」おばあちゃんは、ジョニー・ジェイがやや落ち着くと、なだめるように言った。「アルカイダか。それともタリバンかも」

ジョニー・ジェイは匙《さじ》を投げて、車に戻ると報告書を書きだした。そのあいだに牽引車が大破したメルセデスを積みこんだ。警察署に運んで、専門家たちが隅から隅まで徹底的に調べるのだろう。

ハンターの車が止まったのを見て、わたしは口裏合わせの問題点にはたと気がついた。ハンターが喜ぶとはとうてい思えないけど、彼をペテンの仲間に引き入れるか。それとも、ジョニー・ジェイをだましたのと同じように、ハンターにもうそをつくか——こちらがお気に召さないことは目に見えているが。

彼をだますのは気が引けたが、正直、うそをつかないですむ方法が見つからなかった。

「アルカイダね」とわたしはハンターに言った。まえに、パティの過去について彼にも話していたのに、そのことをうっかり忘れて。

「ほう……」とハンターは言って、牽引車の平床に載せられたメルセデスの残骸をじっくり眺めた。ベンはしきりにあたりの匂いを嗅ぎまわっている。「黒いメルセデス、高級車、イリノイのナンバー、車の爆破か。ナンバーを調べたら持ち主は……そうだな……ハロルド・ブルーノかな」

そのみごとな推理とともに、彼はしてやったりという表情でにやりとした。

「わたしは何もしてないわよ」と言った。「おばあちゃんに訊いてよ。なんならスタンリーにでも」

「パティ・ドワイヤーの事情について、ぼくたちはジョニー・ジェイに情報を伝える義務がある」と彼は言った。さらなる情報をわたしから引き出す手間もかけずに。「彼に聞く気があろうとなかろうと」

「そうね、それがいいわ」とわたしも言った。「警察長にブルーノを追いかけてもらいましょう。パティの家で何をしていたのか説明させるのよ」

ハンターの男らしい眉がつり上がったので、口をすべらせたことに気づいた。でも、わたしは言い逃れのプロだ。

「ちょっと考えたら、わかることよ」とごまかした。「彼は車にいなかった。それに、もしあの車の持ち主がほんとうにブルーノで、別れた妻の家の前に駐車していたとしたら、パティをつけねらっているにちがいない」

「なるほど」ハンターはあたりを見まわした。「きみのお仲間はどこに行った?」

そういえば、スタンリーの姿が消えていた。すきを見て逃げ出したにちがいない。地下室の明かり取りの穴も、なかをのぞいたらきっと空だろう。

おばあちゃんもいなくなっていたが、キャデラックに乗って私道をバックしてきた。ふだんなら、好きなだけ警察長のSUVにぶつかってもらってかまわないが、それは持ち主がこの近くにいなくて目撃されるおそれのないときに限られる。ハンターはわたしのあせりを読みとったにちがいない。急いで駆けつけると、おばあちゃんが私道からまっすぐ通りに出られるように誘導してくれた。

ジョニー・ジェイは、おばあちゃんが一時停止の印までのろのろと進んでいくのを、うさんくさそうに見送った。右の方向灯を点滅させながら左折するのまでは見ていなかったが。やれやれ、ありがたい。

そのあと三人で話し合った。ジョニー・ジェイも出だしだけは聞いてくれた。わたしたちはまず、パティとノヴァ・キャンベルのつながりを説明した。

「それならもう知っている」と警察長はさえぎった。「いいかげん捜査の邪魔をするのはやめたらどうだ。また電話をかけなきゃならんのか？」

ハンターはむっつりした顔で黙りこんだ。怒り心頭に発している証拠だ。

「もうなかに入ったら」とわたしは彼に声をかけた。「あとはわたしにまかせて」

ハンターはジョニーをにらみつけると、肩を怒らせて立ち去った。あんな目でにらまれるのは絶対にごめんだけど、この成り行きはじつは願ったりかなったりだった。パティがノヴァ・キャンベルを見つけたいきさつまで警察長に話す必要はなく、パティを窮地に陥れずにすむ。一方、ハンターはわたしがすべてを話したものと思いこむだろう。

「あなたって、ほんとに嫌みな人間ね」とわたしはジョニーに言った。

「フィッシャー、いいか、警察の仕事に首を突っこむな。いずれ、じっくり相手をしてやるから、それまではおとなしくしてろ」

わたしも鼻息荒くその場をあとにした。

ハンターがうちに越してきてからというもの、わたしたちの仲はどうもぎくしゃくしている。何ひとつうまくいかない。うちの裏庭で毒殺事件が起こり、身内が殺人への関与を疑われている。母さんは隣の家にもうじき引っ越してくる。パティは車を爆破させて不動産価格を下げてくれた……ほかには？　これだけあればもう充分でしょう。

ふたつの道が頭に浮かんだ。

この先もハンターの人生をめちゃめちゃにするか。

それとも、彼を自由にしてあげるか。

わたしはポーチの椅子に力なく腰を下ろした。ベンが駆け寄ってきて顔をなめてくれた。そのお返しに、耳をごしごしかいてあげる。

ジョニーが車を出し、Uターンをして、メイン通りを右手に折れて警察署に向かった。牽引車のあとにつづいて。

ハンターもポーチに出てきた。ふたりともしばらく黙ってすわっていたが、やがて彼がぽつりと言った。「ビールが飲みたいな」

そこで彼に一本、自分用に一本取ってきた。せめてものお詫びに。

ふたりともひと口、ごくりと飲んだ。「車にピザがあるんだ」とハンターが言った。「取ってくるよ」

そこで、わたしは言った。「別れましょう。あなたを自由にしてあげる」

ハンターはビールにむせた。「ずいぶん深刻そうだな。ちょっと失敬」と席を立って、家に入っていった。

彼を待ちながら、わたしは宵闇がしだいに濃くなるのを眺めた。また一日が終わろうとしている。パティの家は暗かった。母がもうじき引っ越してくる家も。

ベンがポーチから離れ、木に向かって小用を足した。

ハンターがショートパンツにはきかえて戻ってきた。しかも裸足で。彼が椅子にすわるあいだ、思わずその足に目が吸い寄せられた。わたしはハンターの足が、ほかのだれの足よりずっと好きだった。甲の高さといい幅といい、非の打ちどころがない形で、ほっそりと引き締まり、繊細な骨の形がたどれるほど。ブロンズ色に日焼けした毛深い指に、よく手入れされた爪。くらくらするほどなまめかしい。

でも、彼はわたしの好みをよく知っていた。もしかしてこれは作戦？

「もう自由の身よ」とわたしはくり返した。

「なんだか釣り針にかかった魚みたいだな」どうしてハンターは心配そうな様子をしていないのだろう？　喜んでいるのだろうか？　ほっとしたとか？

「あなたが気の毒で」

「惚れた弱みだよ」

「一緒に住まなければ、とばっちりを食うこともなかった」

「そうかな」

わたしはその点について考えてみた。「ここまでは。毎日、きつい仕事を終えて帰ってくると、もっとひどい問題が待ちかまえている」

彼はビール瓶からもうひと口飲んだ。

わたしは別れる理由を挙げはじめた。「裏庭で殺人事件が起こった」

「何が起こるかなんて、まえもってわからないさ」

「それにこのざま」わたしは腕をひと振りして通りを示した。「家に帰ってほっとひと息つこうとしたら、同居人が車の残骸に取り囲まれていた」

「きみのせいじゃない」

「悪いことが起こるたびに、自分にそう言い聞かせてる。わたしのせいじゃないって。でもこの世には、一生、不運にたたられる人もいるのよ。いつも悪いときに悪い場所に居合わせる。それがわたし。呪われてるの！」

ハンターはわたしの膝をぎゅっとつかんだ。「ばかだな。そこまでひどくないよ」

「おまけに、うちの母が隣に引っ越してくるのよ。一緒に働くだけでも勘弁してほしいのに、今度はこれ？」

のぞき魔のパティと口うるさい母にはさまれて、ハンターとわたしの仲が終わるのは目に見えている。

「じゃあ、ぼくはどこへ行けばいい？」とハンターが言った。言い出しっぺはわたしなのに、胸がずきんと痛んだ。

彼はすぐそばにいて、こんなにすてきなのに、愛想尽かしをしなければならないのは、死ぬほどつらかった。「自分の家に帰って」とわたしは言った。「もとの生活に戻るのよ」

ハンターはわたしの肩に腕をまわした。「悪いけど」と彼は言った。「それはできない」

「どうして？」

「今日、ぼくの家を買いたいという申し出を承知したから」

わたしはさっと体を離して、彼の目をのぞきこんだ。からかっている目ではない。本当に自宅を手放してしまったのだ。「どうして言ってくれなかったの？」

「驚かせようと思って。ほんの二、三時間まえのことなんだ。きみにそこまで信用されていないとは思わなかったな。知っていたら、ちょっと待ってもらったんだが」

「信用していないのは、あなたじゃなくて、わたし。わたしの問題なのよ」

涙がいまにもあふれそうだった。一滴が頬をつたい、指でぬぐった。

「売却についてもっとくわしく知りたくない？」

「べつに」

「買い手はだれかも？」

なんてこと。わたしたちの将来がすっかりだめになったというのに、家の売却について話したいとは！「じゃあどうぞ」と口先だけで答えた。

「家を買ってくれたのはトム・ストックなんだ」

母の彼氏の⁉「でも、たしか借りるつもりだって」わたしは口ごもった。

ハンターはにっこりした。「トムはあの家をひと目で気に入って、考えを変えたんだ」と言った。「これで万事めでたしじゃないかな。きみは反対？」

まさか。ふいに、わたしたちの未来がぐっと明るく感じられた。

「いつでも貸し家は探せるけど」とハンター。

「ここにきて」わたしは彼を引き寄せた。「ちゃんとお礼を言わせて。そのすてきな足をこっちへ寄こしなさい」

袋小路になっているこの通りがもう暗くて、人目がないのは幸いだった。

25

火曜日の夜明け。あたりは灰色でじめじめしている。ひと晩じゅう激しい雨が降り、風が冷気を運んできた。わが家のミツバチたちは巣箱のなかでちぢこまっているにちがいない。わたしは半時間かけてはちみつ小屋のなかを片づけた。道具類を洗い、降りしきる雨を眺めながら、野菜たちはみな喜んでいるだろうと思った。世話係（＝わたし）がこのところ、あまりかまってあげなかったので。

ハンターとわたしは二度目の仲直りをした。そしてわたしは、むやみに不安を募らせ、彼をまごつかせるようなまねはもうしないと約束した。ハンターはトムに自宅を売ったことで、責任と覚悟を示してくれた。今度はこっちから歩み寄る番だ。わたしは約束を守ることを誓い、どんな嵐がやってきても乗り越えようとふたりで話し合った。

こうしてわたしと彼氏は無事にもとの鞘《さや》に収まったのだが、身内が犯罪に関与しているという疑惑を晴らす計画のほうはすっかり行き詰まっていた。

カミラとギルのアリバイがうそだと証明する方法は、まだひとつも思いつかない。だからといって、容疑者はほかにひとりもいなかった。パティを勘定に入れなければ、ノヴァはモレーンに来たばかりなので、さすがにまだだれの恨みも買っていない。捜査の手がかりは妹の家で尽き、そこではわたしの大切な人たちが、うちのミツバチと同様、身をちぢめて、嵐が過ぎ去り、お日さまがふたたび輝きだすのを待っていた。

なんとしても犯人を見つけなければ。妹か妹の夫が他人の罪をかぶるなんて考えただけでぞっとするし、ジョニー・ジェイがわたしにその罪を着せるのを黙って見ているつもりもない。となれば、すぐにでも幸運をつかまえる必要がある。

正気を疑われてもしかたないが、パティが恋しくてたまらなかった。パティがいれば、事件解決にひと役買ってくれるかもしれない。何はともあれ、犯人を怒らせて、彼女の命をつけ狙わせることぐらいはできそうだ。それを足がかりにすればいい。

〈ワイルド・クローバー〉に出勤して店を開けたあと、殺人事件で働きづめの頭をひと休みさせることにして、町の最新の騒動をめぐるうわさ話にいそいそと加わった——例の車の爆破事件で、わたしは目撃者ならではの内部情報を持っている。

「何があったの?」とキャリー・アンが訊いてきた。

「パティの元夫がのこのこやってきた」

「女を怒らせると怖いから。それはあたしが保証する」キャリー・アンはパティが以前結婚していたと聞いても、眉ひとつ動かさなかった。その事実を淡々と受け入れ、昼ドラ風の泥沼には立ち入ろうとしなかった。

わたしは従妹を見直した。目下のところ、キャリー・アンは友人のなかで一番しっかりしている。

そこで、彼女にパティの事情をくわしく打ち明けた。

「ハリー・ブルーノはパティをつけねらっている。彼女の身が心配で」と話を締めくくった。

「あの男がメイン通りを曲がったあと、どこに行ったのかも気になる。モレーンを出たとしても、移動の足はどうやって調達したのかしら。タクシーを呼んだり、バスに乗ったりというわけにはいかないだろうし」

「車がなければ町を出るのは難しいでしょうね。でも、パティは身を隠すのが得意よ」とキャリー・アンが励ますように言ってくれた。

午前中いっぱい、わたしたちはお客さんに注意を促した――怪しげな様子のよそ者に警戒するようにと。あいにくハリー・ブルーノにはこれといった特徴がなく、おまけにわたしは彼を見ていないことになっているので、人相風体を伝えることはできなかった。

お客さんたちは全員、地域の見まわり活動への参加を表明した。ミリーの発言は核心をずばりと突いていた。「観光客と招かれざる客ぐらい、見分けがつくわよ」モレーンでは常識だ。

スタンリーが顔を出し、協力を申し出た。「町じゅうに厳戒態勢を敷こう」と言った。「それに、あいつの醜い顔ならどこででも見分けがつく……つまりだな……」わたしは彼のわき腹を肘でつついた。わたしたちは表向き、ハリー・ブルーノを目撃したことは認めていないので。「醜い顔というのは……べつに、その……ま、気にせんでくれ」

これでは、パティの家のポーチで、ある種の対決に巻きこまれたことを認めているようなものだ。事の真相が広まったら、警察長がそれを聞きつけて、まずいことになるだろう。ホリーが店に入ってきて、長居しすぎる客について愚痴をこぼした。「ジョニー・ジェイはカミラとギルの足止めをまだ解いてくれないの。いいかげんにしてほしい。あのふたりのせいで、わたしのほうが追い出される始末よ」

「というと？」

ホリーは頭を振った。「あの人たちときたら、家から一歩も出ないの。三人とも。マックスも含めて。家のなかをうろうろして、電話で仕事をしてる。一軒の家に仕事中毒の人間があんなにたくさんいるのは初めて見た」

「どうしたらいいか教えてあげる」わたしはいくらか皮肉をこめて言った。「まじめに出勤して、働くのよ」

「母さんは？」と、仕事嫌いの妹は言った。「母さんが手伝ってくれるわよ」

「母さんなら、彼氏と銀行で待ち合わせ。ハンターの家を買うの。というか、トムが買って、母さんはそこで一緒に暮らすんですって」

そのニュースを聞いてホリーは歓声をあげたが、少々わざとらしく聞こえた。そこで話題を変え、うちの通りで起きた爆破事件のことを話した。

「おちおちしてもいられないわね」とホリーは言った。

「あの分だと、元夫はパティひとりで充分に対処できる。あなたとわたしは犯人捜しに専念しないと。まず、ノヴァが毎日ニンジンジュースを飲んでいた点を検討しましょう。その日課を知っていた人は？」

「姉さん」とホリー。

「それはおいといて」

「わたし」

「それもおいといて」

「たぶんマックスも」

わたしは深いため息をついた。「いまわたしたちは、一部の容疑者をリストから除こうとしているの」わたしは妹に念を押した。「たとえばマックスとか、わたしとか、あなたとか」

「カミラとギルも知っていたと思う。よく考えたら全員そうよ。マックスがまえもってリクエストのリストを読みあげたから。ニンジンジュースのほかは、とくに変わったものはなかった——おいしいワイン、乳製品はダメ、あとは貝がどうとかこうとか。ギルはコーヒーを飲まないから紅茶。そんなところ。全部は覚えてないけど」

「そのリストはどこ？」

ホリーは肩をすくめた。「捨てたんじゃないかしら」

「わたしはいまでも、お宅にある軍手をひとつ残らず検査してもらうのが、つぎに取るべき手だと思ってる」

ホリーは挑むように両手を腰に当てた。「軍手がそんなに重要なら、サリーか警察長がとつくに押収してるわよ」

「あのふたりが思いつかなかっただけ。わたしたちが調べるのは勝手でしょう」

「警察がわたしに不利な証拠を見つける手伝いなんてまっぴら。わたしの意見はもう言ったはず。その件はこれまでよ」

わたしたちはにらみ合った。「勝手に持っていこうとしても無駄だから」とホリーは言った。

わたしは首を振った。「それは大きなまちがいよ。この件では、ジョニー・ジェイの先手を打たなきゃ」

「姉さん、パティとつるみすぎたわね」妹はそう言うと、つかつかと店から出ていった。

「もう泣きついてきても知らないから」と、その背中に向かって声を張りあげた。「それがいやなら、あなたも手伝ってよ。お互いさまでしょうが」

妹がジャガーのエンジンをかけ、轟音とともに遠ざかっていくのが聞こえた。ホリーの給料を差し止めよう、人の気も知らないで、と苦々しく思いながら仕事に戻った。だって働いていないんだから。もっとも妹は止められたことに気づきもしないだろう。わたしは妹のためにずいぶん骨を折ってきた。それなのに、ちょっと手伝いを頼んだら、いなくなってしまうなんて。

ロリ・スパンドルが血相を変えて、どなりこんできた。かんかんに怒っている。

「ハンターにまんまとしてやられた」例によって、顔が真っ赤だ。「あんたのお母さんとクレイの家の賃貸契約を結ぶ寸前だったのに。こんなふうに人の縄張りを荒らして、ただです《イン》むと思ったら大まちがいよ《デンジャラス・ウォーター》」

「危険水域《デンジャラス・ウォーター》ですって、ロリ？　あなた、サメにでもなったつもり？」わたしはまったくちがう種類の生き物を思い描いていた――ヒルとか、イヌダニとか、ピラニアとか――人間の生き血を吸う連中だ。

　ロリはまだぶつぶつこぼしていた。「身元のしっかりした借り手と、六カ月の賃貸契約がパアよ」

「その傲慢な態度があだになったわね。さもなければ、ハンターはあなたに仲介を頼んだかもしれない。そうすれば売上げの一部はあなたの懐に入ったのに」ただし、それは言葉のあやで、ハンターはいずれにしても自分で売却をすませただろう。

「暴走族が、隣の家を借りたがるかもよ」とロリは負け惜しみを言った。

「このまえの間借り人と比べたら、暴走族でも上等よ」

　そんな調子でひとしきり丁々発止とやり合った。そのあとロリは卵を数パック床に落としてから（手がすべって？　まさかね）、憤然と店を出ていった。

「よそで買い物してくれたらいいのに」とキャリー・アンがつぶやいた。

「ほんとにそうね」わたしは一瞬、ないものねだりをしてから、「今度、ふたりで食事にいかない？　久しぶりに」と誘った。

「ありがとう、でもいま忙しくて」と従妹は満足げに言った。「ガナーといい感じなのよ」

「友だちのことも忘れないでよ」

ハンターは残業、パティは行方知れず、妹とは軍手の件で仲たがい、キャリー・アンは別れた夫と子どもたちと過ごすので手いっぱい。というわけで、わたしは少々孤独をかこっていた。ミリーもこのところホリーの家に入りびたりで、エフィーとすっかり仲よくなり、おいしいおやつを作るので忙しく、まえほどちょくちょく顔を見せてくれない。

表立って言うのははばかられるが、少しまえまで友だちづきあいは二の次だった。体力と気力はすべて〈ワイルド・クローバー〉につぎこんでいた。常勤の店員はわたしひとりで、朝も昼も夜も働きづめに働いた。店が軌道に乗ると、余暇がふえてきた。スタッフの給料やら、従業員と雇い主にかかるありとあらゆる税金やらで、お金はあんまりたまらないけど、時間だけは余裕ができた。

そういうわけで、友だちづきあいが恋しくなったのだ。そのうちのふたり、ホリーとキャリー・アンが身内で、もうひとりは——パティのこと——頭のネジがゆるんでいるにしろ、友人は人生に彩りを添えてくれる。彼女たちがいなければ、わたしの生活は型にはまった退屈なものになってしまうだろう。おやおや、わたしは面倒を承知で、厄介な人たちとのつきあいを深めようとしているの？

たとえばうちの母。でも母はいま彼氏とのつきあいを優先して、娘のしつけは放棄している。ジョニー・ジェイはほかの用事で手いっぱいらしく、今日はまだ姿を見かけていない。というわけで、目下のところ、わたしにつきあってくれそうな人間といえばロリ・スパンドルだけ。われながら情けない。

わたしは在庫の補充に棚の整理、それにレジの列が長くなればキャリー・アンを手伝うという仕事に戻った。

手が空くと、レジで芸能誌を読んでいるキャリー・アンを残して、図書館で借りた本を返しに、傘をさしてメイン通りを歩いていった。図書館の前まできて、図書館長や司書をしている娘とおしゃべりをしようと玄関の石段をのぼりかけたとき、ホリーの家のトラックがこちらに向かってきた。ホリーはふだんトラックを運転しないが、もしかすると雨の日にはジャガーに乗りたくないのかもしれない。

それが最初にわたしの頭をよぎった考えだった。

でも、庭師のチャンスがトラックに乗っている可能性のほうが高い。彼とちょっとおしゃべりしようかしら。気晴らしにはもってこいだし、彼や妻のエフィーが、殺人事件の捜査に役立ちそうなことを気づいているかもしれない。

トラックが近づいてきた。たたきつけるような雨のなか、フロントガラスのワイパーがせわしなく動き、タイヤははでに水をはねている。運転席の人影がちらりと見えた。チャンスではなかったが、当たらずとも遠からず——運転していたのはエフィーだった。

わたしは図書館の本を外の返却ポストに入れ、急いで縁石まで出ると、トラックに合図して止めようとした。一緒にコーヒーでも飲みながら、ホリーの家がどんな様子か聞きたいと思って。

ところが手を振ろうと腕を上げたところで、助手席にすわっていただれかが――チャンスかしら？――急に身をかがめ、女性か男性かも見分けがつかないうちに、視界から消えてしまった。

いったいどういうこと？

明らかに、ふつうの行動ではない。

エフィーは縁石にいるわたしには気づかないふりをしたが、見えなかったはずがない。彼女は前方をにらんだまま、トラックは通りすぎた。助手席はもぬけの殻。トラックは視界から消えた。

わたしは店に駆け戻ると、裏の駐車スペースに止めてある自分のトラックに乗って、エフィーが消えたのと同じ方向、つまり妹の家に向かった。

ところがトラックがどこにも見当たらない。ガレージに止まっていないのを確かめたあと、町を何周かして最後に店に戻ったが、とうとう見つからずじまいだった。

エフィーはどこへ行ったのだろう。

そして、助手席に乗っていた謎の人物はだれだろう。

26

「人をパティみたいに言うなんて、あんまりよ」わたしは、ホリーが電話に出るなりそう言った。「彼女には常識がないし、他人の気持ちへの配慮もない。わたしは家族を、あなたを守ろうとしているのに」

「なんでも自分の思いどおりにはできないのよ」と妹は言った。「わたしにはわたしの考えがあるの。でも、さっき言ったことは取り消す。パティはずっとひどいから」

ということは、わたしも完全にはまともじゃないらしい。このまえとちがって、今日は妹の鋭い心理分析を手放しで褒める気にはなれなかった。人間関係のアドバイスに専念して、ほかのことはかまわないでほしい。

「エフィーは浮気をしてるの？」と、電話した本当の理由を切り出した。助手席でかがみこんだ人影についての自分の推理に大いに満足して、事務所の椅子によりかかった。

ホリーは「ばかばかしい、どこでそんなこと思いついたの？」と言った。

わたしはさっき見かけたことを話した。トラック、エフィー、助手席にいただれかが頭を引っこめたこと。

「姉さんの想像じゃない？」

「ちがうわよ」

「雨が降って薄暗かったのに、そうだと言いきれる？」

「ええ」わたしは自信たっぷりに答えた。それから思い直した。もしかしたらわたしの想像かも……いや、それはない。もしエフィーに後ろ暗いところがなければ、縁石にいたわたしに会釈したはずだ。彼女は明らかに見て見ぬふりをした。

素人カウンセラーのホリーは、なかなか納得しなかった。「じゃあ一緒に考えてみましょう。助手席にいた人は男だった、それとも女？」

「うーんと」

「髪の色は？」

「よくわからない」

「じゃあ、わかっていることは？」

「助手席にいただれかが身をかがめたのを見たってこと。エフィーはもう戻ってる？　トラックは？」

「ちょっと待って……ええ、トラックならある」

「チャンスはいる？」

「どこかそのへんにいるでしょう。さっき見かけたときは、湖の桟橋のところで作業をしてたけど」

「悪いけど、離れまで行って、窓からのぞいてくれない？　もし助手席にいた人が家にいるなら、浮気とかそんなんじゃないと思う」

「キャリッジ・ハウスの窓ってこと？　ガレージの二階にあるのよ。そんな高いところ、どうやってのぞくの？」

「はしごは？」

「母さんに電話して、姉さんがおかしくなったと言わなきゃ」

「それはカウンセラーにあるまじき態度ね。心理学の勉強をつづけて人の相談にのるつもりなら、その人の秘密は家族にも洩らしちゃいけないのよ」

「わたしだって姉さんの家族だけど」

「もういいわ。この件は忘れて」わたしは電話を切って立ちあがり、かたく決意した。どうしてもパティを見つけなければならない。犯罪捜査の相棒は彼女しかいない。それだけのこと。わたしは傘をつかんで店を出た。

まず、うちの隣の空き家をのぞいた。一番先に思いついたのがそこだったから。その家は隠れ家にぴったりだ。ロリが家の鍵を全米不動産業協会推薦の頑丈なものに取り替えるまえに、わたしは窓のひとつに細工して、忍びこむ必要が生じたときのために簡単に開けられるようにした。いまはだれも住んでおらず、しかも袋小路のつきあたりに建っている。ここなら、パティは人目に触れずに出入りできる。部屋代も支払わずにすむが、それはパティにとっては決め手になるかもしれない。しまり屋で、ふだんからできるだけ人にたかろうとしているから。それはさておき、わたしがパティなら、この家にひそんでいるだろう。ところが、窓からなかに忍びこんで、ひと部屋ずつ探したが、収穫はなし。パティがここにいるという形跡はまったく見当たらなかった。

次に考えられるのは、彼女の自宅だ。どこかに行ったと思わせておき、じつは自宅にひそんで、何か動きがあるのを待っているのかもしれない。だがパティの家はしっかり戸締まりされていた。ハリー・ブルーノはどこも壊さずにどうやって入ったのだろう。錠をこじ開けたのだろうか？　それともパティが彼を罠にかけ、わざと家を開けっ放しにして、そのすきに彼の車に細工したのか？　ふたつめの答え（ハリー・ブルーノをわざとおびきよせる）は、いかにもパティらしい手口だ。

わたしは立ち止まって、頭を整理した。

ハリー・ブルーノが現われたとき、パティは町を出ていたにしては驚くほど素早く、監視態勢を整えた。しかも必要な装備はすべて用意していた。どこに爆弾をしまっていたのだろう。

わたしはオコノモウォク川まで歩いた。雨粒がひっきりなしに川面をたたいている。ウィンドブレーカーのフードを下ろす。足もとはビーチサンダルなので濡れても平気だ。

とくに目を引くものはなかった。向こう岸に迷彩色のテントが張ってあるわけでもなく、人がすっぽり入れそうな大きさの動物の巣穴も見当たらない。

川岸にたたずんだわたしは、がっかりしてため息をつき、振り返って、わが家の屋根を見上げた。黒い雲の最後のかたまりが頭上を通りすぎていった。

ふと、縁起でもない考えが浮かんだ。P・P・パティがわたしの家にひそんでいるという可能性はないだろうか？

パティならやりかねない。

もしそうなら、きっと屋根裏にいるだろう。わたしは家に入って二階にあがり、屋根裏に通じる階段をのぼった。

めったにのぞくことはないが、暗くて、背をかがめなければならないような狭い場所ではなく、屋根裏全体がひとつの大きな部屋になっている。床の半分にはマツ材が張りめぐらされ、残り半分は断熱材がむき出し。クモの巣がかかり、わたしの子ども時代の宝物がつまった段ボール箱がいくつかと、古い敷物、捨てるにはしのびない古い家具が置いてある。

ドアを開けた。広々とした空間に、四方の壁に設けられた小さな窓から光が射しこんでいる。今日は雲が垂れこめているので、あまり明るくはないが、P・P・パティがエアマットレスの上でぐっすり眠っているのが見えた。リュックがひとつどころか三つ、そばの床に転がっていた。

スパイコメディの登場人物にしては、パティを起こすのにえらく手間がかかった。わたしがマフィアの元夫かその手下なら、パティは襲われたことに気づくまもなく死んでいるところだ。

「起きて、眠り姫さん」ようやく彼女の注意を引くことができた。

「ちぇっ」パティはわたしを見て、舌打ちした。

銃《シュート》を持っていれば、撃《シュート》ってやるのに。本物の銃とかじゃなくて、BB弾でも充分痛いし、うさ晴らしができたのに。「居心地はいかが？」とわたしは訊いた。

「まあまあね」パティは起きあがった。「見つかったからには、お客さま用の部屋に移ってもいい？」

「あなたしだいね」

「というと？」

「どれだけ力を貸してくれるかによるわ。階下にいらっしゃい。サンドイッチを作ってあげる」

キッチンのテーブルで、ハーブティーを飲み、ツナサンドをむしゃむしゃ頬ばりながら、わたしはパティに事実を認めさせようとした。パティは爆発騒ぎのあいだずっと町にいなかったと言いはった。ところが、つじつまの合わない発言をひとつした。「全部は知らないほうが身のためよ。あんたをあたしの問題に巻きこみたくない」

「いつからここに？」とわたしは訊いた。

「ハリーはきっと戻ってくる」パティはわたしの質問を聞き流した。「しかも、今度はきちんと準備して。男はにぶいから、警告を与えようと思ったら、レンガで頭を殴るぐらいのことをしないと気づかないのよ」

あるいは、車を爆破させるとか。「でも、彼はどこまでやるつもりかしら」とわたし。

「あたしほどじゃないでしょうね」

ごもっとも。

「ノヴァを殺害した犯人の尻尾をつかまないと。調香師のどちらかよ」とわたしは言った。

「あのふたりはアリバイについてうそをついている。ぜったいに」

パティはディナーパーティーのカクテルタイムのあいだに、二階にこっそり上がっていったので、「カミラとギルについて、なんでもいいから役に立ちそうなことを知らない？　何か見つけた？」と訊いてみた。

彼女は首を振った。「ディナーのあいだにざっと部屋を調べたけど、時間があまりなかったから」

「もういっぺんやってみる？」

パティはまた首を振った。「いまはハリーが優先。自分の問題だけで手いっぱいよ」

「あなたがノヴァの殺人事件を解決したら、独占記事が書けるし、《ディストーター》もまた雇わざるを得ないんじゃないかしら」

「《リポーター》よ」パティはわたしが《ディストーター《おさわがせ》》と呼ぶのをいやがっていた。でも名は体を表わすというし……。

「そもそも、死んでしまったら元も子もない」とパティはもっともな点をついてきた。

「いつになったらもとの生活が戻ってくるのやら」と、わたしはパティ風の愚痴をこぼした。

その作戦はふだん彼女に有利に働くので、試してみることにしたのだ。「ハンターとうまくやっていくには、ふたりきりで過ごす時間がもっと必要なのに。休暇を取って旅行に行くとか。わたしがあなたの元夫の件を手伝ったら、あなたも手を貸してくれる？」

パティがどうでもいいと言いたげに肩をすくめたので、もうひと押しした。

「それにね」と奥の手を出す。「町じゅうに厳戒態勢を敷いた。みんながハリーに警戒の目を光らせている。どう？　ふたりで協力して、町から追い出してやるのよ」

パティがにっこりしたので、その気になってくれたことがわかった。

「あんたはやっぱり親友よ。このまえ組んだときは、足を引っぱられたけど。でも、もし空いている部屋を使わせてくれるなら……」

「いつでもどうぞ」

そのときハンターのことを思い出した。彼とわたしが目下同居していることや、この件をまえもって相談していないということも。ふたり暮らしになじむのは、なかなか骨が折れる。宿を提供するという申し出を引っこめようかとも考えたが、そんなことをすれば、わたしがいかにしみったれで、男の言いなりか、さんざん嫌みを言われるだろう。

「了解」とパティは言った。「じゃあ、あたしはカミラとギルの部屋を探ってみる。ただし今度は徹底的に」

「でも、ふたりが部屋にいないときをどうやって見はからうの？」とわたしは訊いた。「もし途中で捕まったら？」

「心配ご無用」とパティ。「あたしは〝見えない女《インヴィジブル・ウーマン》〟だから」

なるほど。じゃあ、わたしは〝キャットウーマン〟ね。

27

午後、店に戻ると、ひまを見てハンターに電話した。

「パティにばったり出くわしたの」と何気なさを装って言った。

「へぇ、どこで？」

「えーっと……この近くで。それで、まだ自宅に帰るのが怖いから、しばらくうちに泊めてもらえないかって」

ハンターはうめいた。

「一日か二日のことだから」いまのは、おもねるような口調だったのでは？　深呼吸をする。

「わたしたちと一緒なら安心だって。あなたは刑事だし」

わたしは大げさに言ってみた。もうパティには約束してしまったが、もしハンターが主導権は自分にあり、たくましく頼りがいのある（そのとおりだけど）彼の一存で、何ごとも決まると考えているなら、すべてご破算になる。

「それにパティはお隣さんよ」とわたしはつづけた。「助けてあげないと」

「いつからそんな世話好きになったの？」

たったいまから、というのが正直なところ。率直に言って、パティとはご近所どうしでお茶会を開くような親しい間柄ではなかった。

「ぼくの得た情報だと、ハリー・ブルーノはまちがいなくこの町にいる」とハンターは言った。「どうやらノヴァ・キャンベルの近親者は彼しかいないようだ。ただし、本人は自分はシカゴにいた、だれかが車を盗んでヤナギ通りに放置したと言いはっている」

「あらそう。いかにも彼が言いそうな話ね」

「パティ・ドワイヤーは地の果て《ティンブクトゥ》まで行って、もう二度と帰ってこないほうがいいんじゃないかな」

「彼女に逃げてほしいの？」

「ハリー・ブルーノは厄介だが、彼女も厄介だ。ぼくは、パティがあの爆発を仕組んだとにらんでいる。ジョニー・ジェイも同じ意見で、彼女から話を聴きたがっている。ぼくは彼女をかくまったり、警察長から守ったりするつもりはない」

「あなたに認めてもらうために、パティにできることはない？　たかが二、三日のことじゃない」

ハンターはため息をついた。「まずは警察長の気がすむまで、彼の質問に答えることだな。その点は譲れない」

つまりパティは、刑事の彼氏から見れば、容疑者のひとりにすぎないというわけだ。いつも杓子定規だから。まあ、しかたない。

けっきょく、パティがただちにジョニー・ジェイに連絡を取り、捜査に協力するという条件で、二日間うちに泊まってもいいことになった。わたしは彼女の行動に責任を持つと約束した——未成年者の連帯保証人になるのがどういう気分のものかわかった。ぞっとしない。パティをお行儀よくさせておく方法を考えなくては。

そのつぎに、彼氏は言った。「殺人事件の捜査についてはひとことも訊かないんだな。ぼくがハリー・ブルーノの名前を出したときも、追及しようとしなかった。気分でも悪いのかい？」

「大丈夫よ。あなたは忙しいし、この事件にはもう直接関わっていないことを知っているから。それにわたしたちは、もっと自分たちのこと、個人的なことを話し合ったほうがいいんじゃないかしら。殺人事件はジョニー・ジェイにまかせて」

「めずらしいな」

「女心は複雑なの」とわたし。その言葉はハンターの性をつかさどる神経のひとつに火をつけたにちがいない。それにつづく会話はきわめて個人的な、外聞をはばかるものになったからだ。ハンターは最後にこう言って電話を切った。「今晩は遅くなる。ベンを家においていくから、帰ったら、外に出してやってくれ」

わたしは電話を切ると、インターネットにつなぎ、グーグルでパティの元夫の写真を検索した。そもそも最初からそうすればよかったのだ。すぐさま写真がいくつも現われ、わたしが顔をつき合わせたのが、やはりハリー・ブルーノだとわかった。彼は手下だか子分だかを送りこんで、落とし前をつけようとはしなかった。パティの始末は自分でつけるつもりだったのだ。ただし、それは彼の高級車が炎上するまえの話。パティの言うとおり、このつぎは油断しないだろう。

都会の雑踏や犯罪から逃れて、田舎町に移り住む人は少なくない。ところが、この小さな町には、未解決の殺人事件ばかりか、復讐に燃えるシカゴのマフィアまで顔をそろえている。まさに事実は小説よりも奇なりだ。

パソコンを閉じるまえに、ハリー・ブルーノの写真を何枚かダウンロードして印刷した。閉店までのあいだレジを担当した。子どもたちの一団が昔ながらのキャンディを買いにやってきた。地元の住人がトイレットペーパーやビールやお総菜を買いにやってきて、小さな町の暮らしを彩る出産や結婚のうわさ話に花を咲かせる。

パティの元夫の人相が確認できたので、彼の写真を切り貼りし、仕上げに、あごの下に「指名手配――危険人物」と大きな字でデカデカとつけ加えた。そのあと検死官のジャクソン・デイヴィスに電話して、仕事が終わったら一杯いかがと誘った。彼が承知したので、「じゃあ、スチューの店で落ち合いましょう」と言った。ジャクソンと私用で会うのは久しぶりなので楽しみだ。とはいえ、少々仕事がらみの話もする心づもりで、ノヴァの事件で何か新しい情報が得られるのではないかと期待していた。

指名手配のポスターをドアに貼りつけると、事務所で軽くお化粧を直して、メイン通りを歩いていった。

タイムサービスの混雑はややましになっていた。スチューはカウンターの後ろにいて、お客の会話に加わっていたが、それは小さな店を切り盛りするには一番よい方法だ。レジを制する者が商売を制す。わたしもレジにいる時間をもっと増やしたほうがいいのかもしれない。そういえば、母さんが店にくると、いつもその場所に陣取ることも思い出した。

わたしはバーにすわって、鶏の手羽元を何種類か頼んだ。スチューの手作りで、この店の人気メニュー。どれもおいしい。

ジャクソンがドアから入ってきて、わたしがバーにいるのを見つけると、つかつかとやってきた。

「何でも好きなものをおごるわ」と言った。

「ビールにしておくよ」ジャクソンは隣のスツールに腰かけた。「あのときの二の舞はごめんだから」彼はアルコールにからきし弱く、さほど遠くない昔、ダブルどころかトリプルのカクテルをじゃんじゃん飲ませて、いくつかの事実を聞き出したことがあった。とはいえ、ジャクソンが恨んでいるふしはない。それはたぶん、わたしのことを憎からず思っているから。べつに自慢してるとかそんなんじゃないけど——そもそもめったにないことなので——そういう場合、女にはぴんとくるのだ。

検死官はわたしにお熱で、わたしのほうもまんざらではない。

ふたりともビールを注文した。ビールと一緒に手羽元も出てきた。

「ノヴァ・キャンベルの事件で何か進展があった？」お互いの家族の近況や、余暇に何をしているかなど、ひとしきり話がはずんだあとで、わたしは質問した。

「具体的なことは話せない」と彼は言った。「きみも知ってのとおり」

「それなら一般論で。たとえば、ドクゼリの入ったジュースを飲んだ人は、どれぐらいもつ？」

「ま、そういうことなら」ジャクソンはビール瓶からひと口飲んだ。「摂取した量にもよるけど、十五分から一時間前後だな」

わたしは、マックスの一行が遅れてやってきて、到着するとすぐにノヴァが気分の悪さを訴えて川辺に向かったことを思い出し、わが家に着いてからノヴァが死ぬまでのおよその時間を見積もった。「ということは、ノヴァはホリーの家を出発する直前に毒を飲んだことになるわね」

「その可能性はかなり高い」ジャクソンの表情から、わたしにヒントを与えようとしているのがわかった。「ただし、水筒にはそのまえから毒が仕込まれていたのかもしれない」

それを聞いて、ハンターが〈ワイルド・クローバー〉から回収したニンジンジュースの残りの瓶のことを思い出した。「うちの店にあったひと箱分のジュースはどうだった？」

「毒の痕跡はどこにもなかったよ」

やれやれ、ハンターの言ったとおり。世の中うまくいかないものだ。

ふたりともしばらく黙々とスチューの手羽元を味わい、ややあって、わたしは言った。

「ノヴァは気分が悪いと言っただけで、ちっとも死ぬようには見えなかったけど」

「顔は赤かった？」

わたしは思い出して、うなずいた。

「ほかの症状としては、痙攣発作、口から泡を吹く、嘔吐《おうと》、筋肉の引きつりなどがある。やがて呼吸困難を起こして、心停止にいたる。いま挙げたような症状のどれも見なかったんだね？」

「ええ、見なかった」いつのまにか攻守が入れ替わり、わたしがこの町の検死官から取り調べを受けている。

「犯人はこの毒物のことをよく知っていたんだな」とジャクソンが言った。

「招待客の残りふたりも、その分野にくわしいわ」とわたし。「どちらかひとりが逮捕されてもおかしくないと思うんだけど」

わたしはジャクソンをじっと見つめた。さらなる情報を待ったが、返ってきたのは、「パッカーズの調子はどうだい？」のひとこと。グリーン・ベイ・パッカーズはこの町でも人気があるので、バーにいた全員がそれを聞きつけてたちまち活気づき、わたしたちの会話に加わった。話題はアメフトに移り、わたしの力ではもとに戻すことはできなかった。

それからほどなく、ジャクソンは家族の行事があるとかで席を立った。わたしはスチューに断わって、ハリー・ブルーノの指名手配（または注意喚起）のポスターを店のドアに貼りながら、パティのほうはお返しに何をしてくれるのかしらと思った。

家に帰ると、ハンターがベンを途中で降ろしていったのがわかった。ベンを外に出して、庭を自由に走らせた。

　パティが物陰から姿を現わして、そばにきた。黒ずくめの衣装が周囲に溶けこんでいる。

「あなたをうちに泊めるのに、ハンターが条件をひとつ出した」とわたしは言った。「メルセデスがどうなったのか、ジョニー・ジェイに話して」

「何も知らないけど」

「じゃあ、そう言えばいいわ」わたしはパティがうそをついていると思ったが、あらためて振り返ると、パティを車のそばで目撃したわけではない。何やら大きくて、黒っぽい、怪しげな人影というだけだ。「警察署に行って、さっさと用事をすませたら」とわたしはすすめた。疑わしきは罰せずとはいえ、もともと爪の垢《あか》ほどの疑いなのだ。

「だめ」とパティは言った。「留守のあいだにハリーが戻ってきて、家に何かしたらどうするの」

「やむを得ないわね」

「警察署に足を踏みいれたら最後、もう出してもらえないかも」

　その可能性は確かにある。「じゃあ、ハンターとわたしであなたの家に目を光らせておく」

「ほんとうに？」

　わたしはしぶしぶうなずいた。いつのまにやら、彼女の人生にまんまと巻きこまれている。

　パティは警察長に電話をした。すぐに出頭することになった。

　わたしたちは歩いて〈ワイルド・クローバー〉まで行き、そこからトラックで警察署に向かった。

ジョニー・ジェイは警察署にわざわざ取調室を設置している。わたしは何度もお世話になっているので、目を閉じてもありありと思い浮かべることができた。必要最小限の調度、硬材を貼った床、鍵のかかるドア、壁には白頭鷲の絵、そんなところだ。

「あんたはここで待ってろ、フィッシャー」ジョニー・ジェイは待合所で両足をふんばり、わたしの前に立ちふさがった。

「あたしは自分の意志で質問に答えにきたのよ」とパティが言った。「それに、彼女はあたしの顧問だから。ストーリーにも同席してもらう。さもないと何もしゃべらないわよ」

ジョニー・ジェイはどなりちらしたが、パティは動じなかった。わたしはこれまで顧問を仰せつかったことはない。弁護士みたいに法的な助言をするのかしら。なんにせよ、その肩書きは大いに気に入った。とりわけ警察長が鼻白んだので。

わたしたちは取調室に入った。

ジョニー・ジェイは虫の好かない男だが、ばかではない。キツネのようにずる賢く、頭が切れ、押しつけがましく（いじめっ子たるゆえんだ）、アメフトのラインバッカーのように猛然と事件にタックルする。とはいえ、法執行官はきわめて厳格な指針にもとづいて活動しなければならない。そう聞いている。むやみに他人の家に押し入って証拠を捜すのは禁止。容疑者を逮捕して勾留するには、面倒な手続きをいくつも踏まなければならない。

パティはもっぱらそれを口実に捜査に首を突っこみ、灰色の領域から真っ黒の領域へとまっしぐらに突き進む。彼女の善悪の基準は、わたしたちの大多数とはかなりずれている。

この取り調べでは、できるだけ常識に沿った対応をしてくれますように。

「最初から始めるぞ、ドワイヤー」ジョニーは両足をテーブルに乗せた。「無駄骨はごめんだからな」

パティはハリー・ブルーノとの結婚について、相手がマフィアとは知らずに結婚した経緯や、苦労して逃げ出したことを話した。そして目下ハリー・ブルーノにねらわれていて、警察の保護を必要としていることも訴えた。

「どうも解せんな」とジョニー・ジェイがパティに言った。「やつの後妻が隣の家で死んだことと関係があるのか？　あんたは彼女を知っていたんだな？」

パティは視線をそらしたが、質問はうまくかわした。「名前と顔ぐらいは」

「証人保護プログラムをパティに適用してもらえないかしら」とわたしは提案した。

「ブルーノをまた刑務所にぶちこめるようなことでも目撃したのか？」ジョニー・ジェイが彼女に訊いた。

「いいえ、そういうわけじゃないけど」とパティ。「でも、何か思いつくかもしれない」

わたしは黙っていられなかった。「もしあなたが手をこまねいていたら」とジョニー・ジェイに言った。「ブルーノはパティを殺すわよ。そうすれば何の努力もせずに彼を刑務所に入れられるってわけね」

ジョニーは一喝した。「いいかげんにしろ、フィッシャー」それからパティに向かって言った。「結婚していたときはどうだ？　警察に提供できるような情報は？」

「いいえ、とくには」とパティ。

「それなら、税金を使って保護するわけにはいかない」

まあ、どうせダメもとで言ったわけだし。

「とにかく、ブルーノはあんたの家に現われた」とジョニー・ジェイ。声に苛立ちがにじんでいる。「そしてとくに理由もなく、あんたはやつの車を炎上させた」

「その件については何も知らない」とパティ。

「もしそうなら、ブルーノを怖がる十分な理由になるが」

パティは肩をすくめた。「近くにいなかったから」

「どこにいた？」

「旅行に出かけてたの」

「どこに行ったんだ？」

パティは近くの町にいる友だちを訪ねたともごもご言い、ジョニーはその話の裏を取ると言いだした。「その友だちの名前と住所を書いてくれ」

「異議あり」わたしはがばっと立ちあがった。「わたしの……あー……友人は」――もう少しで〝依頼人〟と言うところだった――「逮捕されているの？　逮捕されているとしたらなんの容疑で？」

「ちっ、黙れ、フィッシャー。それと、すわってろ」

黙るもんですか。わたしはパティに言った。「これ以上、情報を与えちゃダメよ」

パティはジョニーが寄こした紙とペンを押しやった。

わたしはつづいて彼に言った。「被害者を逮捕しようとする代わりに、彼女の元夫を追ったらどうなの。彼を逮捕しなさいよ。接近禁止命令はどう？　パティにそういうのをひとつ取ってあげてよ」

「わたしに命令するな、フィッシャー」

「彼のねらいははっきりしてる」とわたし。「あいつの車はパティの家の正面に止まっていた。そして爆発したとき、車にはいなかった。どこにいたと思う？　パティの家のなかに決まってるでしょう。考えるまでもないわ」あんたでもね、と心のなかでつけ足す。

「車を盗まれたそうだ」とジョニー。「本人はそう言っている」

「だれかが彼のメルセデスを盗んで、元妻の家の前にたまたま乗り捨てた？　そんな言い訳を信じるなんて、どこまでおめでたいの」

「ともかく、やつはその一点張りだ。法的に打てる手は何もない」

ジョニーはテーブルから足を勢いよく下ろした。一瞬、彼がマフィアに捕まり、口にリンゴを詰められてテーブルに縛りつけられている愉快な場面が頭に浮かんだ。ときどきジョニー・ジェイがあまりにも憎らしくて、吐きそうになる。彼はわたしの目をじっと見すえて言った。

「目撃者が名乗り出て、あいつが現場にいたと証言でもしないかぎり、警察ができることは何もない」

いまさらわたしが名乗り出るわけにはいかない。

帰りがけに、ハリー・ブルーノの指名手配のポスターを警察署のドアにも貼った。ジョニーが見たとたんはがさなければいいけど。

パティはそのポスターをとても気に入ってくれた。

外に出ると、あたりはすっかり暗くなっていた——曇り空で、お月さまは見えず、むしむしして、湿った土のにおいがした。わたしの家に着くとパティは着替えたが、本人が言わなければ気がつかなかっただろう。きっと同じ服を何枚も持っているにちがいない。黒いTシャツに黒いカーゴパンツ、などなど。

そのあと、パティはわたしのあずかり知らぬ用事で外出した。わたしは冷蔵庫をあさって、残り物をベンと分け合って食べた。ハンターはわたしがベッドに入ったあとで帰ってきて、首筋にキスして隣にもぐりこんだ。

パティがいつ帰ってきたかは知らない。

28

太陽の光はすばらしい。この世が楽園みたいに思える。うちのミツバチたちもお日さまが大好きだ。ブンブンと羽音を立てて飛びまわり、わたしの体にふわりと降り立つ。親しみのこもった、穏やかなしぐさで。誤解している人は多いけど、ミツバチが体に止まったからといって、刺しにきたわけではない。わたしの小さな友人たちは、生まれつき好奇心が旺盛なだけ。

そもそもうちの蜂たちは、わたしが巣箱のそばで作業することに慣れている。日々の暮らしの一部なのだ。ベンのこともいやがらず、ベンのほうでもそのお返しに、蜂たちを大目に見ていた。

わたしは防護服を着こんで、ミツバチたちが精を出して集めてきた、甘い香りの極上のはちみつを収穫した。今年は、〈クイーンビー・ハニー〉の当たり年になりそうだ。

スタンリー・ペックから電話があり、巣箱に異常がないことをどうやって点検しているのか、見学したいと言ってきた。蜂の群れに深刻な被害をもたらす病気はいくつかある。養蜂家は目ざとくなければ務まらない、と恩師がかつて口癖のように言っていた。だからわたしは、巣板が不規則な形をしていないか目を光らせ、幼虫と巣房に異常がなく、悪臭を放っていないかどうか確認を怠らないようにしている。たとえば、卵の産みつけられた巣房は本来なら真珠のような色つやで、黄色や茶色というのはおかしい。

こういうことはどれもみな経験を積んで初めて身につくものだが、スタンリーは駆け出しで、まだまだ苦労が足りない。そういうわたしも似たりよったりだけど、彼の目には一人前に見えるのだろう。

スタンリーが裏庭にまわってきたとき、彼がとんでもない過ちをしでかしていることがすぐにわかった。養蜂の入門書をめくれば出てくるというたぐいの注意事項ではなく、養蜂家が痛い思いをして学ぶことのひとつだ。

スタンリーはバナナを食べていた。

ミツバチには巨大な社会ネットワークがあり、それは人間がインターネット上に構築しているものと同様、はるか遠くまで広がっている。ただし彼らのほうがずっと高度で、化学物質を放出することで意志を伝え、ほかのミツバチたちはそれを理解して実行に移す。

養蜂場にいたわたしは、巣箱のひとつが侵入に備えて守りをかためるのを見て、彼らがいったいどんな匂いに反応して、化学物質でやりとりしたのか当ててみた。答えはバナナ。

「バナナを捨てて」とわたしは叫んだ。

「はぁ?」スタンリーはわけがわからず途方に暮れている。

スタンリーのバナナのせいで、ミツバチの警報装置がいまにも作動しそうだ。

もとい、すでに鳴りひびいていた。

ミツバチの一群がやってきた。みな雌の探索蜂と門番蜂で、おびただしい数にのぼる。しかも、わたしの友人をやっつけようと出撃してきたのだ。たしかにわたしはミツバチがいかに心やさしい生き物か、これまで口を酸っぱくして言ってきた。ただし、それはふだんの話。怒らせなければ、だ。そして、バナナの匂いはミツバチを刺激し、敵対的な行動を引き起こす（ちなみに、ココナツのシャンプーとコンディショナーも同じで、ありがたくない反応を招く。わたしはその教訓を身をもって学んだ）。

「バナナを投げるのよっ！」

わたしは後ずさりした。なにしろスタンリーはどんどん近づいてきて、わざとではないにしろ、この新しい問題にわたしを巻きこもうとしていたから。

スタンリーは頭がまともに働かず、バナナをわたしに向かって放り投げた。うわっ！

「痛っ」と言いながら、スタンリーは両手を振りまわしはじめた。怒れる蜂たちが黒い雲のように巣箱から飛び立ち、そのうち数匹が敵を発見したのだ。

「走って！」とわたしは叫び、その助言にみずから従った。

わたしたちはほうほうの体で家のなかに逃げこんだ。スタンリーのとんだ失態を考えれば、被害はさほどでもない。二、三匹あとを追ってきたが、敵の領地だと気づいてすみやかに撤退した。

ハンターが窓辺から振り返った――からかうような表情から見て――一部始終を見ていた

にちがいない。

うちのミツバチがどうして攻撃してきたかを説明すると、ふたりとも目を丸くした。

「ロリをここまで引っぱってこよう」とスタンリー。「そんで、バナナを籠いっぱいプレゼントするんだ」

それは名案。

「巣箱の点検はまた今度にしましょう」とわたしは言った。「いまはご機嫌ななめだから」

「ほんとにすまなかった」とスタンリーは言った。「知らなかったんだ」

「そもそも、バナナを人前で食べるのはどうかな」とわたしの彼氏がスタンリーに言った。

いたずらっぽい目でわたしをちらりとうかがう。

こうして一日が始まった。

ここ数日の朝を振り返れば、まずまずの出だしだ。蜂に少しばかり刺されたのは、後輩と、それにわたしにもいい教訓になった——ミツバチに関するうんちくはひとつ残らず書き留めて、初心者に忘れず伝えるようにしなければ。

ハンターとベンは仕事に出かけ、スタンリーが帰るとわたしもすぐに出勤したが、途中でジョニー・ジェイにつかまった。今朝はキャリー・アンが開店の当番なので助かった。

「あんたに話がある、フィッシャー」

「いいえ、ないわ、ジョニー」

「ジェイ警察長だろうが」

「じゃあ、そっちもフィッシャーさんと呼ぶのね」

今朝のジョニーは、さんざんな一夜を明かしたあとのようにげっそりしていた。一日二十四時間、土日もなしの勤務がこたえているにちがいない。ほかのまともな警官たちはふつうに休みを取っているが、警察長はなんでも自分で抱えこみ、事件にはひとつ残らず関わらずにはいられない。自業自得とはいえ、睡眠不足のせいで八つ当たりされてはかなわない。

ジョニー・ジェイは手錠をちらつかせた。その手を使って、これまでに一度ならずわたしの協力を取りつけてきた。でも、今日はそうはいくもんですか。

もしかすると、〝弁護士〟がまたひょっこり顔をのぞかせたのかもしれない。昨日のパティの取り調べの席でどこからともなく現われ、わたしをたまげさせたあの人格だ。この新しいわたしは、どこからきたのだろう？　できることなら、もっと頻繁にお招きしたいものだけど。

「うちを監視していたのね」声にいくらか非難の色を加える。「ちがう？　ハンターが出勤するまで待っていたんでしょう。わたしがこの道をすぐに通ると知っているから。わたしをつけまわしているの？」

ジョニーはばかばかしいと言わんばかりに笑い飛ばしたが、顔がわずかに赤らんだ。

「べつにつけまわす必要はない」と彼は言った。「毎日決まったことのくり返しだからな。ミツバチの世話、おつぎが店、ときどきスチューの店に寄り道。そのあいまに、自分には関係のない場所を嗅ぎまわる」

そこまでお見通しとは。ジョニーが言ったことは図星だった。嗅ぎまわるという部分はのぞいて。だと思うけど。

「急ぎの話がある」と彼は言った。

「ちゃんと理由を言って」

彼はそうした。

ジョニー・ジェイがつぎに口にした、短いとはいえ力強い言葉は、話し手がだれかを考えれば妙なる調べに聞こえた。「あんたの力を借りたい」と彼は言ったのだ。

警察長がこれまで、わたしの助けを求めたことは一度もない。

こんな機会はもう二度とないかもしれない。

どうして断われよう。でも、まずは用心だ。「手錠はなし？　取調室も？」

「ないない」

それを聞いて、わたしはパトカーに乗りこんだ。しかもひとことつけ加えるなら、内側からドアが開かず、前の座席とのあいだに分厚い強化プラスチックの仕切りがある、あの後部座席ではない。

今回、わたしがすわっているのは助手席だった。人生が上向いてきた。

29

「どこへ行くの？」

表向きははずんだ声で快活にたずねたが、だれの隣にすわっているかを考えて、内心では警戒を怠らなかった。ジョニーは南に曲がった。最初は警察署に戻るものと早合点し、甘言につられてパトカーに乗ったことを悔やんだが、車は警察署の前を通りすぎた。

「ウォーキショーまでドライブしよう」と、彼はおもむろに告げた。「死体保管所《モルグ》を訪ねにな」

へぇ、これまで一度も行ったことがない場所だ。「ジャクソンは知っているの？」

「お待ちかねだ」

わたしたちはしばらく無言だった。

「どうしてモルグに？」と訊いた。わたしの助けが必要だというのは本当だろうか、と怪しみながら。

「いまにわかる。そうあせるな」

わたしはハンターに、いまだれとどこにいるかをメールした。このまま消息を絶った場合に備えて。

法執行官にしては、ジョニーはやけに車を飛ばしていた。まるでこの道路の主のように、制限速度を軽く超えている。スピード違反の現行犯を市民が逮捕してもいいかしら？　でもこの場合は、ちょっと無理なような気がした。

ウォーキショー郡の保安官事務所で車が止まったときには、ほっとした。なにしろ、ここはハンターの職場なので。いまのいままで検死局がどこにあるかも知らなかった。だって、そうでしょ――一般市民がモルグを訪れる機会がそうそうある？　わたしはこれまで気に留めたこともなかった。

〝8〟と記されたドアからなかに入り、階段で二階に上がった。たどり着いた部屋で最初に目についたのは、キャスターのついたバスタブのようなものと、これまでにひとつの場所では見たこともないほど大量のステンレス。車輪つきの解剖台、器具類……視線を上にたどるとのこぎりがあって、背筋がぞっとした。

ありがたいことに、一滴の血も血だまりも見当たらなかった。室内はしみひとつない。それでも、これまで何体かの遺体がここを通りすぎていったのだろうとふと考えてしまい、人生の最後にここのテーブルのひとつに、ステーキ肉よろしく――丸裸で、冷たくなって――乗せられるのは願い下げだと思った。モルグという場所柄、陰気な考えばかりが思い浮かぶ。

ジャクソンは、警察長が言ったとおり、わたしたちを待っていた。これにも大いにほっとした。ジョニー・ジェイの相手をするときに、友人がそばにいるのは心強い。証人として当てにできるので。

「この人に見せてやってくれ」とジョニーが言ったので、わたしは腹をくくった。血のめぐりが少々悪くても、最近の殺人事件その他もろもろを考え合わせれば、それがノヴァ・キャンベルの遺体だということはすぐにわかる。

廊下を歩きながら、警察長に言った。「こんなことをするねらいはなに？」

「あんたはまだ口を割っていない。自分なり、妹なりの所業の結果を思い知れば、ことの重大さが身にしみるだろう」

わたしたち三人は、ものものしいドアの前まできた（これもまたステンレス製）。そのドアを通って室内に入ると、そこはかとなく漂う死臭が鼻をついた。またしても背筋に冷たいものが走ったが、こんどは部屋のなかが冷えきっていたからだ。ここはジャクソンが遺体を保管している冷蔵室にちがいない。よくもまあ、こんな仕事に耐えられるものだ。親しみやすい見かけの下に、どんな人格がひそんでいるのだろう。

検査台も、その上に乗っている遺体も見たくない。

「ノヴァ・キャンベルだ」とジョニー・ジェイが告げた。「彼女の亡骸《なきがら》をしっかり見届けるんだな」

ジャクソンと視線を交わしたわたしは、これが彼の発案でないことがわかった。ジョニー・ジェイが裏から手を回したのだ。あのろくでなしに、すくみあがっているところなど見せてやるもんですか。胸は少しむかむかしているけれど。

そこでわたしはすえた空気で肺を満たし——ただし、そこまでばかじゃないので、口から——ノヴァの亡骸に目をやった。

すぐに気絶したくなったが、意外にも、ノヴァがうちの裏庭で死んでいくのをなすすべもなく見守るよりは、この状況に対処するほうがずっとましだと、頭の片隅で冷静に分析していた。あのときのほうがはるかにつらかった。いまわたしが目にしているものは、知人のお棺に近づき、最後のお別れをするのとあまりちがわない。それよりは心もち覚悟がいるとはいえ。

「ええ、ノヴァにまちがいないわ」と身元を確認するかのように言った。声がかすれなくて幸いだった。気丈で、落ち着いている

「どうかな、ジョニー」とジャクソンが言った。「もう充分だろう。ご苦労だったね、ストーリー」解剖室に戻る途中で、励ますようにわたしの肩をたたいた。「警察長、つぎの解剖も見ていくかね」

「名残おしいが、デイヴィス、そろそろ失礼するよ」

ジャクソンはわたしに目配せして、ジョニーがここには頻繁にこないこと、そう見せかけているほど胃が丈夫ではないことを教えてくれた。「これを持ち帰ってくれ」と封をしたビニール袋を警察長に渡した。「検査は終わったから」

「報告書は？」とジョニー・ジェイは言いながら、中身をあらためた——黒い水筒だ。ノヴァが人生最後の日に使った水筒にちがいない。

「警察署にファックスしておいた」と検死官は彼に言った。「デスクに載っているよ」

その水筒をひと目見たとたん、はっとして、急に目まいを感じた。部屋が揺れ、モルグの検査台がのたうち、天井の照明がちらつき、壁がぐるぐる回りだした。

ジャクソンはわたしの異変に気づいたにちがいない。わたしの腕を支え、ジョニーのパトカーまで付き添ってくれた。ふらつく足でどうやって車に乗りこんだのかわからない。

モレーンまでの帰途、ヘッドレストにぐったり寄りかかっているわたしを、ジョニーは言葉でさんざんいたぶった。

「あんたが、あのニンジンジュースを調達したそうだな」と彼は非難がましく言った。「まぁ、あんたがキャンベル殺しの黒幕のひとりだとは本気で考えていないし、自分からぐるになったとも思えん。せいぜい使い走りだろう。殺《や》ったのは妹か妹の旦那で、あんたは自分が何をしてるかも知らなかった。それにしても、どうしていつも事件の渦中に巻きこまれるんだか」

彼とやり合うだけの気力も体力もすっかり使い果たしていた。ジョニー・ジェイはつづけた。「いまのところ、よそ者たちには強固なアリバイがある。だが、あんたの妹はそうじゃない。しかもノヴァ・キャンベルに死んでほしい理由がごまんとあった」

彼の話はだらだらとつづいた。「あんたがさっきちらっと見たのは、その結果ってわけだ。妹のことをいまならどう思う？　妹と、共犯の亭主をまだ守ってやりたいか？」

水筒の入ったビニール袋は、座席のあいだのコンソールボックスに載っていた。

「どうした？　舌を引っこ抜かれたか？　めずらしいこともあるもんだ。この遠出がよっぽどこたえたんだろう。よかろう。これで警察に協力して、犯人逮捕を手伝う気になるさ」

ジョニー・ジェイは、わたしがモルグ行きのせいで落ちこんでいると考えていた。勘ちがいもはなはだしい。問題は水筒のほうだ。

その水筒には見覚えがあった。

それもそのはず、水筒の表には「ストーカーにも権利がある」という標語。ひっくり返さなくても、裏が「あんたを見張っている」だということは知っている。

この水筒の持ち主はパティ・ドワイヤーだった。

30

わたしは驚きのあまり押し黙り、ジョニー・ジェイが〈ワイルド・クローバー〉の前でおろしたときも無言だった。とはいえ、頭のなかはショックで茫然としているどころか、さまざまな考えが飛びかって騒然としていた。

パティなの!?

少し落ち着くと、感謝の思いがこみあげてきた。何はともあれ、その水筒を彼女にプレゼントしたのはわたしです等々の自供に追いこまれ、主任捜査官に疑惑の目で見られるおそれはない。というと、まだにらまれていないみたいだけど。

こんどばかりは、わたしにはなんの責任もない。

それにしても、パティの水筒が検死局に持ちこまれ、慎重にビニール袋に包まれて警察長の手に渡されるとは。

いったいどういうこと？　パティがノヴァを殺したのだろうか。パティの水筒がノヴァの枕もとのテーブルで発見され、そのなかに猛毒のドクゼリが仕込まれていたのはどうしてだろう。パティはずさんな仕事はしない。それどころか、捜査に関してはじつに用意周到で、わたしをおとりにして災厄を免れたことは数知れず。あとに残されたわたしは、ひとりでその尻ぬぐいをするはめになった。

とはいえ、パティはノヴァが死んだ日の夜、ホリーの家を嗅ぎまわっていた。たしかに、特ダネをつかむための取材だとは言っていた。でも、じつは犯行の跡を隠そうとしていたのだとしたら？

うわさをすればなんとやらで、携帯が鳴り、かけてきたのがパティだと知らせる特別の着信音――映画『エクソシスト』のテーマソング、「チューブラー・ベルズ」――が流れた。どういうわけか、パティのイメージにしっくり合うのだ。

「うまくいったわ」とパティは言った。「いま出てきたばかり」

「はぁ？」

わたしは耳と肩で携帯を支えようと四苦八苦していた。はちみつスティックの新商品――レッド・グレープフルーツ味――を並べるために、はちみつの棚を整理していたのだ。新作は香りがすばらしく、味も香りにひけを取らないどころか、むしろそれ以上。でも売れ行きは？　どうか好評ですように。

けっきょく仕事は中断しなければならなかった。携帯を耳と肩にはさむのがうまくいかなかったので。

「一から十まで説明しなきゃわからない？」とパティは言った。意地悪を言っているのではなく、なんだかごまかしているように聞こえた。「壁に耳ありってね。このまえ話し合ったこと、おぼえてる？」

「ああ、あれね」わたしたちは助け合うことを約束していた。そしてパティはいまその報告をしている……ということ？

「おもちゃよ」とパティは言った。「まあ、そういうこと」

「もういちどお願い」わたしはそのころには事務所に戻っていた。「ほかの人に聞こえないところまで移動してくれない？　この調子だと丸一日かかってしまう」

「了解。ちょっと待って」

待っているあいだに、パティの周囲の音が聞こえてきた。くぐもっていて、よく聞きとれない。まるでパティが送話口を手で押さえているような。ほらね、パティはこんなに用心深いじゃない、と自分に言い聞かせるように（それが思いこみでないことを祈りつつ）つぶやいた。そもそも、パティとわたしは過去に一、二度、冒険を共にし、自分たちの手で悪党を何人か捕まえたことがある（それも、かなり苦労して）。そんなパティが捕まる側にくら替えするとはどうしても思えない。

おなじみの着信音がして、ハンターからメールが届いた。「検死官がきみはたいしたやつだと言っている。ぼくも賛成だけど理由はちがう。ＪＪは帰った？」

わたしも返信した「(^_^)」

やがてパティの声がふたたび聞こえてきたちょうどそのとき、だれかが事務所のドアをノックした。「ちょっと待って」と言ってドアを開けると、携帯を耳に当てたパティがいた。

ふたりとも携帯を切ったが、さすがに頭にきた。パティはわたしの横を通りすぎ、デスクの椅子にぐったりすわりこんだ。

「ギル・グリーンの部屋のクローゼットにずっと隠れるはめになって」とぼやいた。「あいつがとんだときに昼寝を始めるもんだから。トイレに行きたくなるし。もうさんざんよ」

パティは小さな黒いリュックのファスナーを開けて、中身をわたしのデスクの上にどさっと空けた。

「ちょっと、やだ」色鮮やかな品々をひと目見て、思わず言った。「これ全部、彼の部屋で見つけたの？」

「そのとおり」パティは先っぽに羽根のついたハタキのようなものを取り上げた。「これでくすぐるのよ」と言う。「そうっと、やさしくね」わたしの顔をそれで撫でようとするので、あわててよけた。やめてよ、気持ち悪い。どこでどう使ったのか、わかったもんじゃない。

パティはそれを引っこめると、「これはきっとダチョウの羽根ね」と言った。

ギル・グリーンが隠し持っていたアダルトグッズ一式を失敬してきたのだろうか。どれも触る気がしないので、デスクに顔を近づけてしげしげとながめた。「これはフラッシュカード？」わたしは思わず噴き出した。

「いろいろな体位のやつね。このゲームも見て。〈みだらな夜の過ごし方十二カ月〉だって」

「それにサイコロもある」

ショッキングピンクのサイコロを見て、ある夜、ハンターとわたしも同じゲームをしたことを思い出した。あれはずいぶん刺激的だった。順番にサイコロを投げて、出た目の指示にしたがう——「キス」とか「胸」とか「ネック」とか。ネックといっても首のことではない。動詞《ネッキング》のほう。

「カミラの部屋では何も見つからなかった」とパティが言った。「でも、このグッズは」と、鼻にしわを寄せた。うんざりしているのか、がっかりしているのか、あるいはその両方かもしれない。「ふたりのアリバイを裏づけてる」

「どうしてそんな結論になるわけ？」とわたしは反論した。「これは彼がそういう行為をしている、もしくは、したくてたまらないという証明にしかならないわ」

「ほかにも証拠があるのよ」と言いながら、パティは自分の携帯をいじりはじめた。そのあいだにわたしは、警察が押収した証拠品とおぼしき特注の水筒について、どう切りだそうかと悩んでいた。

いずれにせよ、その話題を持ち出すのに、お手軽な方法などないだろう。

ただし、まずはパティがつぎに何を見せてくれるかが先決だ。

「ギルが昼寝をしているあいだに、クローゼットからこっそり抜け出して、彼の携帯をちょっと拝借したの」とパティは言った。「それをクローゼットに持ち帰り、なかを全部確認した。携帯で撮った写真なんかもね。そのなかから何枚か選んで、自分の携帯に送ったというわけ」

わたしは彼女の後ろに身をかがめ、ふたりで画面をのぞきこんだ。

「あのふたりが関係を持ったのは、うそじゃなかったのよ」とパティは言いながら、画面を送った。恋人たちは交替でカメラに笑顔を向けていた。ホリーの客用ベッドで、人目をはばかる場所だけシーツでかろうじて隠した、すっかり寝乱れた姿で。パティは、「このギルの写真はカミラが撮ったということよね。彼のどこがそんなに魅力的なのか、あたしにはさっぱりわからないけど」と言った。

「彼女のどこが魅力的かも」とわたしがつけ加えた。

「なんだかポーズを取っているみたい」とパティ。

「アリバイが必要になると知っていたりして」とわたしも応じた。

「あきらめなさい」とパティ。「あたしはどっちも犯人じゃないと思う」

「ふたりがやっていないという証拠はひとつもないじゃない」とわたしは指摘した。パティの言い分を認めたくなかったので。もしそのとおりだとすると、容疑者はかなり絞られてくる。ホリー？　マックス？　わたし？　パティ？

「ちょっと耳に入れたいことがあるの」と言って、モルグ訪問の話を始めた。

「ジョニー・ジェイのPCに乗っていたのはあんただと思った」とパティは言った。

「PC？」

「マフィアの隠語よ、パトカーのこと」とパティが答えた。「あんたのモルグ行きがあたしとなんの関係があるわけ？」

そこでわたしは洗いざらい話した。ジャクソンが証拠品を警察長に渡したことや、わたしがその水筒の持ち主はパティだと気づいたいきさつを。念のため、いざとなればすぐに逃げ出せるように、ドアのそばににじり寄った。もしパティが犯人なら、水筒の持ち主が彼女だと言い当てたのはまずいと気がついたからだ。

パティがあまりにも長いあいだわたしをじっと見ているので、すわったまま昏睡状態に陥ったのではないかと（そんなことがあるとして）、心配になってきた。ついでパティはやおら椅子から立ちあがると、突進してきた。わたしはホリーのレスリングの技を思い出そうとしたが——わたしを床に倒し、押さえこむときに使った技だ——役に立ちそうなものはひとつも浮かばなかった。

そこで背を向けて部屋を出ようとしたところ、後ろからはがいじめにされた。みぞおちを締めつけられ、息ができない。パティの腕にさらに力がこもる。まだ肺に空気が残っているあいだに、精いっぱい大きな声を張りあげた。「助けて！」と叫んだが、しゃがれた声しか出なかった。

パティが力をゆるめる。

わたしは振り向いて、押しやろうとした。

パティがふたたび襲いかかってくる。

そのころには、救助に駆けつけてきた人たちの足音が聞こえた。さらに、パティはただ抱きついているだけで、絞め殺そうとしているのではないと（遅まきながら）気がついた。わたしたちの体が触れ合ったのはこれが初めて。ふだんのパティはべたべたするたちではないから。

「なるほど、そうだったのね」と彼女ははずんだ声で言った。「とうとう事件の手がかりをつかんだ」

息ができなかったせいで、脳細胞の配列もおかしくなったにちがいない。パティの水筒がどうして事件を解く手がかりになるのか、さっぱりわからなかったからだ。警察にとってはそうでも、パティにとってはゆゆしい事態のはずなのに。

キャリー・アンが事務所に飛びこんできた。スタンリー・ペックがそのあとにつづく。いつもは隠し持っている拳銃を取り出し、銃口を上に向けていた。お客さんたちも押し寄せてきた。どうやらわたしは血も凍るほどの悲鳴をあげたらしい。

まずいことに、人びとの好奇の視線はわたしの机に留まり、アダルトグッズの山を見たとたん、みなあんぐりと口をあけた。

そのときまたべつの声がして、わたし自身の血が凍りついた。

「ストーリー・フィッシャー」うちの母だ。「なんなの、そ、その……おかしなものは？」

さらに、「いったいどういうつもり。もう恥ずかしいったらないわ」

わたしだって自慢の娘になりたい。心からそう思っている。だけど、まえにも言ったように、あいにくやることなすことすべて裏目に出てしまう。たとえば、ロリ・スパンドルとスチューの店の前で取っ組み合いになったときも、母にその現場を目撃されてしまった。母の彼氏と、スチューの店から通りにどやどやと出てきたお客さんたちにも。

今回も、その申し分ない見本のひとつ。

何もかもパティのせいにしたいところだけど、状況があやしくなると、彼女はいつも姿をくらましてしまう。とはいえ、この責任はすべてパティにあるのだから、潔く進み出て、みんなの前で釈明してもらいたい。いますぐに。

わたしはあたりをきょろきょろ見まわし、パティを捜した。いったいどこに消えてしまったの？　もうっ。

「これはパティのだから」と、部屋いっぱいの観衆に訴えた。「ほんとよ……彼女が盗ってきた……じゃなくて……とにかく、そうなの……パティ、出ていらっしゃい」

キャリー・アンが助け船を出してくれた。

「さあ、みんな、ストーリーは無事だから。引きあげましょう」

スタンリーは拳銃をしまい、そそくさと立ち去った。

母はいまいましげに歩み去った。お客さんたちもどやどやと引きあげた。はた迷惑なパティの顔はそのなかに見当たらなかった。どんな手を使ったのだろう？　ハンターはまえからパティに気をつけるよう注意してくれていたのに。何度も。このうわさが彼の耳に入ったら……。その先は考えたくもない。

ふたりだけになると、キャリー・アンはお腹を抱えて笑いだした。

「そんなにおかしい？」わたしの膝はがくがくしていた。

「パティがほんとにこれを店に持ってきたの？」

「いろいろいきさつがあって」

「ぜひ聞きたいところだけど、まずこの件をなんとかしないと」

「どうしたらいい？」

「ほとぼりが冷めるまで、隠れていなさい」

「Ｋ（了解）」

「この……ごちゃごちゃしたものを片づけて」従妹の管理能力は店長の名に恥じぬもので、まさにいま必要とされているものだった。わたしの耳に、従妹の声はひときわ快くひびいた。

「みんなにはこう言うわ」と彼女は言ったのだ。「配送のまちがいだって。キャンディの箱だと思って開けたらあんなものが出てきたから、ショックのあまり悲鳴をあげた」

おみごと！「なんてお礼を言ったらいいのやら」

「あたしがずっと頼んでいる昇給でいいんじゃない」

「じゃあ、それで」弱みにつけこまれたわたしは、あっさり折れた。

キャリー・アンは昇給について一筆書かせたあとで、わたしの面子を救うべく事務所をあとにした。

わたしはグッズを紙袋にしまい、裏口からこっそり外に出た。胸には復讐心がたぎっている。

ハンターの携帯にかけた。「警察はギル・グリーンの部屋でアダルトグッズを見つけたの？」とのっけから切り出した。もし発見していたら、警官のあいだでその話は広まっているかもしれない。目下のところ、パティの口から出た話は何ひとつ信じる気がしなかった。

「まあ、そうだけど。どうして？」

ということは、パティがわたしに言ったことは事実だったのだ。「わたしにも教えてくれたらよかったのに」と言った。「ギルとカミラのアリバイの裏がとれていることを、あなたも知っていたんでしょう？」

電話の向こうで沈黙が流れたということは、ハンターは知っていたのだ。

「わたしたちもっと話し合うべきじゃないかしら」ひとこと知らせてくれたら、役に立っただろうに。

「深入りしないほうがいいぞ、ストーリー」

「調香師のうちのひとりが犯人、あるいは、ふたりの共謀よ。マックスは研究チームの折り合いが悪いと言っていたし、それにどちらもノヴァの死をあまり悲しんでいるようには見えなかった」

「ぼくは細かい点まですべて知っているわけじゃない」とハンター。「だが警察長はふたりがシロだと考えているようだ。しかも、やつは疑り深いときている。それだけでは無罪放免にしないだろう。きっと理由があるはずだ」

わたしは愚痴っぽく言った。「こっちはそのあいだずっと、カミラ・ベイリーがノヴァ・キャンベルを殺したと思いこんでいたのに」

「それは、きみが犯人を好感の持てない人間にしたかったからだよ。でも、そうでない場合もある」

なかなか鋭い指摘だ。でも、悪人なら悪事を働いて当然でしょう？

「それはどういう意味？　殺人犯にも善人はいるってこと？」

「いや、そうじゃない。たとえば、社会病質者《ソシオパス》。表面的には、気さくで魅力的だ。かなり深く掘り下げないと、暗い面は見つからない」

「必ずしもそうとは限らないわよ」と、わたしは反論した。「ロリ・スパンドルの人格は、心根と同じように卑しい。その半面、あなたは見かけと同じくらい中身もいかしてる」

「それはどうも。だけど頼むから、妹や、招待客や、このごたごたからしばらく手を引いてくれ、いいね？」

「そうする」とわたしはうそをついた。

電話を切ったあと、ハンターから聞いた情報をじっくり考えた。わたしがノヴァ殺しの本命とにらんでいたのは、毒物の知識がある調香師だった。自然保護区での不愉快な出会いだけを根拠に、勝手に決めつけていた。認めるのはしゃくだけど、ギルは十中八九ノヴァを殺していないだろう。カミラ・ベイリーもああ見えて無実かもしれない。あーあ、もしそうならがっかりだ。あんなに感じの悪い女性はいないのに。

わたしはトラックに乗りこんで、紙袋を助手席に放り投げ、ホリーの家に出かけた。私道に入ったところで、向こうからやってきたホリーのジャガーが、すれちがいざまスピードを落としたので、わたしも車を止めた。カミラが助手席に乗っている。

「これから骨董店に行くんだけど。何か用事?」

しめた! 軍手を手に入れるまたとない機会だ。「ちょっと寄っただけ」とわたし。「どうぞおかまいなく。ごゆっくり」ということで、二手に分かれた。

ギル・グリーンはバラ園の端で、庭師のチャンスに話しかけていた。ミリーとエフィーはパティオの椅子にすわり、いかにも仲がよさそうに、顔を寄せてひそひそ言っては、笑い声をあげている。わたしはギルのお宝が入った紙袋を持っていた。

「いや、それはどうかな」ギルのほうに近づいていくと、そう言っているのが聞こえた。

「やあ、ストーリー」

「こんにちは」と挨拶した。「なんの話?」

「ロクソスケレスだよ」とギル。

「ドクイトグモがバラ園にいるんだ」とチャンスがふつうの言葉で説明してくれた。「このお客さんは、信じてくれないんだけど」

「ドクイトグモはふつう人目につかないところにいるわね」とわたし。ギル・グリーンに一票入れざるを得ない。

「何かご用ですか?」わたしがパティオのほうに歩いていくと、エフィーが訊いてきた。

「借りたものを返しに」とわたし。「さっきホリーとすれちがったら、片づけておいてって」

わたしは茶色の紙袋を持ってさっさと家に入り、二段ずつ階段をあがったが、どの客がどの部屋を使っているのかさっぱりわからないので、適当にドアを開けた。男物の靴と手回り品から見て、しょっぱなからギルの部屋を当てたようだ。例のグッズをベッド脇のテーブルの引き出しにしまうと、軍手はないかとすばやくあたりを見まわした。ひとつも見当たらない。

つづいて、廊下をはさんだ向かいのドアを開けると、またまた大当たり――カミラが泊まっている部屋だ。見覚えのあるだぼっとしたワンピースが整えられていないベッドの上に脱ぎ捨てられ、野草をめぐってもめたときにかぶっていたサファリ帽も目についた。ひととおり軍手を探したが、それらしい場所にはなかったので、空っぽの紙袋を持って急いで階下に下りた。

「いまボランティアを募っているの」と女性陣にうそをついた。うそはつけばつくほど、すらすらと出てくる。「メイン通りの大掃除をするんだけど、軍手をお借りできないかしら」

それはあながちうそじゃない。とこじつける。

「取ってきましょうか」とエフィー。

「いいえ、場所なら知っているから」と言って、納屋に向かった。軍手をひとつ残らずかき集めて、紙袋にしまう。

それからエフィーのところに戻り、ほかにも持っていないかどうかたずねた。エフィーが離れに取りにいっているあいだに、わたしはミリーにたずねた。

「きのう、エフィーと一緒にドライブに出かけた？　図書館の近くで見かけたけど」

「それはわたしじゃないわ。一日じゅう〈ワイルド・クローバー通信〉にかかりっきりだったから」

なるほど。

エフィーと謎の同乗者のことは、当面はおあずけにしよう。いまはそれどころではない。

31

もう、うんざり。

手応えはひとつもない。というか、あるにはあったけど、見込みちがいばかり。たとえば、目星をつけた容疑者を殺人罪で逮捕する代わりに、容疑者リストからはずさざるを得ないというような。あのふたりの調香師がノヴァ殺しに関わっていないとすれば、だれが犯人だろう。パティはアダルトグッズ騒動のあと、またしても行方知れず。そのせいで彼女はわたしの容疑者リストに舞い戻り、ジョニー・ジェイのリストにも載るだろう。例の水筒の持ち主はパティだと知らせたら。

もうパティのことをかばってやるつもりはない。でも、そのまえにまずやるべきことがあった。

ウォーキショー保安官事務所が見えてきた。軍手の入った紙袋を持って建物に入った。ジャクソンの助手によれば、彼は鋭意お仕事中とか。解剖室のドアは閉まっていた。わたしは深呼吸をひとつすると、ドアをノックして来訪を知らせてから、なかに入った。

弱虫のストーリーちゃんはすごすごと逃げ帰り、たくましく生まれ変わったわたしが戻ってきたのだ。

検死官は手もとの作業から顔をあげると、はっとしたようにわたしを見直し、何やら知りたくもない器具を下ろした。

「お願いしたいことがあるの」わたしは天井をにらみながら言った。目のやり場にはそこが一番安全そうに思われたので。「でも、ここじゃ話せない」

そういうわけで彼のオフィスに場所を移したが、そこは猫の額ほどしかなかった。わたしの事務所も同じようなものだけど。紙袋を彼のデスクにおき、検死官の隣にすわる。閉所恐怖症に襲われたが、自分にそんな傾向があるとは知らなかった。この部屋がそれほど狭いということだ。

「わたしになんの用かな、ストーリー？」とジャクソンが訊いた。

わたしは紙袋にちらりと目をやった。「この中に入っている軍手に毒の痕跡が残っていないか、検査してもらえない？」

検死官は殺人捜査のまさに中心人物で、しかもジャクソンはばかではない。

「つまり、こういうことかな。わたしに……そう、たとえば……ドクゼリが検出できないか調べてほしいと」

「ご名答」

彼は紙袋を手に取り、なかをのぞきこんだ。「これをどこから？」

「それは言えない」

ジャクソンは椅子にもたれて、わたしをじっと見た。ふたりの視線がからみ合う。きみの頼みとあれば断われないな。じゃあ、お願い。

「よかろう」と彼は言った。「だが、もし探しているものが見つかったら、この軍手がどこにあったのか教えてくれ。そして、証拠品をしかるべき筋に提出すること」

「考えておく」と言ったが、本気ではなかった。出所を明かせば、ますます妹の容疑が濃くなってしまう。

ジャクソンは頭を振った。「お願いしてるんじゃない。交換条件だ。だめなら、この話はなかったものと考えてくれ」

「もう承知したと言ったくせに」

「わたしの条件はのむんだな？」

「そう言ったはずよ」

わたしたちは契約成立の握手をした。そのあいだも、どこかに抜け道はないかと、わたしは頭を絞っていた。

店に帰る途中、携帯が鳴った。キャリー・アンからだ。「あんたにお客さん。いつまでも待つそうよ。さっさと帰ってきたほうがいいと思うけど」

「ジョニー・ジェイなら、だれが帰るもんですか」

「はずれ」従妹は声をひそめた。ということは、その謎の客がすぐ近くにいるということだ。「それと、〈ワイルド・クローバー通信〉に載せるから、例のポスターを一枚持ってきて」

なんのこと？　わたしの知り合いは全員、暗号でしゃべることになったの？　そこで、ぴんときた。パティの元夫、あのマフィアのポスターのことだ。はっと息をのむ。

「ハリー・ブルーノがそこにいるのね？」

「当たり」

「すぐ行くわ」

頭のなかで、いくつもの問いがうずまいていた。どうやってわたしを見つけたのだろう？　彼のねらいはなに？　わたしが車を爆破したと思ってる？　ひとりずつ消していくつもり？　頭のべつの部分がその問いに答えた。会って確かめなさい。いまは真っ昼間だし、お客さんが守ってくれるわよ、と。

〈ワイルド・クローバー〉に戻ると、わたしを訪ねてきた客は、はちみつ製品の棚の近くをぶらぶらしていた。商品をひとつずつ手に取り、じっくり眺めては下ろし、またべつのものを手に取る。ハリー・ブルーノは町のおたずね者だし、わたしが作ったポスターには彼の顔がはっきり載っているので、お客さんたちは遠巻きにして見張っていた。

けれども、その様子があまりにも見え見えなので、ハリーのほうでも住民全員から監視されていることに気づいたにちがいない。彼はわたしをすぐに見分けて、声をかけてきた。

「あんたに折り入って話がある」

その台詞のあとで、いいことがあったためしはない。

「車を爆破したのはわたしじゃないけど」

「知ってる。ここにきたのは、そのためじゃない」

わたしのそのときの気持ちは、興味を引かれたどころではない。とはいえ、どこで話をしたものやら。

奥の事務所はダメ。人目がなさすぎる。この男とふたりきりになるのは絶対にごめんだ。店の前に並べた色とりどりのデッキチェアは？　人目につきすぎるかしら。マフィアの車が近づいてきて、発砲する場面が頭に浮かんだ。殺気だった群衆が彼を袋だたきにする可能性もなきにしもあらず。

「〈スチューのバー&グリル〉で十分後に会いましょう」とわたしは言った。

ハリーはうなずき、振り向きざま、金魚のふんたちをにらみつけると、店から出ていった。

彼が行ってしまうと、お客のひとりが言った。「やめといたほうがいいわ」

「行ってこいよ」べつのひとりが言う。「そんで、どうだったか教えてくれ」

「警察長を呼びましょう」という声が二番通路から聞こえたあと、店じゅうにいろいろな意見が飛びかった。

「だが彼はなんの罪も犯しとらん」

「これからするのよ」

「パティはどこ？　警告してあげないと」

「いや、あの男に警告してやったほうがいい」

「パティはスチューの店を爆破するかも」

「敵のマフィアが店を蜂の巣にしたら？　スチューに知らせてやらなきゃ」

わたしは口をはさんだ。「まあまあ、みなさん、落ち着いて。心配しすぎよ。あの人はただわたしと話をしたいだけ。人目のある場所だし、目撃者も大勢いる」

「おれたちもついていくよ」

「ほんと、いい迷惑ね」その声を背に、わたしは裏口から外に出た。だれのことを言っているのか、よくわからなかった。

ハリー・ブルーノがわたしの素性や勤め先、それに、へたをするとパティをかくまっていることまで知っているかもしれないと思うと、正直、あまりいい気はしなかった。でもことによると、それが店に乗りこんできた動機かもしれない――自分は本気で、けちな店をやっている養蜂家ごときにじゃまされるつもりはない、と思い知らせるために。

念のため、わたしは動く標的よろしくメイン通りを歩いていくのはやめにして、裏道からスチューの店に向かった。

32

「うちの店がぶっ壊されないように、お手やわらかに頼むよ」とスチューがカウンターの奥から声をひそめてささやいた。冗談を言っているのかどうかよくわからなかった。スチューは肝っ玉がすわっていて、いまもびくびくしているようには見えない。というか、どう見ても面白がっていた。

バーの主《あるじ》として、ひととおりのことは見てきたにちがいない。喧嘩に、どんちゃん騒ぎ、人目を忍ぶ逢い引き等々。スチューは冷静な頭の持ち主で、仕事柄欠かせない。いざとなれば喧嘩も辞さないが、それはよっぽどのときだ。そして、肝心なことは何ひとつ見逃さない。その証拠に、わたしを待っているハリーのほうへあごをしゃくって見せた。うわさに先を越されたというわけだ。いまさら驚くまでもないけれど。

もうお昼をずいぶんまわっているので、ランチどきの混雑は収まっていたが、まだデザートやコーヒーを楽しんでいる客がちらほらいた。ハリーがどこにすわっているかまだ知らなかったとしても、横目でちらちら見やる、彼らのうさん臭そうな視線が手がかりになっただろう。

いまごろになって、例のポスターを貼ってまわったのがよかったのかどうか迷いが生じていた。たとえハリーが与太者で、自分の蒔いた種だとしても、そのせいで彼の身に何かあったら後味が悪い。この町の住人の一部は――パティを含めて――なんでもやりすぎるきらいがあるので。

悪名高きマフィアなら、ハイボールのグラスをもてあそんでいるか、マティーニを傾けているかと思いきや、ハリーの前にはコカ・コーラの瓶が載っていた。しかも立ちあがって、本物の紳士のように椅子を引いてくれたので、わたしの思いこみの一部はがらがらと崩れた。粗暴な面も無作法なしぐさも見当たらない。少なくともいまのところは。

入口に目をやると、うちのお客さんたちが目立たぬように入ってくるのに気がついた。感謝の思いで、胸がじんわり熱くなる。わたしを守ってくれているのね。

「居場所がどうしてわかったの」と訊いてみる。

「おれは顔が広いから、とごまかしてもいいが」と親しみやすい笑顔を見せた。「じつは、地元紙に出ていた食料雑貨店の広告を見たんだ」

なるほど、それならわかる。〈ワイルド・クローバー〉の広告にはどれも、たいていにっこり笑ったわたしの顔写真がついているので。

ハリーとわたしは雑談をしながら料理を注文した。彼はシーザーサラダにした。わたしはハンバーガーを注文する誘惑に勝てず、自分にはもっとタンパク質が必要だし、人間だれしも毎日の食事から一定量の脂肪を摂らなければいけない、と言い訳した。

腹がへっては戦はできぬ、というのがシカゴマフィアの流儀なのか、食事の席では仕事の話はおあずけだった。わたしも彼に調子を合わせて、ふたりであたりさわりのない話をした。お天気やモレーンの見どころなどを紹介しているうちに、旅行ガイドの気分になった。

そのあとはひたすら——彼のおごりだと期待している——食事に専念した。食べおわると、ふたりともコーヒーを注文し、いよいよ本題に入った。

「あいつはどこにいる？」とハリーが訊いてきた。

わたしはその質問を軽くいなした。「もう家に帰ったほうがいいわ」と、マフィア相手に大きく出た。「あなたに会いたくないそうよ」

「あんたは誤解してる」と彼は言った。「いまおれが食ったシーザーサラダみたいにな。見かけとはちがうんだ。このサラダが、通説とはちがって、ジュリアス・シーザーとはなんの関係もないって知ってたかい？　サラダを考え出したのはチェーザレ・カルディーニ（チェーザレを英語読みにするとシーザーとなる）、おれのじいさんと同じイタリア系移民だ。それなのにおれたちは、かの有名なシーザーだと思いこんでいた」

たしかに、シーザーサラダにまつわるその事実は知らなかった。でも、この話はどこに行き着くのだろう。「つまり、あなたは自分がジュリアス・シーザーみたいだって言いたいの？　それともそのサラダみたいだと？」

ハリーはわたしのとまどいを読みとったにちがいない。なぜなら、わけのわからないたとえ話はあっさりやめたからだ。「パティが出ていったころは、たしかに恨みもした。復讐したがっていると一部の人間が勘ちがいするようなことも口走ったかもしれん。でもそれはまったくちがう。つまり、サラダと一緒で、誤解なんだ。おれがここにきたのはあいつを取り戻すため、一からやり直すためだ」

「あなたはパティが二度目の奥さんを殺したと考えているんでしょう？　それがここへきた本当の理由。彼女を懲らしめにきたのよ」

ハリーはのけぞって笑った。「ノヴァは二流の女だった、それはまちがいない。おれは、あの女が嫌いだった。パティが始末してくれたのなら、ありがたい。恩に着るよ」

ハリーの口調も態度も穏やかだったが、その奥には殺気と非情がみなぎっていた。彼の本心は丸見えで、愛想のいい言葉にだまされるつもりはなかった。

「あなたの車は吹っ飛ばされた」とわたしは言った。「わたしなら、きっとかんかんよ」

「車なんてどうでもいい。いくらでも替えが利く。だが、おれの女はそうはいかん。あいつはもともと血の気が多いんだ」

「お言葉を返すようだけど、パティはもうあなたの女じゃないわ。それも、ずいぶんまえからね」

「あいつにも、ぜひわかってもらいたいんだが」ハリーは〝わかってもらいたい〟という部分をやけに強調した。ますます気に食わない。そのあとで、下種《げす》な男がいかにも言いそうな台詞を口にした。「おれは変わったんだ」

わたしの疑いは、はた目にも明らかだったにちがいない。

「あれ、おれの言うことを信じてないのかい？」

「信じるも何も、あなたのことをよく知らないし」わたしは内心ふんと鼻を鳴らしたが、さりげない表情は変えなかった。嫌なやつ、と心のなかで毒づく。

「あいつに、愛していると伝えてほしい」ハリーは立ちあがって、紙幣をテーブルに無造作に置いた。おもむろに周囲を見まわし、「それから、あのひま人どもにもお引き取り願ってくれ」と言い残して、店を出た。

その瞬間、パティ・ドワイヤーへの恨みつらみがこみあげてきた。マフィアの元夫とのごたごたに、わたしを巻きこんだこと。うちの隣に住んでいること。これまでわたしに見せた変人ぶりの数々。

わたしの応援団――ハリーいわく〝ひま人ども〟――も席を立とうとしていた。「あいつがどんな車に乗っているか見て！」とわたしは叫んだ。だれかハリーを尾行してくれないかしら。わたしはしたくてもできない。彼に見つかってしまう――パティなら、〝面が割れている〟と言うところだ。

スチューの店の、景色が一番よく見える窓から、わたしは警察署に電話して、ジョニー・ジェイにつないでほしいと頼んだ。代わりに出てきたのはサリー・メイラーだった。

「ちょうどよかった」とわたし。「最初から、あなたの名前を出せばよかった。ノヴァ・キャンベル殺しの証拠について情報があるの」

「どんな？」とサリーが訊いた。

「ノヴァ殺しの凶器《ヴェッセル》はパティ・ドワイヤーの持ち物よ」

「船《ヴェッセル》？」

「毒の経路と言ってもいいけど。ほら、ノヴァの枕もとにあった水筒。よ毒入りのニンジンジュースが入っていたやつ」

「ああ」

「警察長の車に乗せてもらったとき、どうも見覚えがあるような気がしたんだけど、自信がなくて言い出せなかったの。でも、いまになってわかった。あれはパティの水筒にまちがいない」

はた目には、告げ口をするなんてひどい人間に見えるかもしれない。友だちの風上にも置けないと。でもジョニー・ジェイの注意をパティに向けたのは、いくつか理由があった。

・あの水筒は実際に彼女のもので、わたしにはアメリカ国民として報告する義務がある。
・ジョニー・ジェイはパティを事情聴取のために連行し、できるだけ長く勾留しようとするだろう。マフィアの襲撃から彼女の命を守ることにつながるかもしれない。
・ハリー・ブルーノは、パティがわたしの身近にいないことを嗅ぎつけ、わたしにはもうかまわないでくれるだろう。
・パティが勾留されたら、これ以上とばっちりを食わずにすむ。

ほらね。パティの水筒について密告したほうがいい理由は山ほどあり、しかもその大部分は本人のためにもなる。

わたしは最後に、「いまハリー・ブルーノとお昼を食べてきたところ。彼は町にいる」とつけ加えた。

「いまの情報は警察長に伝えるわ」

電話を終えたちょうどそのとき、妹のピックアップトラックがスチューの店の前を通りすぎた。

運転席にいたのはハリー・ブルーノだった。

33

わたしは店の外に走り出て、尾灯がメイン通りを遠ざかっていくのを見送った。つぎに打つ手を思案しながら。

さて、ここからどう進めたらいいのだろう。ふたつの別々の出来事――殺人とマフィア――をひとつに結びつける、ねじれた筋道のようなものが浮かびあがってきた。あとは、それを解き明かすことさえできればいいのだが。

パティは、自分の水筒が犯罪現場にあったと知らされて、とうとう事件解決の手がかりをつかんだと喜んだ。ずいぶんはりきっていたけど、どこがそんなにめでたいのか、わたしにはさっぱりわからなかった。やはりパティを殺人事件の容疑者に含めたほうがいいのだろうか。離婚の理由についてうそをついているとしたら？　じつはノヴァがパティから夫を奪い、先妻であるパティがその復讐を遂げたのだとしたら？

ホリーはだれも殺していない。そんなことは考えるまでもない。でも妹の夫のことは、どれだけ知っているかしら。容疑者リストからはずしてしまうほどではないにせよ、ホリーが選んだ人なら信用しなければならない。何はなくとも、妹の男性を見る目はたしかだから。

〈ワイルド・クローバー〉に戻る道すがら、妹に電話した。最初の呼び出し音でつながった。

「お客さんたち、お帰りあそばすの！」ホリーははずんだ声で言った。「容疑が晴れて、足止めが解けたってわけ。あいにく飛行機は明日までないんだけど。朝九時にリムジンが迎えにきてくれる」

「よかったじゃない」わたしは皮肉まじりに言った。たとえふたりが無実でも、殺人犯を刑務所に入れるまでは、カミラとギルを手放したくなかった。このまま黙って行かせるわけにはいかない。

「パティがこのまえお宅におじゃましたのはいつだった？」と訊いた。ホリーのトラックをだれが運転していたか、声を大にして知らせたいのはやまやまだが、そのまえにいくつか訊いておきたいことがある。ホリーにトラックの件を知らせたら、質問に答えるような状態ではなくなってしまうだろうから。

「姉さんと一緒に、ディナーパーティーにきたとき」つまり、ホリーは先日パティが忍びこんだことには気づいていないということだ。それはそれでよかった。

「そのまえは？」

ホリーは電話口でふたたび考えこんだ。「一週間ぐらいまえだったかしら」と、ようやく答えた。

わたしも振り返ってみた。あの水筒が配達されたのはいつだっけ？　だいたいそのころだ、まちがいない。

「パティは水筒を持っていた?」

「おぼえてないけど。どうして?」

「ノヴァの部屋にあったのは、パティの水筒だったのよ。毒入りジュースが入っていたあの水筒」

ホリーは悲鳴を上げた。「OMG(そんな)! どうしてパティの水筒があそこに」

「わたしもそこが知りたいの。それはそうと、お宅のトラックがたったいまメイン通りを走っていった」

「だから?」

「パティの元夫のハリー・ブルーノ、あのシカゴのマフィアが運転してたの」

ホリーはけたたましい声で叫んだ。

「盗難届を出したほうがいいわ」

「まずチャンスに訊いてみる。何か理由があるはずよ。ほんとに見たの? まえにも勘ちがいしたことがあったじゃない」

「いいえもう、絶対に、百パーセントまちがいない」

「そう。なら、なんとかしなきゃ……」ホリーはおろおろしているようだった。

「トラックのことで何かわかったら、すぐに教えて」

「そうする」

「ハリーが乗っていることは、パティにはくれぐれも知られないように」とわたしは念を押した。「さもないと、そのトラックとは永遠にお別れよ」

ホリーからトラックの所在について連絡がくるのを待ちがてら、検死官のジャクソン・デイヴィスに電話して、このまえ持ちこんだ手袋の検査結果を確認した。結果が出るまでどれくらいかかるか訊き忘れていた――一時間、一日、もっとかかる？　留守電になっていたので、何かわかりしだい電話してほしいと伝言を残す。

つぎにハンターをつかまえて、ハリー・ブルーノを見かけたことや、その他の進展について連絡しようとしたが、今日は彼とベンが所属しているK９係の訓練日で、警察犬の犯人逮捕の能力を鍛えている最中だから、もともと電話に出るとは期待していなかった。こうしておけば、あとで文句を言われたときに、知らせようとしたけど、つながらなかったと言うことができる。

ハンターが電話に出なかったとき、あまりにもほっとしたので、自分でも驚いた。おせっかいはやめろとか、地元警察に協力しろとか、しつこくお説教されるのはもうこりごり。いくら恋人でも、ときには……。

つぎに、おばあちゃんが電話してきた。

「もしもし」とおばあちゃんは言った。「あのマフィアが町にいるんだってね」

「おばあちゃんも知ってるの？」

「棺桶にでも入らないかぎり、いやでも耳に入ってきますよ。彼女は大丈夫なの？」

パティはもう勾留されているかもしれない。そこで、「パティのことなら心配しなくていいわよ」と言った。

「あんなすてきな女性が、あんな悪党に引っかかるなんて。きっと悪い面ばかりじゃなくて、いい面もあるんでしょうよ。さもなきゃ洟も引っかけないだろうから」おばあちゃんは年の功にもかかわらず、いまだに人はみな、根っこのところでは善人だと信じている。たとえ、どんな卑劣漢でも。

「町のお年寄りはこの事件についてどう言ってる？」とわたしは訊いた。おばあちゃんはいわばシルバー世代の女王蜂だ。お客さんの大半が聞きかじったうわさ話を右から左に流すのに対し、年配の人たちはじっくり見聞きして、くだらないことには取り合わず、わたしたちよりも事件の真相に近づいていることが多い。

「おまえは厄介ごとを引き寄せる磁石みたいだって」

「それはべつにして」

「あたしたちは身内の味方だし、よそ者の仕業だってことで意見が一致してるけど」それはこの町のいつもの姿勢だ。もし地元の人間がなんであれ犯罪に荷担した場合、わたしたちはありとあらゆる角度からその人を注意深く観察し、そのあげく、一時的な心神喪失というもっともらしい理由を導き出す。

「怪しいよそ者たちは無罪放免よ」とわたしはおばあちゃんに訴えた。「明日、町を出ていくんですって」

「ほかにも、このあたりをうろついているよそ者がいるでしょうが。この先に住んでいるメイベルは、例の男がおまえの妹のトラックを運転してるのを見たそうよ」

「ハリー・ブルーノのこと？　それならわたしも見た。でも歩きだったから、あとをつけられなくて」

「心配ご無用。メイベルが車に飛び乗って、追いかけたから」

「やるわね」メイベルは幼なじみで無二の親友のひとりというだけあって、おばあちゃんと同様、切れ者だ。「でも、目がほとんど見えないんじゃなかった？　運転してもいいの？」

「ああ、例のうわさね。視力に問題はありませんよ。あのマフィアを見分けられたんだから」

「で、彼はどこに行ったの？」

「ずうずうしくも、おまえの妹の私道に入っていったそうよ。メイベルもいまそこにいる」とおばあちゃん。「あの男がよからぬことを企んでいるといけないから、警官を呼んだの。あたしも孫娘の無事を確認しに、これから車で向かうところ」

「彼が罪を犯したかどうか、自信がないんだけど。ホリーの使用人に断わりなくトラックに乗ったという証拠もないし。もしそうなら、ホリーの家にのこのこ現われたりせず、どこかに隠れているんじゃないかしら」

「犯人は犯行現場に戻るって。テレビで見たわよ」

「じゃあ、ホリーの家で落ち合いましょう」わたしは電話を切って、大急ぎで裏口から外に出た。

ホリー邸の私道に入ったとたん目についたのは、メイベルの車のお尻だった。頭のほうはカエデの大木に突っこんで、ぺしゃんこになっている。エアバッグが膨らんでいた。わたしは車を止めて、駆け寄った。なかにはだれもいなかった。

もう少し先まで進み、ジョニー・ジェイのパトカーの隣に駐車した。ライトは点滅していたが、少なくともサイレンの騒音であたりの空気を汚してはいなかった。遠くのサイレンの音も聞こえない。おばあちゃんの親友メイベルが重傷を負っていないというしるしだ。

パティがジョニーのパトカーの後部座席に乗っていた。わたしの注意を引こうと窓ガラスをたたいている。おばあちゃんのキャデラック・フリートウッドがそろそろと進んできたので、そちらに目が行った。おばあちゃんはわたしのピックアップを髪の毛一筋の差でかわし、助手席に移動してから外に出てきた。それぐらい近くに駐車したのだ。

パティはパトカーのなかから叫んでいた。「ドアを開けてよ。外に出して！」

おばあちゃんは、「メイベルはどこ？　怪我はなかったのかい？　あの車はいったいどうしたの？」と言っている。

「目がよく見えないって言ったでしょ」

おばあちゃんは、ジョニー・ジェイの車の後部座席から聞こえてくる騒々しい物音は何かと振り向いた。「あのすてきなお嬢さんは、パトカーのなかで何をしているの？」

「さあ」と、わたしはとぼけた。

「出しなさいったら！」とパティが叫ぶ。

「やめときましょう」とわたし。「暴れるかもしれないから」

「ちょっと興奮してるみたいね」とおばあちゃんもうなずいた。

パティを無視するのは気がとがめたが、わたしたちは彼女をその場に残して、家の裏手にまわった。立派な玄関はだれも使っていないみたいだったので。思ったとおり、芝生のところで人だかりができている。そのあいだをかき分けて進むと、妹がハリー・ブルーノにレスリングの技をかけていた。マックスとカミラとギルが目を丸くして、地面に倒れこんだふたりを見ている。家政婦のエフィーは少し離れたところにいた。あたりを見まわしたが、チャンスは見当たらない。

ホリーは〝虎の目〟そのものだった。ハイスクールのレスリングの試合のとき、いつも唱えていたおまじないの言葉だ。ホリーによると、自分を信頼し、目の前の仕事に全神経を集中していれば、だれにでも勝機はあるそうだ。それが〝虎の目〟のいわれ。あの大きなネコは狩りをしているとき、獲物しか眼中にない。

ホリーは表情ひとつ変えずに攻撃するのが得意で、もしマックス・ペインに出会って結婚していなければ、一流のプロレスラーになっていたかもしれない。もっとも母さんがすぐさま阻止しただろうけど。

さて、ホリーは目下ハリー・ブルーノの首に後ろから腕をまわして、チョークホールドという必殺技をかけていた。

「起こしてやれ」とジョニー・ジェイがホリーに命じた。

「放せ」ハリーは喉を締めつけているホリーの腕の下から、精いっぱい声を張りあげた。地面に押さえつけられて、まったく動けない。

「うちのトラックをよくも盗んだわね」とホリー。

「立たせてやれ」警察長がふたたび言った。「そのままじゃ逮捕できない」

おばあちゃんは鼻高々だった。「うちの孫娘なんですよ。かんしゃく持ちでね」

「もう放してやったら」とマックスが声をかけた。愛妻のすご技に見るからに恐れをなして。

ホリーはハリーを引き渡せという声には耳を貸さず、腕の力をゆるめようとしなかった。

「手錠よ」とわたしは助言した。「まず彼を拘束するの。そしたらホリーも技を解くから」

警察長はまごついていた。さもなければ、わたしの助言に従ったはずがない。が、ともかく彼はそれを実行し、まもなくハリーを立たせた。パティオのテーブルでは、メイベルが膝にアイスパックを当てていた。「その男を留置場に入れて、カギを捨てておしまい」と叫んだ。「終身刑がぴったりよ」

「いったいどうしたの?」とおばあちゃんがメイベルに訊いた。

「車の前を何かがさっとよぎったのよ。とっさによけたから、轢《ひ》かずにすんだけど」

「それで木に突っこんだのね」とわたし。けがの具合を見たところ、出血はなく、骨がおかしな角度で飛び出したりもしていなかった。「お医者さんに診てもらったほうがいいわ」

「エアバッグが安物で」とメイベルが文句を言った。

「病院まで送っていくわ」とおばあちゃんが申し出て、ふたりで帰っていった。

　こうしてほぼ全員が顔をそろえた。マックス、カミラ、ギルはついさっきホリーが妙技を披露した芝のマットの一方の側にいた。わたし、ハリー、そしてジョニー・ジェイは反対側。

「パティも連れてきてあげたらよかった」とわたし。「これを見たらきっと喜んだでしょうに」

「ドワイヤーは警察が勾留している。余計なことはするんじゃない」ジョニー・ジェイがわたしに言った。

「パティはどこにいたの？」と彼に訊いた。うちで捕まったのでなければいいけど。でももしそうなら、ジョニー・ジェイはわたしもただちに逮捕しただろう。逃亡者をかくまったというような容疑をでっちあげて。

「自宅から出てきたんだ」それからホリーに向かって、「この男はあんたのトラックを盗んだのか？」と訊いた。

　ホリーがうなずく。「逮捕して」

　わたしはエフィーをちらりと見た。口をつぐんだままだ。

「この町はどうなってるんだ？」とハリー。「飛んで火に入る夏の虫ってわけか」

　ジョニー・ジェイはハリーをパトカーまで連行した。わたしたちもそのあとからぞろぞろついていった。パティ・ドワイヤーの顔が見えた。窓ガラスにぴたりと顔を押しつけていたが、ハリーを見たとたん、その目が大きく見ひらかれた。

　ハリーが振り向いてそちらを見た。「パティ！」彼女がさっと顔を引っこめるまえに、見つけた。それからジョニーに、「あいつは何をやらかしたんだ？」と訊いた。

ジョニー・ジェイはおなじみの答えを返した。「うるさい、黙ってろ」

「おれはあいつの隣にすわるんだろ？」

ジョニー・ジェイはハリーを横目でじろりと見やり、心のなかを読んだ。じつのところ、未練たらたらの表情は、だれの目にも明らかだった。一流の舞台俳優か、本気で惚れているかのどちらかだ。あのふたりが旧人類並みだとしても、その思いは変わらない。ことによると、ハリーは愛情を表現するのが苦手なだけかもしれない。ジョニー・ジェイは本部に電話して、もう一台、車を要請した。「これで質問の答えになるかな？」とハリーに言った。

しかしハリーはパティから目を離すことができなかった。「おれは一緒でもかまわないぜ」と警察長に持ちかけた。

そのあとで、ハリーはエフィーにさりげなく目をやった。ふたりのあいだで意味ありげな視線が交わされ、つづいてハリーがすばやく頭を横に振ったことを、わたしは見逃さなかった。

それからまもなく、ジョニー・ジェイは釣りあげた二匹の大物を連れて帰っていった。

34

こうして、わたしは殺人とマフィアを結びつける手がかりを手に入れた。エフィーとハリーのあいだに接点があるなんて、これまで思いもしなかった。エフィーがトラックを運転していたとき助手席にいたのは、ハリーと見てまちがいない。そもそもエフィーはハリーとどこで知り合ったのだろう。このピースはどこにはまるのだろう。それに、チャンスはどこに消えてしまったの？

店に戻る途中で、ハンターから電話があった。「今日の晩ご飯は？」

「当ててみて」

「きみ？」いつも希望を忘れない、それでこそわたしの彼氏だ。

「はずれ」

「じゃあ、何か買って帰るよ」

こういう気配りは、独り暮らしに慣れている男のいいところ。自分の面倒は自分で見てきたから、奥さんや恋人におんぶにだっこではない。

「当たり」とわたし。「賞品をあげなきゃ」

「その賞品は……きみかな？」

「こんども当たり。ちょっと店に寄ってから帰るわね。いろいろ話したいことがあるの」

〈ワイルド・クローバー〉では、母さんが店を牛耳り、レジの後ろに陣取って買い物客の長い列をさばきながら、スタンリーと話していた。というより、あごでこき使っていた。スタンリーはわたしを見るなり、持ち場を離れて、わたしを店の奥へ引っぱっていった。

「お客さんはどうするの？　母さんひとりじゃ無理よ」

「まあ、聞いてくれ」スタンリーは声をひそめて言った。「お母さんはいい人だ……」

だけど、がそのあとに続くのだろう。

「……だけど、一緒には働けない。すっかり店主きどりで、わしから片時も目を離さず、ひと息つこうものなら、給料泥棒だのなんだの大目玉を食らう。頼むから勤務当番を変えてくれ」

「それはキャリー・アンの仕事だから」とわたしは彼に言った。「彼女と話して。とりあえずいまはレジを手伝ってくれない？　あなたが頼りなの」

「キャリー・アンにはもう相談した。彼女が言うには、わしはこの店の一番下っぱで、ヘレンと一緒に働きたいやつはほかにだれもいないそうだ。弱ったよ」

「キャリー・アンはどこ？」

「お母さんがきたとたん、帰っちまった」

「ブレントとトレントは？」時計をちらりと見やる。そろそろ五時。四時から七時は、〈ワイルド・クローバー〉は町で一、二を争う人気スポットになる。住人の関心が昔からの問い、ハンターがさっき訊いたのと同じ質問――「今日の晩ご飯は？」――に移るからだ。

今晩も例外ではなかった。

「双子は授業がある。毎週同じ時間にな」とスタンリー。「そもそも、あんたの力になりたいと思って、手伝いを申し出たんだ。だが、このままじゃ堪忍袋の緒が切れて、お母さんを撃っちまうぞ」

ちょうどそのとき母さんがどなった。「袋詰めの手伝いは？　油を売るのはいいかげんにして、さっさと戻っていらっしゃい！」

スタンリーはレジをさっと振り返り、それからわたしに向き直った。目の色が変わっている。「もう辞める」と彼は言った。「たったいま、この店とはおさらばだ。あんたが袋詰《バッグ》めを手伝ってやるんだな」

そして足音も荒くドアから出ていった。わたしに……文字どおり……厄介な仕事《バッグ》を押しつけて。

客足がとぎれたときを見はからって、わたしはハンターに電話をかけ、予定変更を伝えた。今晩は店を閉めてから帰るので八時になる、と。

ふだんは母が出勤してくると、わたしは奥の事務所に引っこむか、店を抜け出して養蜂場で作業をする。ミツバチと言えば、それぞれの巣箱に女王蜂は一匹しかいない。それにはしかるべき理由がある。もし女王蜂が二匹以上羽化すれば、どちらかが死ぬまで戦いつづけるからだ。女王蜂は巣に一匹しか許されない。

いつものように逃げ出す代わりに、「ストーリー、これをして」「ストーリー、あれをして」、それに「いつになったら棚の配置について、わたしの助言に耳を貸すつもり」という小言の嵐に耐えなければならなかった。いよいよ手が空くと、残りのスタッフをいちいちやり玉に挙げた。キャリー・アンは状況をうまく読めない。双子たちはスマートフォンでネットサーフィンにかまけている。スタンリー・ペックは怠け者で……そこでまたわたしに戻り……あんないやらしいグッズを机に広げて、お客さんに丸見えじゃないの！　いったいどういうつもり？

七時には、いますぐスタンリーに電話して、銃を借りてこようと思った。けれども最後の一時間をなんとかやり過ごした。左のまぶたがぴくぴくと引きつっているけど、どうか一時的なものでありますように。

「トムとはうまくいってるの？」戸締まりをしたあと、歩道で訊いてみた。

「どうしてそうじゃないと思うの？」

そのわけは、母さんがかつてのしぶい顔の毒舌家、他人を思いどおりにしなければ気のすまない仕切り屋に逆戻りしてしまったからよ、と言ってやりたかった。トムとつきあいはじめてから、煙のように消え失せたあの人物。でもそうは言わずに、「じゃあ万事うまくいってるのね？」と切り返した。

「折り合いをつけなきゃいけないことも、あるにはあるけど」と硬い口調で言う。

「よかったら、話を聞きましょうか？」

「いいえ」

「わたしに何かできる？」

「いいえ」

それならしかたない。でも、ふたりがその問題をさっさと片づけて、新しいほうの母さんが戻ってきてくれますように。

家に帰るまえに、マックスが空港の送迎にいつも使っているリムジン会社に電話した。秘書のふりをして、明日の空港行きをキャンセルした。まだ未解決の問題がこんなに残っているのに、カミラとギルをみすみす逃してしまうわけにはいかない。そもそも、いまさら一日や二日遅れたところで、どうってことはないでしょう。

ハンターとベンが玄関ポーチでわたしを待っていた。お腹がぺこぺこだったけど、ハンターがサブ・サンドイッチ（ロールパンを使った大型のサンドイッチ。潜水艦に見立てて「サブマリン・サンドイッチ」と呼ばれる）を用意してくれていた。ふたりでサンドイッチにかぶりついた。食べるあいまに、事件の進展を伝えた——ハリーとスチューの店で会ったこと、ホリーの家にのこのこ現われるというハリーの愚かな決断、ジョニー・ジェイがハリーとパティをふたりそろって逮捕したこと。パティの連行にわたしが果たしたささやかな役割については割愛した。

話が終わると、ハンターがわたしの目をのぞきこんできたので、なんとなくうしろめたい気分になった。「ほかには？」

「ほかって?」

「何かを隠してるだろ」わたしはそんなにわかりやすい? そうかもしれない。それとも、ハンターが刑事の勘を働かせているのか。そこでわたしは洗いざらい話した——水筒がパティのものだと気づいた経緯と、それを警察にタレこんだことも。やましくて、胸がちくちく痛みだした。

ハンターはわたしの気持ちを軽くしてくれた。「きみは正しいことをしたんだ」と彼は言った。「共犯者にはなりたくないだろう?」

「そりゃそうよ」

「警察の捜査で情報を隠蔽すると、ろくなことにはならない。気に病むことはないよ。パティが無実なら、心配いらない」

ちょうどそのとき、ハンターの携帯が震えた。「サリー・メイラーからだ」と彼は言った。

「ちょっと失敬」

こうして、わたしたちはホリーがノヴァ・キャンベルの殺人容疑で逮捕されたことを知ったのだった。

35

ハンターとわたしは彼のハーレーで警察署に向かった。夜道を疾走しながら、彼はサリーから捜査の進捗状況を知らされていたことを認めた。ハンターが捜査チームの一員であるかのように、サリーは絶えず最新情報を伝えていたのだ。わたしもうすうすそんな気がしていた。秘密を抱えていたのは、わたしひとりじゃなかった。ハンターにも隠しごとがあったのだ。それがわかって、なんだか少し気分が軽くなった。

警察署に到着すると、受付にいた警官が、マックスと弁護士がすでに奥にいると教えてくれた。ジョニー・ジェイという名のシャチと一緒に。警官がそう言ったわけではないけど、この町の警察長は容易に白鯨になぞらえることができる。あるいは、サメのジョーズに。新しい情報を待ちながら、わたしは妹が陥っている窮地を、ジョニー・ジェイの視点から整理してみた。

ノヴァはホリーに、ニンジンジュースを用意しておくよう要求した。そこで妹は、わたしにそれを持ってきてくれと頼んだ。まえもってそのジュースに混ぜるのにぴったりの毒草を調べておき、川岸で摘んできたドクゼリから毒薬を調合する（妹が自然界の生きとし生けるもの——小さな昆虫や、細菌がうじゃうじゃいる川の水等々——を怖がっていることはさておき)。ジョニー・ジェイなら、ホリーが嫉妬から殺人を犯したと決めつけるだろう。贅沢三昧の生活をノヴァにおびやかされ、妻の座と財産を死守したのだと。ホリーにはアリバイがない。しかもノヴァが川岸で発見されたとき、その場にいなかったのはホリーだけ。「自分の悪行を目の当たりにするのが耐えられなかった」とジョニーなら言うはずだ。

妹は絶体絶命!

さんざん待たされたあげく、サリー・メイラーがパティ・ドワイヤーをつれて待合室に入ってきた。「もう帰っていいわよ」とサリーはパティに言い、わたしたちのほうをちらりと見てうなずくと、また廊下に出ていった。どこかでドアがばたんと閉まる音がした。

敵をマットに倒すホリーの技が心底うらやましかった。パティに危害を加えたいというわたしの意図を、ハンターは嗅ぎつけたにちがいない。手首をがっちりつかんだからだ。

「どうかした?」と裏切り者に言いながら、それとなく彼の手を振り払おうとしたが、うまくいかなかった。「あなたの水筒は殺人に使われたのよ。それなのにジョニーはどうしてあなたを釈放して、うちの妹を逮捕するわけ?」

「それはね」とパティは言い返した。あつかましくも、むっとした口調で。「取材用に使っている水筒をホリーの家に置き忘れたからよ。どこでなくしたのかおぼえていなかったけど、あんたと話しているうちに、はたと思い出したの」

「はたと?」

「はたと」

わたしはがっくりと落ちこんだ。「警察長にもそのことを話したのね？」

「そりゃそうでしょう。事実だもの」

パティに飛びかかる気をなくしたのを察したのか、ハンターはわたしの手首を放し、雑誌を手に取った。

ある考えがふと浮かび、じつに落ち着かない気分になった。わたしがわざわざ警察に電話しなければ、妹はいまも自由の身でいられたかもしれない。それなのにパティを警察に売るようなまねをし、パティはそのお返しに、卑怯にもホリーを名指しで非難した。どうしてこうなることが読めなかったのだろう。ジョニーは妹への疑惑を何度もほのめかしていたのに、わたしはそれを真に受けなかった。おどし文句をさんざん聞かされてきたので、今回は口先だけではないと見抜けなかったのだ。

そのときパティが言った。「おためごかしはやめなさいよ。警察長から聞いたわ。あたしをチクったのはあんただってね」

いかにもジョニー・ジェイのやりそうなことだ。「それには深いわけがあるのよ」

「あたしにもね」

わたしたちはにらみ合った。いまとなってはだれも信用できない。なかでも一番信用できないのはパティ・ドワイヤーだ。けれども、古いことわざがふと頭に浮かんだ――昨日の敵は今日の友。

「まあすわって、ここで一緒に待ちましょう」と、敵に言葉をかけた。「いずれにしても、この事件はいいネタになるわよ。あなたが内部情報をつかんでいるとわかれば、記者に復帰することだって夢じゃない」

ハンターはあきれたように天をあおいだが、何も言わず、雑誌に注意を戻した。

「ところで」パティがすわると、わたしは切り出した。「ハリーのほうはどう？」

「あいつのところには戻らない、いまのがそういう意味なら」

「ホリーのトラックを盗むなんて、どういうつもりかってこと」

パティは肩をすくめた。

「らしくないわね。彼の仕業じゃないと思うけど」

「それに、彼はエフィーとどうやって知り合ったの？　ふたりの関係は？」

パティはまた肩をすくめたが、かすかな驚きの表情がよぎり、すぐに何食わぬ顔に戻ったのをわたしは見逃さなかった。

「あたしが知るわけないじゃない」

つい最近まで、わたしは〈セイバーフーズ〉の調香師たちがノヴァの死に関わっていると思いこんでいた。動機は欲。あるいは競争。それとも、同じ仕事のために同じ場所に長くいすぎたせいで、だれかの神経がおかしくなったのか……でもノヴァの死が研究チームとはなんの関係もないとしたら？　わたしは見当はずれの線を追っていたのだろうか？

「ハンター」わたしは雑誌に埋もれている鼻に向かって言った。「ノヴァやハリーと、エフイーとチャンス夫婦のあいだには何かつながりがあるのかしら?」

ハンターが顔をあげてわたしを見やった目つきは、わたしの気に入らないものだった。それでも、パティが席を立って化粧室に行ったすきに、わたしは考えをまとめようとした。

「ハリーが町にやってきた。パティの事件とのかかわりがやけに目立つようになった——水筒、濡れたパンツと靴、おかしなふるまい……」

「それはいまに始まったことじゃない」

「そのあとハリーがホリーの家にひょっこり現われた。最後に水筒の近くにいたのはホリーだと、パティが名指した。そして、妹はいまや留置場」

「ぼくに何かできないか調べてみるよ」とハンターは言ったが、その言葉は心なしかおざなりに聞こえた。

「わたしの妹なのに」

悪いことは重なるもので、母とおばあちゃんが警察署に入ってきた。ハンターはいよいよ雑誌の奥深くに引きこもってしまった。あちこち破れた『グッド・ハウスキーピング』の古雑誌がそんなに面白いのだろうか。

わたしは母さんたちに現状を伝えた。パティが化粧室から帰ってきて、聞き耳を立てている。

そこへマックスが弁護士を伴って現われた。

「ホリーは明日、判事のところに出頭しなきゃならない」とマックスは言った。「ジョニー・ジェイのやつ、それまでは釈放できないの一点張りだ。ぼくは今晩ここで泊まることにするよ。妻のそばにいてやりたいから」

「かわいい娘が留置場でひと晩過ごさなきゃならないなんて」と、母さんはべそをかいている（わたしも昔、留置場に入れられたことがあった。そのときの母さんの反応はどうだったか、記憶をさぐってみた。「みっともない」と言うのがすぐさま思い浮かんだ。ほかには、「世間の人がなんて言うやら」）。

嫉妬がわたしの眉間を打ちすえた。わたしも負けじとたたき返す。わたしたちはもう何年も戦いをつづけていて、今回も嫉妬のせいで落ちこむのはいやだった。だれでも家族の問題を抱えている。それに、わたしにはおばあちゃんという味方がいる――やさしくて、思いやりのあるおばあちゃんが。

ホリーはわたしのかわいい娘ではないけれど、かわいい妹だ。わたしは背筋を伸ばしてすっくと立ちあがった。人知を超えた力が血管を駆け巡るのを感じ、ホリーを必ず救い出してみせると決心した。妹が母さんにえこひいきされていようと関係ない。妹の無実を証明するために必要なことは、なんなりとやってみせる。

パティは信用できないかもしれないが、彼女の協力が必要だ。

母さんがすすり泣き、おばあちゃんが慰め、ハンターがばかげた雑誌に顔を埋めて、見て見ぬふりをしているあいだに、わたしはパティにだけ通じるサインを送った。視線をさっとドアに走らせ、秘密めかした小さな笑みを浮かべ、視線と同じ方向に、ごくかすかにうなずいてみせる。

そして、わたしたちふたりは夜の闇に姿をくらました。

36

ハンターにひと言の断わりもなく、あとに残してゆくのは気が引けたが、近ごろの彼はどうもあまり感じがよくない。恋人と同居したとたん、しょっちゅう小言を言われ、えらそうに命令され、ああしろこうしろと説教されるくらいなら、また母と一緒に暮らしはじめたほうがましかもしれない。

大人の、まともなわたしは、自分が神経をすりへらし、ばかげたふるまいをしていることも、そのとばっちりをもろに受けているのが、わたしの最愛の人だということもよくわかっていた。まあ、人間だもの、しかたない。せめて八つ当たりするなら、それにふさわしい相手を探さないと。たとえばジョニー・ジェイとか、ロリ・スパンドルとか。

でも、それより小さいとはいえ、騒々しさではひけをとらないべつのわたしが、すきあらば顔を出し、恋人とのあいだに波風を立てようとする。しばらく引っこんでいなさい。いまは目の前の仕事に責任を持って取り組まなければならない。多くの人が怠っていることだけど。

さて、最初の差し迫った問題は、交通手段だった。

移動の足がない。

わたしはここまでハンターのオートバイの後ろに乗ってきたし、パティはパトカーの後部座席で華々しく入場した。どうしよう。仮にハンターのバイクのキーを持っていたとしても、彼のハーレーは運転できない。たとえ運転できたとしても、彼のバイクを勝手に持ち出せば、ふたりの絆の中心に杭を打ちこむことになり、その絆はきっと死に絶えてしまうだろう。いくらわたしでも、越えてはいけない一線は心得ているつもりだ。

その点、おばあちゃんはキャデラックのカギをいつも車に挿しっぱなしだし、しかもこの星で一番寛容な心を持っている。

車両窃盗《グランド・セフト・オート》。よし、それで行こう。パティは意見も苦情も一切口にせず、エフィー・アンダーソンについて質問してきた。

警察署から猛然と飛び出すと、わたしは運転のあいまに、ハリーとエフィーが知り合いではないかという推理と、ハリーが連行されるまえに、ふたりのあいだで視線が交わされた様子をパティに伝えた。あっというまにホリーの家に到着したときには、行動計画もまだろくにないありさまだった。

「だれから取りかかる？　というか、どの部屋から調べる？」パティは車から降りて、音を立てないようにドアを閉めた。わたしたちの訪問がばれないように車を隠す、という一点だけは決めていた。いい匂いのするスイカズラの茂みに車を隠して、私道を歩いていった。

「マックスの書斎はどう？」わたしは書斎の位置を思い出そうとした。例のボードゲーム

〈クルー〉に登場する犯行現場のひとつだ。

「いいわね」とパティ。寝室六つに、同じ数のバスルームと書斎その他とくれば、ひとりでマックスの仕事場を見つけるのは相当時間がかかっただろう……でも、そんな心配は無用だった。これまでさんざん屋敷を嗅ぎまわってきたパティが、ただの一度も道をまちがえることなく案内してくれた。

わたしたちは階段をこっそりのぼり、客室の前を通りすぎた。だれとは言わないけれど、とある客たちがドアの向こうで何やらごそごそやっている音が聞こえてきた。うぇぇ。わたしはふたりの姿を頭から追い払い、前向きに考えることにした。まあ、これでじゃまが入る心配はない。

ホリーの夫の書斎は、いかにも男性の部屋らしく革ずくめで、ペルシア絨毯のラグに、重厚な紫檀《シタン》の家具が並んでいる。

「カギがかかってる」パティは一方の壁の端から端まで伸びるサイドボードの引き出しを試したあとで言った。ポケットを探って何やら小道具を取り出すと、ほどなくファイルフォルダーが目の前にずらりと現われた。

ふたりで中身を調べにかかる。パティは一方の端から、わたしは反対側から。

三人の調香師のあいだで交わされた文書のファイルを見つけたが、内容はちんぷんかんぷんだった。ミラクリン、糖タンパク質の分子、糖鎖といった単語、研究のもとになっている果物への言及、アメリカ食品医薬品局《FDA》の製品認可に関わる問題についてのやりとり。わたしのアンテナに引っかかるものはひとつもない。

　うちの妹ではなく、研究チームのどちらかがすでにノヴァの殺人容疑で起訴されていないことがやはり納得できない。彼らにはアリバイがあるとはいえ、ねつ造できないものではない。本来なら、カミラとギルこそ同僚の殺害を共謀した罪で告発されてしかるべきだ。部屋の捜索をつづけながら、わたしは頭のなかで事件を整理した。

　仮に彼らが無実だとすると――いくら気に入らなくても、その可能性も真剣に検討しなければならない――ノヴァを殺してしまうほど目ざわりに思っていた人間が、ほかにもいるだろうか。マックスではない。もし彼女に消えてほしければクビにすればすむ。弱みでも握られていない限りは。それに、たとえマックスが人殺しも辞さない人間で、確固たる動機があったとしても、わざわざ週末に自宅に招いて殺すだろうか。

　ホリーにしても、以前に考えたとおり、鼻持ちならない女性客はさっさと追い出してしまえばいい。マックスと同じで、まともな頭の持ち主なら客を殺したりしない。そもそも妹夫婦の熱愛ぶりはだれの目にも明らかで、新聞に載った（そのせいでパティがクビになった）あのふざけた記事は、ばかばかしいとしか言いようがない。

　となると、つぎの容疑者は？

「チャンス・アンダーソンよ」とパティが言った。まるでわたしの考えを読んで、質問に答えたように。

「え？」とわたし。

パティはフォルダーのひとつを手に取った。「ほら、これが彼のファイル」

ああ、なるほど。チャンスの職歴ね。

パティはいかにも重役然としたマックスの椅子に腰かけると、ファイルから書類を出して、一枚を抜き出した。両足をデスクに乗せ、椅子にもたれて、その書類を読みはじめた。わたしはサイドボードの捜索をつづけ、フォルダーをつぎつぎと手に取ったが、目ぼしい成果はなかった。〈セイバーフーズ〉に関するものと、マックスが数多く手がけている商取引についての情報ばかりで、きちんと目を通すなら、少なくとも一週間はかかるだろう。

「チャンスの経歴はいまの仕事にぴったりね」ファイルをめくりながら、パティが言った。「公園の管理人を何年も務め、造園を手がけ、庭木の世話もする。連絡先を載せた地元の推薦状がいくつもあって、どれもみな褒めている、疑わしい履歴の空白もない」

「奥さんのほうは？」

「まだ」

パティは手を伸ばして、マックスのパソコンの電源を入れた。

「中身はのぞけないでしょう」とわたしは言った。パティは錠前破りは得意かもしれないが、パソコンに侵入するだけの余裕はない。パスワードの組み合わせを試すのは複雑で、時間のかかる作業なのだ。

「ばかね」とパティ。ドラゴンのタトゥーが腕の動きに合わせてうごめく。「自宅の書斎にあるパソコンをロックする人なんていないわよ」

それもそうだ。そしてパティの言うとおり、パソコンはビーッと鳴って起動した。

わたしはサイドボードの捜索を中断して、もっと面白そうなスパイ活動に加わった。

パティはインターネットに接続し、検索窓に何か打ちこんだが、指の動きが速すぎて、表示についていけない。「だめね」と言うと、また素早い動きで検索をやり直す。「ふーむ」とうなり、腑《ふ》に落ちない様子だ。

パティが何かをつかみかけているときは、いつもわかる。全身にエネルギーが満ちあふれ、ときには静電気を帯びたように髪が逆立って見えるからだ。それに目も、いまわたしをちらっと見上げたときのように、やや血走っている。

マックスのeメールを開いた。なんだかやましくて、気がひける。「私生活をのぞくのはやめましょうよ」これではまともな探偵というより、ただの詮索好きだ。

パティはモニターから目をあげなかった。「これを読んだかぎりでは、私生活なんてないみたいよ、少なくともネット上では。仕事一辺倒ね」

「じゃあ、ほかに女性はいないのね？」どこからそんな質問を思いついたのだろう、しかも口に出すなんて。やれやれ。潜在意識がひょっこり顔を出したのだろうか。これまでその手の疑いが頭をかすめたことは一度もなかったのに。まあ、一度か二度はちらっと考えたかもしれないけど、マックスが妹を裏切るなんて絶対にありえない。

パティは首を振り、このときばかりはわたしの気持ちも軽くなった。

「個人的なメールは一通もなし。どれも全部仕事がらみ」

「だから、こんなにお金持ちなのよ」とわたし。「仕事に全力を注いでいるもの。ひと息入れるときは、奥さんにべったりだし」

「お熱いこと」パティは皮肉たっぷりに言った。そのあいだも指は飛ぶように動いている。彼女は折紙つきの男嫌いで、相手がだれであれ、褒め言葉ひとつ口にしたことがない。ホリーならカウンセリングの技術を利用して、パティが過去を克服するのを手伝えるかもしれない。もっとも、妹をこの窮地から救い出すことができればの話だけど。

わたしはパティについていこうとしたが、彼女はすっかりパソコンの操作に没頭していた。画面をズクロールし、バックスペースキーを打ち、マウスをクリックする。

わたしの携帯が鳴った。今度は母から。かけてきたのはハンターだ。無視する。

また振動した。こちらも出なかった。

「そろそろ帰りましょう」とパティに声をかけた。パソコンの画面を追うのはあきらめて、サイドボードにもう一度目を移していた。

「ここに何かあるはずなんだけど」とパティ。

「エフィーのフォルダーを見つけた!」わたしはそれをかざしてみせた。

廊下でがやがやと話し声がした。

「持っていきましょう。さあ撤収するわよ」

「でもまだ調べおわっていない」とわたし。「ノヴァの部屋も見ておきたいし」

「もう警察が調べたって」

「でも何か見落としているかもしれない」

すぐ近くでドアがばたんと閉まる音がした。

「時間切れ」とパティ。「もう行かなきゃ」

わたしたちはそうした。

37

警察署への帰り道、パティは車内灯をつけて、エフィーが家政婦に応募したときの履歴書にざっと目を通した。

「たいしたことは書いてない」パティは履歴書を裏返したが、裏は白紙だった。「シカゴ出身なのか」

「エフィーとチャンスはインターネットの結婚仲介サービスで知り合ったのよ」とわたしはパティに教えた。「記憶がまちがっていなければ、結婚してすぐ、チャンスはホリーの家の庭師に応募して、キャリッジ・ハウスに引っ越してきたの。エフィーは家政婦として働くことになった」

「独身のころは経理事務をしていたとあるわ。これまでに勤めた会社の名前はどこも聞きおぼえがないけど。それにしても、出身地がハリーと同じなんてすごい偶然ね」

「大都市だから」

「世間は案外、狭いのよ」とパティは反論した。「知り合いをせいぜい六人もたどれば、だれとでもつながっているんですって。ハリーを例に取れば、彼はわたしと結婚し、つぎにノヴァと結婚した。もしかしたらアンダーソン夫妻のことも知っていたかも。エフィーがシカゴ出身なのはべつに何でもないのかもしれない。でも……」パティはみなまで言わず、あとは想像にまかせた。

「でも、エフィーがハリーの知り合いだとしたら、あなたも彼女を知っているんじゃない？エフィーのほうもあなたを知っているのでは？」

「必ずしもそうとは限らない」パティは車内灯を消した。「ハリーは手広く商売をしてるから。エフィーはあたしたちが離婚してから雇われたのかもしれないし」

わたしはそれについて考えてみた。ハリー・ブルーノはホリーの家の庭で彼女に押さえこまれていた。チャンスとエフィーが住んでいる離れからは目と鼻の先だ。チャンスはその時点ではもう姿をくらましていた。そしてメイベルは、何かが目の前に飛び出してきたので、よけようとして木に突っこんだと証言した。それが、急いでどこかへ行こうとしていたチャンスだという可能性はないだろうか。

もしそうならつじつまが合う。それなりには。

アンダーソン夫妻はノヴァ殺しに関わっているのだろうか。

「だれかがあたしをはめたのよ」とパティは言った。「汚名をそそがないと」

「あなたを、ですって！」わたしは思わずかっとなり、おばあちゃんのキャデラック・フリートウッドの進路を修正するはめになった。助手席の人間をにらみつけるので忙しかったので。ただし一線を越えたのは車だけではない。「あなたがうちの妹を巻きこんだのよ。勾留されているのは妹、あなたじゃないわ」

警察署に到着したのは幸いだった。隣人の相手をしながら車の運転をこなすのは、わたしには荷が重すぎる。

ハンター、母さん、おばあちゃん、それにジョニー・ジェイは全員外にいて、わたしたちがキャデラック・フリートウッドから降りるのをじっと見ていた。

「ほらね、ストーリーがあたしの車を盗んだりするもんですか」と、おばあちゃんが母さんに言った。「ちょっと借りただけよ」

「まったくもう」と母さんが言った。わたしに向かって。「いい年をした大人が、ひとこと断わることもできないの？　わたしたちの唯一の足を奪っていったのはやっぱりあなただった。恥を知りなさい。これまでにしでかした騒動のいくつかを、ハンターの耳にも入れておいたわよ。この先どんなごたごたに巻きこまれるか、覚悟しておいたほうがいいから」

ハンターはげっそりしていた。母さんに至近距離から手榴弾を投げられたときに、よく見られる症状だ。そもそも母さんは、わたしがハンターと一緒になることをぼやいていたはず。これだとあべこべでは？　わたしの大切な人にことごとくケチをつけるのが、いつもの作戦だ。わたしの彼氏に愚痴をこぼしたということは、ついに彼を家族として認めたということ？

この急な展開に気持ちのほうがついていかない。母さんとのあいだに壁があって、お互いの領域が隔てられていることは、あながち嫌ではなかった。

「ハリー・ブルーノを釈放していないでしょうね?」パティが警察長に確認した。

「彼にはひと晩泊まってもらう」とジョニー・ジェイ。

「トムはどこ?」わたしは母さんに訊いた。母さんがどんな高い岩棚に登ってしまっても、トムならうまくなだめて下ろしてくれるだろうと思って。

おばあちゃんが口をはさんだ。「ふたりはいま、ちょっともめているのよ」

「ちょっとですって!」母さんが鼻を鳴らした。わたしもそんなふうに鼻を鳴らしているのではないかと不安になるような音で。もうこんりんざい、鼻を鳴らすのはやめよう。

ジョニー・ジェイが脇から口をはさんだ。

「このふたりを訴えてはいかがです?」とおばあちゃんをけしかけた。「お孫さんはひどい跳ねっ返りだから、少しは懲りるでしょう」

それは戦術の誤りもいいところだった。人目のないところでわたしを脅すのと、家族の前とでは、話がちがう。

ハンターのあごがぐっとこわばった。本気で腹を立てているしるしだ。わたしは彼の腕を取り、なだめるようにそっと握った。こぶしであれ、言葉であれ、警察署で警察長をやっつけても、いいことは何もない。ハンターは思いとどまり、たくましい腕の筋肉がゆるんだことで、それがわかった。

「お利口ね」とわたしはささやいた。「褒めてあげる」

パティがそれを聞いてせせら笑った。

わたしの身内はハンターほど聞き分けがよくなかった。おばあちゃんはジョニーに詰め寄った。何を言うつもりだったかはわからない。母さんが肩で押しのけたからだ。

「お黙り」と警察長に噛みついた。相手かまわず当たり散らしている。「いまのは、まさか本気じゃないでしょうね。選挙で警察長を選べなくて残念だわ。さもなきゃ、すぐにお払い箱にしてやるのに。町議会の任命かもしれないけど、議会だって盤石《ばんじゃく》じゃないのよ。議員の何人かは改選時期だし。わたしが先頭に立ってあんたの排斥運動を始めるわ。それはね、ジェイ警察長、あんたがあんぽんたんの抜け作だからよ」

すごい！　わたしでもそこまでは言えないだろう。

頭のなかでみんなとハイタッチをしているあいだ、ジョニー・ジェイはうちの母をにらみつけ、何か言おうとしかけたが、思い直してきびすを返し、警察署のなかへつかつかと入って行った。

「親のしつけが悪いのよ」とおばあちゃんが言った。「あの子にろくにかまってやらず、毎晩酒場に入りびたっていたから。ジョニー・ジェイもかわいそうに。さて、あたしたちがホリーのためにしてやれることはもう何もないから。そろそろ帰って休みましょうか、ヘレン」

「ちょっと待って」わたしは母さんを呼び止めた「トムと何かあったの？」

母さんは口を固く引き結んで、わたしたちをひとりずつ順ぐりに見まわした。「ふたりの問題だから」と言うと、歩み去り、助手席に乗ってドアをばたんと閉めた。

「あとで電話して」わたしはおばあちゃんにそっと耳打ちした。

「パティを乗せてやってください」ハンターがおばあちゃんに頼んだ。彼とわたしはバイクできたので。

「あなたの家の前を通るから」おばあちゃんがパティに言った。「一緒に帰りましょう」

おばあちゃんはわたしに折をみて電話するからと目配せし、車は夜の闇のなかに消えていった。ハンターとわたしを後に残して。

うちの家族は、ハンターをさんざんいたぶったにちがいない。ホリーは殺人の疑いで勾留され、母さんからは延々と愚痴を聞かされて。帰り道、彼は質問ひとつしなかったからだ。パティとわたしがどこに消えたかさえも。そのあと、ベンが裏庭であたりを嗅ぎまわったり用足しをしているのを眺めながら、ふたりで庭に立っていたときも何も訊こうとしなかった。どんな答えが返ってくるのか、怖かったのだろう。

ただひとつの救いは、パティがうちではなく自宅でひと晩過ごすことに決めたことだった。彼女をつけねらっているストーカーが今夜は自由に出歩けないので。

38

ハンターは仕事柄、勤務時間が不規則だ。九時から五時の仕事ではなく、週末もあまり休めないが、それはかえって都合がよかった。というのは、土日は店がとても忙しいから。わたしたちは彼の休日のうち少なくとも一日は一緒に過ごそうと決めていた。

そして今日が初めての記念すべき休日。キャリー・アンと双子が出勤しているが、母さんはふさぎこみ、ホリーは勾留され、スタンリーは辞めてしまったので、都合のつくスタッフといえばそれだけしかいない。この状態がつづくようなら、助っ人を雇わざるを得ないだろう。それとも、人手のやりくりはキャリー・アンに悩んでもらおうか。

わたしはいつものように巣箱を点検し、うちのミツバチたちが元気かどうか確かめた。ベンはそのあいだ庭を駆けまわり、川の水を飲んだり、川面に浮かんでいる小さな虫たちに飛びついたりして、おしまいにはひと泳ぎするはめになった。わたしの真横でぶるっとひと振るいし、スプリンクラーのように水をまき散らした。

どうして犬はいつもこんなことをするのかしら。

体を乾かしてから、ハンターとパティオで朝のコーヒーを飲み、夏の日差しを浴びながら、今日の予定を立てた。

もともとは、せっかくの休日なので、まずは洗濯やちょっとした家事や芝刈りなど、たまっている用事をすませてから、午後はバイクに乗るなどゆっくり過ごし、夕食は外で食べてちょっとしたロマンスを楽しむという心づもりをしていた。

ところが妹が逮捕されてしまった。ハリーのほうは、お抱えの弁護士がやってくるとすぐに釈放されたと聞いている。裁判所に出廷する日取りを決め、保釈金を払ったのだ。一方、ホリーのほうはまだ勾留されていて、マックスと有能な弁護士が出してくれるの待っているが、まだ首尾よくいっていない。

こんな腹立たしいことはない。メイン通りほども長い犯罪歴のある、マフィアの大物が大手を振って歩きまわっているというのに、生まれてから一度も法律を破ったことのない女性が留置場にいるなんて。人生はまったく不公平だ。

わたしは妹のもとを訪ねて、ホリーの家に水筒を置き忘れたというパティの主張が事実かどうか訊きたくてたまらなかった。パティの言うことはひとことたりとも信用するつもりはない。それに、チャンスとエフィーのアンダーソン夫妻についても、ぜひ妹の知恵を借りたい。

昨夜、マックスに訊くことも考えたが、さらに心配を増やすことになりかねないし、彼をこれ以上苦しめたくないので遠慮した。

「昨夜のことだけど」とわたしはハンターに切り出した。「パティが水筒をホリーの家に置き忘れたと言ったのを聞いた?」

「ああ」

「それだけ?」

「ストーリー、きみはどうしてもこの事件に関わらずにはいられないんだな」

「じゃあ、留置場でホリーに面会できると思う?」わたしはべつの質問をした。

「それはどうかな」とすてきな彼氏は言った。今日はまた一段といかしている。ショートパンツのほかに身につけているのは、うっすら伸びてきた無精ひげだけ。わたし好みの格好だ。

「ジョニー・ジェイがきみたち姉妹の希望を叶えてくれるとは思えないけど」

「やるだけはやってみなきゃ」とわたしは言った。「かわいい妹が動物みたいに檻《おり》に入れられていると思うと、一晩じゅう眠れなかった」

「その気持ちはわかるよ」

「ノヴァが死んだ日の朝はどんな様子だった? あの朝ホリーの家にいた全員の事情聴取をしたとき、あなたも同席していたんでしょう」

わたしは最初、またもや〝首を突っこむな〟式のお小言をちょうだいするものと思い、さらにたたみかけた。

「わたしの妹なのよ。じつの妹が殺人の疑いをかけられるなんて」

よっぽど情けない声だったにちがいない。ハンターが質問に答えてくれたからだ。

事情聴取では全員が、ノヴァ・キャンベルの死の当日の午前十一時から、一行が車に乗ってわたしの家へ出発したときまでの行動を説明した。カミラとギルはぎりぎりまで二階の彼の部屋にこもっていた。マックスは書斎で仕事をしていて、部屋を出たのはコーヒーのお代わりをするときだけ。ホリーも自分の部屋にいた。マックスによると、ノヴァはランニングから帰ってきて、シャワーを浴びに二階に行ったそうだ。

「ノヴァがニンジンジュースを自分の部屋へ持っていったかどうか、マックスは見たの？」

「いや、残念ながら」

「でも、毒物を飲んだのはそのときでしょ」わたしは、ノヴァがシャワーのまえかあとに、毒入りジュースを飲んでいるところを思い浮かべた。

ハンターは先をつづけた。「養蜂場の見学にそなえてみな家にいて、ぼちぼち集まりかけていた」

「でも、遅れてきたのよ」とわたし。「そろそろ着くころになって、マックスから電話があった」

「それは女性陣のせいだよ。マックスとギルは車のところに集合していた。カミラはそのあとすぐに現われた。ホリーは支度に時間がかかり、マックスが携帯で急ぐように言った。でも、みんなの足を一番引っぱったのはノヴァなんだ。十五分ほど待ってから、マックスが呼びにいった。ノヴァは部屋にいなかった。家じゅう捜しまわってから車のところに戻ると、ノヴァはもうきていた。事情聴取で、カミラがノヴァはバラ園のほうからやってきたと証言した」

「それは重要だと思う？」

ハンターは肩をすくめた。「そうかもしれない。そうでないかもしれない」

「そのあいだアンダーソン夫妻はどこにいたの？」

「チャンスはブラシを洗っていた。エフィーは離れにいた」

わたしは外に持ってきたカラフェから、どちらのカップにもコーヒーを足した。

「ノヴァがあそこであのタイミングで死んだのは、たまたまだったのね」とわたし。

「そうだな」とハンター。

「いろいろ教えてくれてありがとう。協調性はAプラスね」

「じゃあ、もっといいところを見せないと。こっちにおいでよ」

それを実践するまえに、おばあちゃんのキャデラックが私道に現われ、ほんの少し進んでは止まり、また少し進んだ。母さんは助手席の窓を開けて、いちいち文句をつけている。

「自動車局に通報しないと」とがみがみ言った。「お年寄りは毎年テストを受けるべきよ。筆記と実技の両方を。それと視力検査も。メイベルをごらんなさい。木と駐車場の区別もつかない。そのうちだれかを轢いてしまうわよ」

おばあちゃんは車からひょいと降りると、髪に挿したデイジーを直し、笑顔をこしらえて（おばあちゃんが作り笑いをするなんて、これまで見たおぼえがない）、わたしのほうへやってきた。

「あんたの母さんをどうにかしないと」と言った。「もう一分だってがまんできない」

わたしもよ、と言いたいところだったが、その代わりに、「どうしてまだトムと同居していないの?」と訊いた。

そのころには、母さんがすごい剣幕でこちらに向かってきた。おばあちゃんが振り返り、警告するように人差し指を立てると、母さんの開きかけた口はぴたりと閉じた。「もうひとこともしゃべらないで、ヘレン」と、いつもはのんきな祖母が母に言い渡した。

ハンターはいつのまにかいなくなっていた。

おばあちゃんと母さんはパティオのテーブルにつき、わたしは急いで家に入って、ふたり分のコーヒーカップを持ってきた。ハンターの姿はキッチンにも見当たらない。

庭のテーブルにコーヒーを出していると、わが家とP・P・パティ宅の境にあるヒマラヤスギの垣根の奥を、人影がよぎるのが見えた。またパティのしわざだ。立ち聞きに、のぞき見に、尾行。わたしは見て見ぬふりをした。

「いったいどうしたの?」と母さんに訊く。母さんは口を一文字に結び、胸の前で腕を組んで身構えている。

「トムと一緒に暮らすのを断わったんだって」と、おばあちゃんが見かねて説明した。「しかも、トムがわざわざこの子のために家を買ってから、気を変えたの。家ですよ、家! いまさら行きたくないなんて。あとは自分でおっしゃい、ヘレン」

わたしは母をじっと見た。母さんはわたしとおばあちゃんを交互ににらみつけた。たしかに、わたしは母にトムと同居してほしくなかった。同棲と聞いただけで、すっかり気が動転してしまったのだ。でも、こんなとげとげしい母を見るのもつらかった。

「さあ」おばあちゃんが命じた。

母さんの口がしぶしぶ開いた。「お父さんが現われたの」組んでいた腕をほどいて、コーヒーをひと口飲んだ。

いまは亡きわたしの父のことだ。死出の旅路についてから、かれこれ……六年になる。

「夢で？」わたしは先をうながした。母がその短い告白のあとで黙ってしまい、こちらはもっと情報が必要だったので。「父さんが夢に出てきたの？」

母さんはもじもじした。「よくわからない。あまりにも真に迫っていたから。でもこれだけは確かよ。父さんは、わたしとトム・ストックの同居には反対だってわざわざ言いにきたの」

「父さんは母さんの幸せを願っているはずよ」とわたしは言った。まさにそのとおりだと思いながら。「きっとわかってくれるわよ」

「さあ、そんなふうにはとても見えなかったし、とにかく父さんの意志に逆らうつもりはないから」

「ほらね」とおばあちゃん。

「ホリーにも相談した？」と母さんに訊いた。妹ならきちんと筋の通った助言ができるだろうと思って。

「これまで、あたし以外にはまだだれにも話していないのよ」と、おばあちゃんが横から口をはさんだ。「いまの話が事実かどうかはこのさい置いておきましょう。父さんの霊がほんとうに現われたのかもしれないし。でもね、ヘレン」おばあちゃんは母さんのほうに向き直った。「あなたの解釈はまちがってますよ」

それはいまに始まったことではない。父さんの言葉を誤解することはこれで最後にしてほしいけど。母さんはだれであれ他人の言ったことを深読みする癖があり、その結果出てきた答えは、そもそもの意図とは似ても似つかないことがままあった。

「父さんは正確にはなんて言ったの？」とわたしは訊いた。

「『やめておけ』って」と母さんは答えた。

「それだけ？　やめておけなら、どんな意味にも解釈できるじゃない」

母さんの唇がまたきつく結ばれた。

「母さんとトムがまず結婚してからだと、父さんも賛成してくれるかしら？」わたしまで霊との会話に本気で参加することになろうとは。

母さんの顔がくしゃくしゃにゆがんだ。涙がはらはらとこぼれた。

「どうやら図星みたいだね」とおばあちゃんが言った。

ハンターのハーレーのエンジンがかかり、轟音とともに遠ざかっていくのが聞こえた。母さんはバッグをごそごそ探ってティッシュを取り出し、涙をふいた。

「お疲れさま」わたしは腹立ちまぎれにハンターにメールした。「とんだいくじなしね」

「トムはまだ」――ぐすぐすと洟をすする音――「申し込んでくれないの」

「ああ、そういうこと」ようやく問題の核心が見えてきた。「トムがどれだけ本気なのか、きちんと態度で見せてほしいのね」

生け垣のあちら側で、さっきの怪しい人影がまた動いた。パティが足を滑らせたにちがいない。ふだんはもっと目立たないのに。

「ホリーに会いにいけば」とわたしは母さんの手を軽くたたいた。「まあ、面会が許可されたらだけど。母さんの状況を話したらいいわ。きっと相談に乗ってくれるから」

「ホリーはアン・ランダース（一九一八～二〇〇二。アメリカの新聞で身の上相談の回答者）の再来ですよ」おばあちゃんも賛成した。「さあ、ヘレン、行きましょう」

「でも、おばあちゃんの運転はごめんだわ」と母さんは言った。「助手席には乗りませんよ」

わたしはその場にふたりを残して、勝手につづきをやってもらうことにした。

こうしてわたしの休日は始まった。

39

わたしは〈ワイルド・クローバー〉まで、いつもと同じように歩いていった。ただし店のなかには入らず、裏にまわって頼りになる青いピックアップに乗りこみ、ホリーの家に向かった。

ペイン家は蜂の巣をつついたような大騒ぎだった。

ひとつにはマックスが、奇跡が起こって妻が釈放されることを祈りながら警察署で一夜を明かしたあと、わたしが到着したのと同じころに帰宅したからだ。ひどいありさまで、髪はぼさぼさ、服はしわくちゃ、目には疲労と不安の色が浮かんでいる。

お客さんたちがきてからそろそろ一週間。週末のあいだ仕事を忘れ、くつろいだ雰囲気のなかでチームの親睦を図る、というのがそもそもの目的だった。その計画は無残にも砕け散った(ふたりのメンバーは、新しい〝絆〟を生み出すことに成功したようだけど)。

カミラとギルは、彼らをミルウォーキーの空港まで送りとどけてくれるはずのリムジンが現われないので、おかんむりのようだった。リムジン会社に電話をかけて手ちがいに気づいたときには、もはや手遅れだったのだ。

まあ、お気の毒に。

わたしが家に入ると、マックスは不運にも足止めを食った客たちからさんざん文句を言われている最中だった。彼らの足もとには、荷造りしたスーツケースやおじゃんになった計画が散乱していた。

「だれかがリムジンをキャンセルしたそうだ」とギルがマックスに言った。「どうなっているのか電話したら、そう言われたよ」

「こんなところにいるのはもうまっぴら」とカミラも言う。一体何がご不満なのかしら。わたしに言わせれば、彼女がここで流した唯一の汗は、世間では仕事と見なされない。

家のなかにはパンケーキかワッフルのおいしそうな匂いが漂い、エフィーとミリーが食事の後片づけをしていた。わたしはふらふらとキッチンに入っていったが、フライパンはもう洗って片づけられていた。がっかり、ひと切れも残っていないなんて。

「庭師はどこ？」とカミラが言った。〝もう一秒だって待てない〟という口調で。「空港まで送ってもらえないかしら。キャンセル待ちをしましょうよ、ね、ギル？」

エフィーがそれを聞いて、顔を上げた。「チャンスはいま用事で出かけていて、夕方まで戻ってこないんです」

しめしめ、ちょうどよかった。それにしても、よくいなくなる男。

「なんの用事？」とわたしはたずねた。

「私用です」エフィーはにこりともしないで答えた。

「そういえば、昨日も見かけなかったけど」とわたしはつづけた。「ほら、ハリー・ブルーノがトラックの窃盗で逮捕されたとき。あのときも私用で出かけていたの？」

エフィーとわたしの視線がからみ合った。「いいえ」とエフィー。「ちがいます」

「ぼくが送っていけるといいんだが」とマックスが言った。「でもシャワーを浴びて着替えたら、すぐに警察署に戻らないと」とあわただしく階段に向かい、視界から消えた。

「エフィーに頼んでみましょうか？」とわたしは言った。離れのなかを調べるまたとないチャンスだと思って。「送ってくれるんじゃないかしら」

「彼女はだめよ」とカミラ。エフィーは洗い物をしていたので、その言葉は聞こえなかったにちがいない。

「どうして？」と訊き返しながら、エフィーの耳に届かないところへと移動した。カミラもわたしの動きにつられてついてきた。ギルも。

「選り好みはしたくないんだけど」とカミラは言いながら、選り好みをしている。「あなたの妹さんは使用人のしつけがなってないわよ。愛想は悪いし」（だれのことだか）「それに、あれこれ命令されるのがいやみたい」

「でも運転はできるんだろう」とギルがカミラに言った。「人柄なんてどうでもいいさ」

「正直言って」とカミラはわたしに言った。「あんな人に頼むくらいなら、妹さんが自分で家事をやればいいのよ。自分のことしか眼中にないノヴァでさえ、あの人の本性を見抜いていた。おまけに、料理もしない！　にべもなく断わるのよ。ああいう反抗的な態度は、会社では絶対に許されない」

「空港に着くならそれでもいいよ」とギルがぶつくさ言いながら歩み去った。キッチンから話し声が聞こえた。「エフィー、空港まで送ってもらえないかな」

「申しわけありませんけど」と彼女は答えた。「ほかに用事があるので」

「ほらね」とカミラ。「簡単な仕事を頼んでも、断わるでしょ？」

「わたしがお送りするわ」ミリーが手をふきながらキッチンから出てきて、親切に申し出た。

やれやれ。離れをのぞくという計画もこれまで。ふたりの調香師を足止めするいい方法もこれ以上は思いつかない。でもまあ、少しは出発を遅らせることができた。だからどうだと言うわけじゃないけど。

つぎの半時間はばたばたと目まぐるしく過ぎた。ふたりの客は荷物をミリーの車のトランクに積みこんで出発した。エフィーはキッチンの片づけを終えるといなくなった。おそらく離れに戻ったのだろう。そしてマックスはシャワーと着替えをすませてさっぱりすると、すぐ警察署に引き返そうとした。

彼が車で出かけるまえに追いついて、「アンダーソン夫婦を雇うまえに、身元の照会はしたの？」と確認した。

マックスは顔をしかめた。「おかしなことを訊くんだな。むろんすませたよ。何か問題でも？」

「いいえ、ちょっと神経質になっているの、ホリーのことが心配で。じゃあ、身元に問題はないのね？」

「ないよ、もちろん。でも、そろそろ行かないと。またあとで」

「いってらっしゃい」と、マックスを見送った。

ふいに家じゅうが静かになった。

わたしはひとりで庭のテーブルに戻った。

ジャクソンに電話をかけた。今回はつながった。

「軍手から何か出てきた？」

「いや、目ぼしいものは何も」とジャクソン。「肥料。花粉。そんなところだな。毒物は何も検出されなかった」

「ありがとう。助かったわ」

電話を切ると苦い失望が広がった。これといった手がかりはひとつもない。こんなはずじゃなかったのに。手がかりをひとつひとつ積み重ね、それに沿って進めば、正しい道にたどりつけると思っていた。ところが実際には、パズルのピースをつなげようとしては、壁に頭をぶつけてばかりいる。

でも、ちょっと待って。あきらめるのはまだ早い。答えの見つからない疑問はまだたくさん残っている。

たとえば……ハリー・ブルーノはいまどこにいるのだろう。彼はすでに留置場から釈放されている。もう町を出たのかしら。いや、パティの身辺をしつこく嗅ぎまわっていた様子からみて、その可能性は低い。
それにチャンス・アンダーソンは？　こちらも行方がわからない。直感がその線を追えと命じた。わたしは離れに向かった。まだこの屋敷に残っているただひとりの人間と対決するために
エフィー・アンダーソンにもいくつか質問に答えてもらわなければならない。

40

ガレージ横の階段をのぼり、突き当たりにあるドアをノックした。

だれも答えないので、もう一度たたき、今度はノブを回してみた。カギがかかっている。

「そこにいるんでしょう、エフィー」とドア越しに声を張りあげた。ドアに耳を押し当て、なかの音に耳をすます。

何も起こらない。

おかしい。エフィーはわたしを避けているのだろうか。

階段を下りて、キャリッジ・ハウスを外から見上げた。長いはしごを見つけて、あそこまでのぼり、窓ガラスをたたき割るのは無理かしら。以前、はしごを使ってエフィーの様子をさぐるよう頼んだとき、ホリーが言ってたように、たしかにずいぶん高い。

ガレージのなかを探したが、それほど長いはしごは見つからなかった。スパイダーマンの親戚でもなければ、あそこまではのぼれそうにない。

つぎに納屋をのぞいた。〈クイーンビー・ハニー〉のステッカーを貼った四輪バギーがなくなっている。わたしの養蜂ビジネスを賭けてもいいけど、チャンスは昨日そのバギーに乗って、あわてて出ていったにちがいない。作業用のトラックも敷地内に見当たらなかった。

エフィーの話だと、チャンスは今日、用事で出かけているそうだから、トラックは彼が使っているのだろう。でも昨日、ハリーが逮捕されたあとでいったん帰宅したなら、四輪バギーはどこかしら。

わたしはべつの四輪バギーのエンジンをかけて、メイベルの前進をはばんだカエデの木のところまで行ってみた。太いタイヤの跡が芝生から森のなかへとつづいている。その跡は容易にたどることができた。四輪バギーの重みで押しつぶされた下生えが、まだひしゃげたままだったからだ。

道はでこぼこして走りづらい。チャンスはどうしてよく整備された遊歩道《トレイル》を使わなかったのだろう。わたしにはそのことが、彼がひどく急いでいたことの証しに思われた。よっぽど、あせっていたのでは？

タイヤの跡は木立をよけながらジグザグに進み、やがてハイウェーE号線の路肩に出た（ハイウェーとは名ばかりの、ただの田舎道）。足取りはそこでぱたりととだえ、わたしは道路を行き来して何か手がかりは残っていないかと探しまわった。けれども四輪バギーの行方はこの事件と同様、これ以上たどることは難しかった。

みんなどこにいるのだろう。

四輪バギーをアイドリングさせたまま、気落ちしてすっかりふさぎかけたところへペイン家の作業用トラックが猛スピードで近づいてきた。モレーンに向かっているのではない。その逆で——町から遠ざかっているのだ。

運転席にいるのはハリー・ブルーノでは？　なんと、ほんとにそうだ。しかも助手席にだれかいる。女性に見えた。さもなければ長髪の男性か。エフィーかしら？

だからなに？　トラックがあっというまに通りすぎたあと、わたしは苦々しく考えた。もういいわよ。みんな消えてしまえばいい——チャンスも、ハリーも、エフィーも、ついでにパティも——そして、彼らを乗せた宇宙船が二度と帰ってきませんように。でもそう言えば、パティはどこにいるのだろう。いつもなら、いまごろはあたりを嗅ぎまわって、パティらしいいかれた思いつきでわたしたちの生活を引っかきまわし、もめごとを探すか、引き起こしているはずなのに。

わたしはだれもいないホリーの家に引き返して、九一一をダイヤルした。

「ハリー・ブルーノがまた妹のトラックを運転していました」と応答した警官に言った。「盗難届を出したいんです。また」

警官はしばらくお待ちくださいと言った。ジョニー・ジェイが電話口に出た。

「どうせあんたの狂言だろう、フィッシャー」

「本当よ。たったいまこの目で見たの。南に向かっていた。だれかを乗せて、すごいスピードで」

「調べてみよう。信じられんがな。あんた、いまどこにいる？」

「どうして？」ジョニー・ジェイがからんでいるときは、疑ってかかるのが身のためだ。

「もう二、三確認したいことがある。半時間後に警察署にきてくれ」

「忙しいんですけど」

「店の連中はそうは言ってなかったぞ」

ずっとわたしを探していたということ？　いやな予感がする。

「今日はお休み」と言った。「せっかくの休日を警察署で過ごすつもりはないから」

「黙って、言われたとおりにしろ」

いったい何さまのつもりだろう。えらそうで、傲慢で、なんでも思いどおりにしないと気がすまない横暴なやつ。おあいにくさま。いっそ一日じゅう、ホリーの家でぶらぶらしていようかしら。あとでハンターに電話して、桟橋で待ち合わせ、湖で魚釣りを楽しもう。ホリーの家のワインクーラーにはきっと上等のワインがあるはず。チーズやクラッカーも。そうよ、それがいい。そしてホリーが釈放されたら――願わくは今日じゅうに――ここでマックスとホリーを出迎えよう。四人でスチューの店にくり出して、ディナーを楽しむのだ。家族再会のお祝いに。

その計画を温めながら、ジョニーの電話を切った。

家のなかをあちこち探してメモ用紙とペンを見つけ、冷蔵庫のピッチャーからレモネードをグラスに注いだ。唇にグラスをつけたところで思いとどまり、中身をシンクに空けて、ダイエットソーダの缶をあけた。現に人ひとりの命を奪った毒物が見つかったキッチンでは、いくら用心してもしすぎることはない。

庭に戻ると、これからすることのリストを作った。そのとき、ふと頭にひっかかるものを感じた。しつこくつきまとい、肘でつつき、しきりに話しかけてくる——人は見かけによらぬもの、と。

それはどうもご親切に。わたしの直感は……まあ、その……あまり直感らしくない。バラの花壇から雑草を抜くのを手伝ってくれたらいいのに、使い勝手がいまひとつで、花壇ごとそっくり植え替えさせようとする。そんなことをしてもうまくいったためしがない。

人は見かけによらぬもの。

いったいどういう意味かしら。ノヴァ・キャンベルはじつは死んでいなかったとでも？いや、彼女が死んでいるのはまちがいない。この目で一部始終を目撃した。モルグで遺体と対面したことは言うまでもなく。とはいえ、犯人の動機については、どうやらわたしがまちがえていたようだ。つまり、仕事がらみではないのかもしれない。うーむ。これまで見てきたテレビ番組を参考に、犯罪の基本的な動機を書きだしてみた。

・嫉妬
・復讐
・欲
・怒り
・恐怖

わたしはリストをくしゃくしゃに丸めた。

きっとニンジンジュースやドクゼリ以外の要素を見落としているにちがいない。もし、動機がすぐに目につくものではないとしたら？

わたしは走り書きや落書きを一面に書きなぐっては、そのページをちぎって丸め、紙くずの山にぽいと捨てた。

パティの名前を大文字で書いてみる。なにしろ彼女はわたしの容疑者リストの筆頭にいる。毒が混入していたのはパティの水筒だし、ノヴァが息絶えたとき、パティも川に入っていた。しかも死んだ女性とは半端ではないつながりがある。

でも、どうしてパティは、調べればすぐに彼女のものだとわかる水筒を置いていったのだろう。そもそも、「ストーカーにも権利がある」という標語を水筒につける人がどれだけいるかしら。それを言うなら、「あんたを見張っている」という標語も。わたしの協力がなくても、ジョニー・ジェイが彼女を逮捕するのは時間の問題だった。パティはどう見ても怪しい。

むしろ、怪しすぎる。

シカゴとパティの過去について考えていると、ハリー・ブルーノにたどり着いた。彼なら素性といい経歴といい、殺人を犯しながら、まんまと逃げおおせたとしても不思議はない。

ね？　でも、彼とノヴァはもう離婚していた。もし殺すつもりなら、もっとまえに殺していたのでは？　それにパティの水筒をどうやって手に入れたのだろう。そもそも、ハリーはパティにご執心だ。彼女を陥れようとするかしら。

では、アンダーソン夫妻はどうだろう。チャンスはあわてふためいて逃げ出した。エフィーは夫が私用で出かけていると言ったけど、わたしは信じていない。とりわけ、チャンスが乗っているはずのトラックを運転して、ハリー・ブルーノが目の前を猛スピードで走り去ったとなると。しかも彼が女性を——おそらくはエフィーを——乗せていたことを、わたしはほぼ確信していた。となると、チャンスは昨日四輪バギーで家を出て、あせっていたのでメイベルとぶつかりそうになり、そのまま雲隠れしたにちがいない。

わたしはキャリッジ・ハウスをふたたび見上げた。

そして、ハリーが運転するトラックの助手席に乗っていたのがエフィーだという考えを取り消した。

なぜなら、エフィーが干し草用の大きな熊手を抱えて、こちらに近づいてきたからだ。

41

エフィーが狂犬のように泡を吹きながら突進してきた、というわけではない。あるいは、熊手の尖った切っ先でわたしの心臓をねらっていた等々でもない。おそらくこれからバラ園の手入れをするつもりなのだろう。わたしの直感とやらははずれてしまった。頭から足までネットですっぽり覆っていないことから見て、毒グモ騒動もようやく収まったものと思われる。

「あら、エフィー」彼女が物騒なものを持ち歩いているので、猫なで声で呼びかけた。「あなたを探してたのよ。ちょっとこっちにこない？」

できれば、「その熊手は置いてきてね」とつけ加えたいところだけど、いくらなんでも考えすぎだろう。

エフィーは立ち止まり、熊手をパティオの手前の芝生に突き刺して、手ぶらでやってきた。内心びくびくしていたわたしは、ほっと安堵の吐息をついた。

「まだいたんですか？」

エフィーはわたしと同じような軽い口調でたずねた。紙くずの山をちらりと見て、わたしの書きかけのメモにすばやく視線を移した。わたしは腕で隠した。何くわぬ顔で、平然と。「すばらしい景色ね」と言った。「のどかで、気持ちが安らぐ。店をやっていると、なかなかひとりになれなくて」

それはうそではなかった。スパイコメディにでも出てきそうな隣人と、同居してから何かと機嫌の悪いハンターが一緒では、平和なひとときなど持てるものではない。

「じゃあ、ここでこっそり息抜きを？」

わたしはうなずいた。

「ひとりになるために隠れなきゃならないなんて、お気の毒に」

「でもまあ、しかたないわね。それはそうと、さっきドアをノックしたんだけど聞こえなかった？」

「いいえ、きっとシャワーを浴びていたんでしょう」

「昼間からカギをかけなくてもいいのよ、モレーンでは。シカゴはちがうでしょうけど、ここは田舎だから」

エフィーは、わたしが出身地を口にしたのではっと顔を上げ、これからはその助言にしたがうとでもいうように、おもむろにうなずいた。「習慣ですから」

「チャンスはいつ戻ってくるの？」とわたしは訊きながら、すばやく頭を働かせた。「庭のことで、相談したいことがあるんだけど」

「今日は遅くなりますね」

「トラックに乗っていったの？」

「ええ」エフィーは涼しい顔でうそをついたのか、あるいは、ハリーがトラックを乗りまわしていることをほんとうに知らないのかもしれない。後者の場合にそなえて、教えてあげた。「さっきハリー・ブルーノがトラックを運転して南に向かうのを見たわ。同乗者がいて、女性だった。あなたかもしれないと思ったんだけど……」その先は言うまでもない。わたしの勘ちがいだ。

ここまで聞けば、エフィーは夫の所在について、もっと心配そうな顔をしてもいいはずだった。もし、用事うんぬんが事実なら。ところが、彼女は湖のほうへ視線をそらした。「あら、そうですか」

「あなたとチャンスは、ハリーと知り合い？」わたしは毅然とした、揺るぎない、有無を言わさぬ声を出そうと努めた。どんな作り話も受け入れるつもりはない、と。

「どうして、知り合いだと思うんですか？」

「あなたがペイン家のトラックを使わせているからよ。それにハリーはお宅にかくまわれているし」

最後の部分については確証がなかったが、筋は通っている。ハリーはほかのどこに潜伏しているというのだ？　はったりが功を奏した。当てずっぽうでもときにはうまくいく。

「どうしてもというなら言いますけど、じつは昔、彼のところで働いていたんです。でもハリー・ブルーノは悪党で」とエフィーが言ったのだ。「だから辞めました。ところがある日ここへやってきて、昔のよしみで二、三日、かくまってくれと言うんです。怖くて断われなかった」

「彼はどうやってあなたを見つけたの？」わたしは椅子の背にゆったりもたれかかった。なんて尋問が巧みだろうとうぬぼれながら。サリーやジョニー・ジェイよりよっぽどうまい。この結果を聞かせてやるのが待ち遠しい。

エフィーは見るからに怯えていた。「自分にはってがある、そう言ってました」

「彼のところで働いていたのなら、奥さんのことも知っていたはずよね」どうしてこれまで、その手の情報がひとつも出てこなかったのだろう？　ハリーがおっかなくて？

エフィーは首を振った。「いいえ、どちらとも面識はありません。ノヴァ・キャンベルが死んで初めて知りました。ハリーかパティ、どちらかの仕業でしょうね。あんな悪党を招き寄せてしまって、なんてお詫びしたらいいのか」

エフィーも気の毒に。ハリー・ブルーノに脅されて、すっかり怖じ気づいているようだ。それに、見るからにすまなそうにしていた。

それでも、訊かないわけにはいかない。「事件の朝、あなたはどこにいたの？　チャンスも？　だれかそれを裏づけてくれる人はいる？」

それを聞いて、エフィーの顔にたちまちむっとした色が浮かんだ。「わたしかチャンスがノヴァの死に関わりがあると言いたいんですか？」

「もちろんちがうわよ」

たしかに、いまのは少々身勝手だった。うちの妹ではなく、あなたがた夫婦のどちらかが犯人ならいいのにと。もちろんハリーでも問題はない。ただし、パティが人を殺《あや》めたとなると、わたしの気持ちはちょっぴり複雑だ。

「妹さんを助けたい気持ちはわかるけど」エフィーは気色ばんで言った。「あたしたちに妙な言いがかりをつけるのはやめてください。逮捕されたのは、それなりの理由があるんだから」

それだけ言うと、エフィーは立ちあがり、熊手のところに行って地面から引っこ抜き（わたしは一瞬身構えた）、それからバラ園に向かって大またで歩いていった。

やれやれ。エフィーの言い分を信じていいのかどうか。彼女は依然として夫の居場所については口をつぐんでいた。追いかけていって、もっと質問をぶつけるべきかしら。

バラ園の脇で、エフィーは熊手で堆肥の山を突き崩し、肥料をすくって上下を返した。うちの庭でも同じようにしている。バラは（実際にはどんな花も野菜も）有機肥料を好むので、去年ホリーに堆肥づくりをすすめたのだ。妹がそうしているのを見て嬉しかった。

わたしは携帯でパティの番号にかけた。出ない。ハンターにもかけたが、留守電になっている。彼が今朝こっそり抜け出したので気を悪くしていたが、ホリーの家で待っているから、いいお天気だし外遊びをしましょうというメッセージを残した。「それとベンも連れてきて」と携帯に話しかけた。「あの子は泳ぐのが好きだから」いまからでも楽しい休日を過ごすことは夢じゃない。

お天気といえば、今日も暑くなってきた。それでも日陰にいると、湖からそよ風が吹いてきて気持ちがいい。わたしは家に入って、ソーダ缶をもう一本あけた。それから庭に戻って、落書きのつづきに取りかかった。

そのとき、ホリーのトラックで南に向かった《ゴーイング・サウス》ハリーを追いかけるように、事態が悪化し《ゴーイング・》はじめ《サウス》た。

42

ジョニー・ジェイのパトカーがわたしのトラックの隣に駐車したのだ。わたしは視野の片隅でそれをいち早くとらえた。ジョニー・ジェイは車から降り、ズボンをえらそうにぐいと引きあげ、ミラーグラスを無造作にかけると、いつものように肩で風を切ってこちらに近づいてきた。

脱兎のごとく逃げ出そうかと本気で考えた。警察長は足が速いほうではない。子どものころから駆けっこでは数え切れないくらい彼を負かしてきた。みんなでだれが速いか競走したときも、わたしはそこそこ勝っている。でもジョニー・ジェイが弱い者いじめをしているのを見かけたときは、命からがら逃げるはめになった。自分がおとりになろうと、頭の後ろを引っぱたいてやったからだ。といっても、彼の注意を引きさえすればいいので、手加減して。だから、あの男が鈍足だというのは信じてもらってもいい。

ただし最近では、彼は腰の後ろの、手を伸ばせばすぐ届くところに銃を携行し、射撃の腕前もなかなかのものだと思われる。わたしはせっかちで、考えるより先に行動してしまいがちだけど、そこまでおめでたくはない。ジョニーはわたしを憎むあまり、射殺するかもしれない。

「どうしてここにいるとわかったの？」と訊いた。彼は顔をしかめて立ち止まった。

「九一一に、トラックがまた盗まれたと通報してきたよな。そのとき、あんたの携帯はここからあまり遠くない基地局に電波を送信したんだ」と、さも自慢そうに言った。「ちょいと三角法を使えば、居場所はだいたい見当がつく。モレーンの法執行機関のどこにでも配備されているハイテクだ」

携帯め。というか、最先端テクノロジーのバカ。何も知らない個人の携帯を勝手に自動誘導装置に変えて、本来なら保護すべき市民をつけ狙うことに意欲を燃やしている法執行官に、居場所を知らせるなんて。それ以上に恐ろしいことがあるかしら？

バラ園ではエフィーが仕事の手を休め、熊手にもたれかかっていた。こちらをじっと見ている。どうか、視線はそのままで。ジョニー・ジェイがつねに法の枠内で活動するとは限らないけど、暴力行為に及ぶときは人目のない場所を選ぶので。

わたしはその事実を指摘しておくのが賢明だと考えた。

「エフィー・アンダーソンがあそこにいるわよ」と言って、彼女のほうを見やった。「だからおかしなまねはしないように」

ジョニー・ジェイはそちらを振り向き、何やら書き留めた。

エフィーが額をぬぐったので、日なたはさぞかし暑かろうと思った。日陰にいるようなわけにはいかない。彼女はそれから熊手をさっきと同じように地面に突き刺すと、離れに戻っていった。

どうやらバラ園とドクイトグモの話がわたしの頭に根を下ろしたようで、そこからクモの巣を思わせる込み入った新しい考えが芽生えた。人は見かけによらぬもの、ということわざがまたもや脳裏をかすめる。

「関係者を全員、嘘発見器にかけることにした」とジョニーがわたしに言った。「あんたも含めて。そこで、お迎えにきたというわけだ」おなじみのこけおどしの手錠を取り出した。「おとなしく同行するか、さもなくば……」

わたしはため息をついた。「まずここを片づけて、それからご一緒するわ」

ジョニーがパトカーの近くで待っているあいだに、わたしは紙くずと空き缶を拾い集めて家に持ち帰り、ゴミ箱に捨てた。ハンターと青空の下、戸外で過ごす午後という夢も一緒に。

もうすぐ、ジョニーはわたしがつかんだすべてを知ることになる。関係者全員のつながりもひとつ残らず。そのなかには、エフィーのかつての雇い主とノヴァの元夫との関係も含まれている。錯綜した人間関係を解き明かすのは、ジョニーにおまかせしよう。この先はもう、わたしの手には負えない。

そのときふと、調香師たちが到着した夜にまつわるもろもろの証言を思い出した。そのときは取るに足りないものに思われたが、エフィーの過去についてより多くの情報を得たいまから見れば、腑《ふ》に落ちる点がいくつかあった。ノヴァは亡くなるまえの夜、ホリーの神経を逆なでしただけでなく、たしかエフィーともめていた。わたしは記憶をたどった。

事件当日の朝、ホリーとわたしは外のテーブルにいて、わたしはノヴァと初めて顔を合わせたばかりだった。あのときホリーは、エフィーが前夜ノヴァに強い反感を示したと言っていた。さらにカミラも空港に発つ直前、エフィーをけなした。自分のことしか眼中にないノヴァでさえ、エフィーの本性を見抜いていたとかなんとか。

わたしは庭に出た。なんだかジョニー・ジェイの取り調べが待ち遠しくなってきた。ようやくパズルのピースがしかるべき場所に収まりだした。何人かは釈明に追われるはめになりそうだ。

ちょうどそのとき、エフィーがこちらに向かってくるのが見えた……ちょっと待って……あれはスタンガン？

43

とてつもない高電圧がわたしを直撃した。これまで味わったこともない激痛に襲われる。どこか遠くで悲鳴が聞こえ、ややあってそれが自分の口から出たものだと気づいた。体がしびれて、その場にくずおれた。

のちにスタンガンによる苦痛は五秒しかつづかないことを知ったが、それは人生で一番長い五秒だった。ようやく痛みが和らぐと、わたしはもがきながら体を起こした。

「立ちなさい。また同じ目にあいたくなければ」とエフィーが言った。

「どこでそんなものを手に入れたの？」思いついた質問はそれだけだった。口がうまくまわらない。

「警察長さんは気前がいいから」とエフィーは言った。「さあ立って」

よろよろと立ちあがると、携帯が地面に落ちていた。倒れたときに手から落ちたにちがいない。エフィーはそれを蹴とばし、身ぶりでパトカーのほうに行けと合図した。ふらつく足でそちらに向かう。ジョニー・ジェイが後部座席にぐったりすわっていた。わたしもそんな具合だったので、彼も同じ目にあったことがわかった。エフィーがドアを開けた。「さあ、乗って」と言ってから、ジョニー・ジェイに向かって、「おかしなまねはしないで。さもないとスタンガンをもう一発お見舞いするわよ」と警告した。

ふたりともおとなしく従った。あの拷問から逃れられるなら、どんなことでもするだろう。

これまでジョニーのパトカーの後部座席にすわったことはあったけど、本人がそこにいるのを見るのは初めてだった。規格どおりのビニールシートで、窓には防弾ガラス――ジョニーは丸腰なのであまり関係ない――前の座席の背もたれは鋼鉄で覆われ、後ろから刺そうという気がはなから失せる。頑丈なプラスチックの仕切りが前後の座席を隔てている。ドアのカギは内側からははずれない、というのはもう言ったかしら。

わたしたちは並んですわり、気持ちを落ち着けようとした。体はまだぐったりしていたが、しゃべるのは問題なかった。ジョニーに声をかける。「つまり、こういうこと？　エフィー・アンダーソンはあなたのスタンガンを使って、わたしたちをこんな目にあわせた。あなたのホルスターから武器を抜き取り、あなたのパトカーの後部座席にわたしたちを閉じこめた」

「黙れ、フィッシャー」

「で、どうするつもり？」と訊きながら、両手を握ったり開いたりした。指先がじんじんしている。「どうやって反撃するの？」

「あんたがぎゃあぎゃあ言ってたら考えられない」

ちょうどそのときエフィーが運転席に乗りこみ、こちらを振り向いて、プラスチックの仕切り越しに笑顔を見せた。「気分はどう?」

「あまりよくないわね」わたしは言い返した。「こんなことをしたのは、あなたがノヴァ・キャンベルを殺した犯人だってこと?」

ジョニー・ジェイがうなった。「人質作戦というわけだな。フィッシャー、ここから先はわたしにまかせてもらおう」

「どうぞどうぞ」とわたし。「なんたってすばらしい活躍ぶりだもの」

エフィーがパトカーのエンジンをかけた。

「キーまでつけっぱなし?」とわたしは言った。ほとほとあきれはてて。「今回はほんと、さんざんね」

エフィーは納屋までパトカーを運転し、そのあいだにわたしはこの状況から逃れる方法はないかと必死で考えた。えーっと。わたしはさっきエフィーに、ここでこっそり息抜きをしていると言った。だから彼女は、警察長以外にはだれもわたしの居場所を知らないことを承知している。わたしのメモを見て、質問を聞いて、真相に近づきすぎていると判断したにちがいない。たまたまそこへジョニーが現われたものだから、わたしが彼を呼び出し、ノヴァ・キャンベル殺しで彼女を逮捕させるつもりだと思いこんだ。

だから牙をむいたのだ。わたしたちは頭に銃弾を一発ずつ食らうのだろう。

「恨むならその女を恨むのね、警察長」とエフィーが言った。その女とはわたしのことらしい。彼女はパトカーを運転して納屋のなかに入れ、四輪バギーの隣に駐車した。「よくもまあ、つぎからつぎへと、あれだけ質問してくれたわね。チャンスがどこにいるのか知りたがるわ、あたしとシカゴのつながりをほのめかすわ。それに、警察長を呼んで、あたしをはめようとした」エフィーは憎しみをこめてわたしをにらみつけた。

「それで、チャンスはどこにいるの？」ずっと知りたかったことが、これでようやく明らかになる。

しかしエフィーはまったく取り合わなかった。「ノヴァ・キャンベルには死んでもらうしかなかった」とジョニーに言った。「あの夜、家に入ってきたのを見たときは、信じられなかった。そのあとわざわざ離れまできて、あたしの過去を雇い主のペインさんにばらす、ハリーにわたしの居どころを知らせると脅したの」

エフィーはさっきノヴァとは面識がなかったと言ったが、あれはうそだったのね。

そういえば、ノヴァは頭痛を訴えて早めに休んだとホリーが言っていた。実際にはこっそり部屋を抜け出して、エフィーを恐喝していたのだ。

「チャンスはこのことを知ってる？」とわたしは訊いた。

エフィーは知らん顔で、警察長に向かってしゃべりつづけた。「あたしはハリーの商売の儲けをくすねていたのよ。一度に少しずつ。当然でしょ。あっちは大金持ち、こっちは文無しなんだから。ところがある日、監査役とやらが現われて、帳簿を隅から隅まで調べた。それで町を出なきゃならなくなった。だからチャンスと結婚したの。新しい名前と新しい家庭を手に入れるために。ハリーの別れた女房がやってこなかったら、絶対に見つからなかったいのに」

それはどうかしら。ハリーはその気になればやすやすとエフィーを捜し出したのではないだろうか。パティを見つけたように。でもいまはそれをうんぬんするときではない。

「取り引きしようじゃないか」とジョニーが持ちかけた。「あんたが自首して、洗いざらい自供するなら、悪いようにはしない」

「いましてるじゃない」エフィーの目つきがおかしい。どうしてこれまで気づかなかったのだろう。「ノヴァは、あたしがハリーと話をつけるまで待ってくれると約束した。そのすきに、彼女を始末する計画を立てた。ドクゼリのことは知っていたから、ニンジンジュースに毒を仕込んだというわけ。ところがノヴァはあたしをだまして、その夜のうちにハリーに連絡していたの。彼はすぐさまやってきて金を返せと要求した。さもないと、あたしの目の前で夫を痛めつけてやるって。ほんとにひどいやつ」

「チャンスはどうなったの？」わたしはふたたび口をはさんだ。

「ハリーに脅されて、チャンスにも打ち明けざるを得なくなった。ハリーが戻ってくるまえに逃げてくれと頼んだのに、チャンスがあれこれ質問するもんだから、ハリーのトラックが帰ってきてしまった。よくやく事情をのみこんだチャンスは、あわてて出ていった」

「いまどこに？」

「四輪バギーで郡の反対側に出て、親戚の家にかくまってもらってる。彼は置いていくしかないわね」

「この車から出せ」とジョニーが言った。

「お巡りを殺すなんて、へっちゃらよ」とエフィーはうそぶいた。

それを聞いたとたん、呼吸が異様に速くなった。わたしの命は風前の灯火《ともしび》、しかも、よりにもよってジョニー・ジェイと一緒に死ぬなんて！

「なんとかしてよ」と口の動きでジョニー・ジェイをせっつく。彼は肩をすくめた。ふだんの三倍は青ざめている。いつもの空いばりはどうしたの、この役立たず。

エフィーはパトカーから下りて、エンジンをかけたままドアをたたきつけるように閉めると、どこかへ歩いていった。

「うちの家族にはかまわないで、と言ったのに」とジョニーを責めた。「わたしの身内を逮捕することにかまけていなければ、こんなことにはならなかった」

「なんとかするさ」ジョニーは自信のかけらも見せずに言った。

「急いだほうがいいわよ」

エフィーがボタンを押すと、納屋のシャッターが下りてきた。それから彼女はこちらに戻ってきて、運転席のドアからのぞきこんだ。ジョニーの銃を手にしていない。希望がふくらむ。「あんたたちの死体をどう始末するかまでは、まだ考えてないけど」と彼女は言った。「でも、あたしはよく知恵がまわるから。死体が発見されるころには、とうに姿をくらましているでしょう」

「銃で撃たないの？」とわたしは訊いた。

「血を見るのは苦手なのよ」とエフィーは答えた。「あんたたちもひと息つけばいいわ。二酸化炭素は苦しまないそうだから」それだけ言うと顔を引っこめて、行ってしまった。運転席のドアは開けっ放しで、車は排気ガスをまき散らしている。

わたしは、自分たちを自由から隔てているプラスッチックの仕切りをこぶしでたたいた。もうそろそろお騒がせパティの出番なんだけど。マックスとホリーでもいい。ハンターもしばらくしたら、わたしを捜しにくるはず。でも、そのころにはもう手遅れだろう。

ジョニーは巨大なナメクジのようにじっとすわっていた。

「窓を蹴破ったらどう」とすすめた。

「防弾ガラスだぞ」

あらためて彼を見やると、目に敗北の色が浮かんでいる。わたしたちはこれでおしまい？

44

ジョニー・ジェイがふぬけ同然になったことについて。わたしには病院に勤務している看護師の友人がいる。血だの臓物《はらわた》だのは日常茶飯事だ。ところが一緒にキッチンに立ったときのこと。わたしが手をすべらせて包丁で指を切り落としそうになったとき、彼女はすっかり取り乱して、ここぞというときにまるで役に立たなかった。あとになって彼女は、「病院なら平気だけど、家じゃそうはいかないの」と説明した。

わたしと一緒に車に閉じこめられた警官についても、それで説明がつくにちがいない。これまでジョニー・ジェイが危険な事態をみごとに掌握しているさまは一度ならず見ていて、すごみさえ感じたものだ。ところが主導権を奪われたとたん、図体ばかり大きい、ただの意気地なしにおちぶれてしまった。

ありがたいことに、わたしの手足はまだうずいていたものの、また動かせるようになっていた。

まず座席の背もたれを前に倒そうとした。シートを二つ折りにして、そのすきまからトランクに入りこめたら、役に立ちそうな道具が見つかるかもしれない。あいにく、そんなつきには恵まれなかった。背もたれはびくともしない。排気ガスの匂いが鼻先まで漂ってきた。

「警棒はどこ？」とジョニーに言いながら、前後の座席を隔てているプラスチックの仕切りに目をやった。「たたきこわして脱出しましょう」

肩越しに振り返る。ジョニーはぴくりとも動かず、顔を上げようともしなかった。

「当ててみましょうか。警棒もエフィー・フィッシャーに進呈したのね」

「あんたがずっと嫌いだったよ、フィッシャー」とジョニーは言った。

「いまさらなによ」わたしはドアに体当たりした。肩を痛めただけだった。「ちょっと力を貸してくれる？」

「そんなことをしても無駄だ」と彼は言った。「悪あがきはよせ。なぁ、どうして嫌っていたと思う？」

わたしは彼の隣に力なく腰を下ろした。

「あんたに、さんざんいびられたからさ」それって逆さまじゃないの。

「うそばっかり」わたしは耳を疑った。「弱い者いじめをしたのは、わたしじゃないわよ」

「おれはあのころ友だちがほしくてたまらなかった。だから、あんたにちょっかいを出した。あんたはそのたびにおれをはねつけ、クラスの連中の前でコケにした。ひどい女だ」

たしかに、昔のわたしは必ずしも思いやりのあるやさしい子どもではなかった。それにしたって……。

「じゃあ、プロムの誘いを断わったのとは無関係だったのね」それは友人や家族のあいだでは通説になっていた。もしあのとき誘いを受けていれば、わたしたちはいまでも友だちだったろうと。

「こっちは勇気をふりしぼって申し込んだんだぞ」とジョニーは言った。じゃあ、やっぱり、多少は関係があったのだ。

「ごめんなさい」とわたしは謝った。「あなたの気持ちを傷つけるつもりじゃなかったの」

「けっきょくプロムには行かなかった。六回も断わられたからな。プライドはずたずただ」

ジョニー・ジェイはいまだにその恨みを抱えているわけ？ なるほど。

「わたしが六度断わったんじゃないわよ」と言いながら、床に膝をついてシートの下をのぞきこんだ。

「あんただけじゃない、六人の女子に断わられたんだ。だが、あんたのが一番こたえた」

これはなんなの？ 死ぬまぎわの告白？ 「もう謝ったでしょう。それより、ちょっと手を貸してもらえない？ シートを固定しているこのボルトをゆるめられないかしら。トランクに入りこめたら、外に出る方法が見つかるかもしれない」

ジョニー・ジェイはわたしの隣に体を押しこみ、手をシートの下から奥へ伸ばした。彼がうめいたので、本気でがんばっているのがわかった。「うまくつかめない」と彼は言った。

「指がすべるんだ」

Tシャツを脱いで、彼に渡した。「これでくるんでみて」

永遠につづくかと思われたが、ほんの一、二分だったにちがいない。ジョニーがようやくボルトを外して体を起こした。視線がわたしのブラに留まる。わたしはTシャツを引ったくって、さっと頭からかぶった。

ジョニーが背もたれにかけた手に力をこめた。奇跡のように背もたれが倒れ、トランクへの通路が開けた。彼はどさりと尻もちをついた。

「目まいがしないか？」と彼はわたしに言った。

「いいえ」でも言われてみれば、頭が少しくらくらする。「しゃべらないで。空気の無駄使いよ」

わたしはぽっかりあいだ通路からトランクにもぐりこんだ。大柄なジョニーには、その仕事はこなせなかったので。

「道具箱はどこ？」とどなる。

「いまさら手遅れだ」と彼は言い返した。

「その弱気な態度には、もううんざり」と言いながらも、ジョニーを励まして、彼の言うとおり、ますます絶望的になっていくこの状況をなんとかしなければ、と気ばかりあせった。閉めきった納屋のなかでパトカーのエンジンをかけっぱなし。排気ガスにやられてしまうまで、あとどれくらい猶予があるだろう。

「ジョニー！」わたしは大声で呼びかけた。

返事はない。

体をひねって車内をのぞいた。ジョニーは仰向けに倒れ、目を閉じている。

そこで顔に平手打ちを食らわせた。力いっぱい。

彼の目がかっと開いた。

「次にどうしたらいいかわからない」泣きべそをかきそうだった。まだ死にたくない、それに、この世の見おさめが警察長の顔だなんて絶対にいやだ。「でも、あきらめたくないの」

「いまさら……どうでもいいさ」ジョニーはまたしても悲劇の主人公を気取っている。

「黙って、ジョニー」と、彼の十八番を横取りした。

そこでふと、万一トランクに閉じこめられたらどうするか、ハンターが教えてくれたことを思い出した。

あのときは冗談のつもりだった。だって、トランクに閉じこめられるなんてことがある？でも、ハンターはいつもそんなふうに豆知識を教えてくれるのだ。

彼はこう言った。新型車には、緊急時にトランクのドアを開ける装置がトランク内部についている、と。どうしてそれが頭の片隅に残っていたのかはわからない。とにかく残っていた。

そしてジョニーのパトカーはぴかぴかの新車だった。その解除装置とやらはどこについているのだろう？

トランクのなかは真っ暗だった。無我夢中であちこち手探りし、とうとうレバーのようなものを探り当て、それを引っぱると……トランクが内側から一気に開いた。

わたしはトランクから飛び出し、納屋のドアめがけて走った。

ところが、これでもまだ苦労が足りないとばかりに、入口のシャッターにはカギがかかっていた。横手のドアも。

この世にお手軽なものなんてひとつもない。わたしは車まで駆け戻り、ジョニー・ジェイの側のドアを開けた。彼は床に転がり落ちた。ずっしりと重い体の下敷きになる。もうっ、どうして彼のほうが先に気絶するのよ。

わたしたちは車からは出られたが、まだ危地を脱したわけではなかった。

パトカーのエンジンを切ると、トランクから鉄梃《かなてこ》を見つけ、建物の横手のドアを文字どおりこじ開けた。火事場のばか力というやつだ。

わたしはジョニーを引っぱったり、つついたり、たたいたりしたあげく、ようやく本人の協力もちょっぴり得て、外へ連れ出した。よく茂った低木の奥まで這っていくと、並んで仰向けに倒れ、新鮮な空気を思いきり吸いこんだ。

もしエフィーがずっと見張っていたら、外に出たとたん見つかって、いまごろはあの世に行っていただろう。

ところが、彼女はわたしたちを閉じこめたと思いこんで油断していたらしく、現われなかった。やれやれ、ありがたい。もう奥の手なんてどこにもなかったから。

ただ困ったことに、外の世界に助けを求める手段がひとつもない。わたしの携帯は落としてしまったし、ジョニーの装備は取り上げられていたからだ。しかも、エフィーは武器一式を持っている。

「泳げる?」とジョニーに訊いた。

「あんたよりはましだ、フィッシャー」まだ憎まれ口をたたく元気は残っているようだ。

「じゃあ、ここから逃げ出すわよ」

こうしてわたしたちは脱出した。物陰をたどって庭をこっそり通り抜け、湖に入ると、隣家めざして岸に沿って泳ぎだした。ただしこのあたりでは、それはかなりの距離を意味した。

45

ありがたいことに隣人は在宅で、わたしたちが深海の魔物のような姿で湖から上がってきても、肝をつぶして銃をぶっ放したりはせず、電話をかけて警察を呼び、がたがた震えているわたしたちを毛布でくるんでくれた。

のちに、どうしてジョニーが真っ先に排気ガスでやられてしまったのかがわかった。彼のほうがわたしより体調が悪かったのだが、それはたんに運動不足という意味ではない。エフィーがわたしたちを殺そうとし、そのあとジョニーが救急車に乗せられて救急処置室へ運ばれたおかげで、医師たちは彼の心臓のちょっとした不具合を発見した。

つまり、わたしは一度ならず彼の命を救ったと言えるかもしれない。それなのにあの恩知らずは、警察長への暴行でわたしを逮捕すると言いだした。頬を二、三発ひっぱたいたぐらい、そのうち忘れてくれないかしら。まあ、あまり期待はもてそうにない。

でも、それは後日談。警察が駆けつけたあと、エフィーはあっぱれな戦いぶりを見せた。大事件を扱うのは町の警察ではなく、重大事件捜査隊《CIT》だ。そして警官殺害をもくろんだエフィーは（わたしはものの数にも入らない）、特別扱いしてもらう資格が充分にあった。ハンターはＣＩＴの一員でもあるので、彼と数名の隊員、それに警察犬のスーパーヒーローことベンが犯人制圧に向かい、わたしは私道のもう一方の端で、不安のあまり爪を嚙んでいた。

銃声が一発、空気を切り裂いて鳴りひびいた。サリー・メイラーに、「いまのは味方が撃ったの？」と訊いた。

彼女は首を振り、わたしはそのしぐさを、サリーが銃声を聞きわけるだけの場数を踏んでおり、いまのは味方のものではないと解釈した。ということは、エフィーが発砲したのだ。

静寂がつづき、時間が過ぎた。わたしは指示された境界線の内側で息をひそめ、何か見えないかと首を伸ばした。心臓はドキドキと早鐘を打ち、もし最悪の事態が起こって、ハンターを失ったらどうしようと考えていた。

ベンが吠える声と、かん高い女性の悲鳴。

そのあとすぐにＣＩＴの面々が現われた。ベンが先頭で、最高に楽しかったといわんばかりのはずんだ足取りだ。エフィーはこれから串焼きにされる鳥のようにがんじがらめに縛られ、ベンが警察長の銃を奪い取った手首には包帯が巻かれていた。

わたしたちは、エフィーが隊員たちの手でパトカーの後部座席に押しこまれるのを見守った。わたし以外のだれかがそんな目にあうのはめずらしい。

「うちのトラックがあるから」とハンターに言った。「一緒に帰らない？」

ハンターがほかの隊員たちに合図すると、みんな立ち去り、ふたりきりになった。

「今晩はバーガーを焼いてあげる」とわたしはベンに言った。ハンターは自分に言われたのだと思って、にやにやと相好を崩した。「あなたにも」とわたしはつけ加えた。わが家の男たちを誇りに思いながら。

「イリノイ警察は、ハリーがウィスコンシン州との州境を越えたとたんに逮捕した」とハンターが言った。「彼は人質を取っていた。パティだ」

「パティがね」と言いながら、ハリーはどのみち彼女を長くは閉じこめておけなかっただろうと思った。パティは目に物見せてやったはずだ。それにしても彼女が助けにきてくれることをあてにしないでよかった。一番そばいてほしいときに、いてくれたためしがない。そのとき、ふと思い出した。母さんが愁嘆場を演じていたとき、生け垣の向こうで人影を見たような気がしたことを。あれはハリーだったにちがいない、パティをつけねらっていたのだ。トラックの助手席にいたのも、パティと見てまちがいない。

ハンターがつづけた。「ハリーは百ドル札がびっしり詰まった金庫も持っていた。自分の金だと言いはっているが。とりあえずパティを誘拐した件で勾留されている。パティのほうはすぐに釈放されるだろう。人道に対する罪だと思うけど」

私道を家に向かって歩きながら、それを聞いて噴き出した。笑ったのはずいぶん久しぶりだ。「じゃあホリーは？」

「あと一時間もすれば帰ってくるさ」

わたしはあらためて恋人を見つめた。「銃声がしたときは、生きた心地がしなかった」

「ベンのおかげだよ」

まさに犬のチャンピオンね。わたしは足を止めて、ベンの頭をなでた。

「せっかくの休日がこんなことになって残念だ」とハンターが言った。

「まだ終わってないわ。これから庭をちょっと掘りたいんだけど」

ハンターはけげんな顔をしたが、わたしのあとについてバラ園にやってきた。地面に突き立てたままの熊手を引き抜き、それを使ってバラの木のまわりを掘り返す。

土の下から汚れた軍手がひと組現われた。わたしのブラウスを賭けてもいいけど、ジャクソン・デイヴィスに調べてもらったら、きっとドクゼリの痕跡が見つかるだろう。クモだなんて、ちゃんちゃらおかしい。

地面に穴があいているのも見つけた。バラの苗をもう一本植えるのに手ごろな大きさだ。あるいは、金庫を掘り出すにしても。


わたしたちは関係者全員をハンバーガー・パーティーに招待した。グリルの名人マックスがハンバーガーを担当し、文句のつけようがないほど完璧に焼きあげた。ホリーは百歩ゆずって、うちの裏庭に足を踏み入れた。もちろん、蜂は夜には飛ばない、と言って聞かせてからだけど。

ミリーは新しい友だちが犯人だったと知って震えあがったが、気を取り直し、ポテトサラダを持っていくわと申し出てくれた。ミリーのポテサラは世界一おいしい。

キャリー・アンと双子たちにも声をかけた。店じまいしたら、ご馳走するつもりだ。「ガナーと子どもたちも誘ってね」と従妹に言った。

ハンターが〈ワイルド・クローバー〉まで行って、肉とバンズを仕入れてきた。ベンは彼が見つくろった品々に満足し、あとでお約束のバーガーにありついた。

スタンリー・ペックは自家製のはちみつ酒を持参した。バスタブでこしらえたものだが、わたしはその事実をほかの人たちに言いそびれてしまった。お客さんが帰ってしまうかもしれないと心配で。思いきって味見してみると、これはいける。

マックスは目下開発中の新しい調味料を披露した。うちの菜園から苦味のあるチコリを摘んできて、それに〈セイバーフーズ〉の新製品を振りかけた。ちょっと甘すぎるように感じたが、市場に出すまでにはまだまだ長い道のりだ。何はともあれ、目のつけどころはすばらしい。

パティが生け垣を通り抜けてやってきた。はた迷惑なところはあるにせよ、みな彼女の無事を喜んだ。

「晴れて自由の身よ」と彼女は言い、全員がその言葉を信じた。

食べるあいまに、ハンターとわたしはいくつか推理の穴埋めをした。バラ園で見つけた穴も含めて。

「エフィーはバラ園の一角を最近掘り返したことを、だれにも知られたくなかった」とわたしは言った。「だから毒グモの話をでっちあげたのよ」

「効果満点だったわね」とホリーがつけ加える。

わたしは先をつづけた。「エフィーがドクゼリを摘むのに使った軍手を埋めたのは、ハリーからくすねた現金を隠しておいた場所の近くだった。五万ドルもの大金よ。ハリーは盗まれた額はそれ以上だと言ってるけど、もしそうだとしても、彼女は口を割っていない」

「ハリーはエフィーの潜伏場所をどうやって見つけたんだい？」とスタンリー・ペックがたずねた。

「ノヴァだよ」とハンターが答えた。「ノヴァは到着したその夜のうちに脅迫を実行したんだ」ハンターはわたしのほうを見た。「電話の通話記録がそれを証明している。それにハリーも電話があったことを認めたよ」

わたしはノヴァのことが好きではなかったが、一抹《いちまつ》の悲哀を感じた。

「もう手遅れだとエフィーが知っていたら、ノヴァはまだ生きていたかもしれないのに」

ハンターはパティを見やった。

「エフィーはきみのこともまえから知っていたよ」

パティは首を振った。「シカゴに住んでいたころ、一度も会ってないけど」

「たしかに。だがエフィーのほうではきみを知っていて、それをうまく利用した。ぬれぎぬを着せようとしたんだ。きみが水筒をあの家に置き忘れたこともひと役買った。先妻が後妻を殺すのは、いかにもありそうな話だからね」ハンターは手を伸ばして、わたしの手を握った。

ホリーが口をはさんだ。「たったひと晩でこんな複雑な計画を立てるなんて、すごいと思わない？　あらかじめ考えていたのかしら。うちの離れに殺人犯が住んでいたとはね」

「友だちだと思っていたのに」ミリーがしょんぼりと言った。「チャンスはどうなった？無事だといいけど」

「ウォーキショーに弟がいるんだ」とハンターが言った。「当面はそこで厄介になるらしい」

わたしには訊きたいことがもうひとつ残っていた。

「エフィーはどうやって、ノヴァにパティの水筒からジュースを飲ませたの？　ノヴァはストーカー擁護派には見えないけど」

こんども、わたしたちは答えを期待してハンターのほうを見た。「あの朝、ノヴァの姿が見当たらなかったとき」と彼は明かした。「彼女はエフィーとキャリッジ・ハウスで会っていたんだ。エフィーは自分の居場所を知らせるのはどうか勘弁してほしいと泣きついた。ノヴァは笑いとばした。すでにハリーに連絡ずみだとはあえて言わずに」

「ぐずぐずしていたらエフィーが逃げてしまうと思ったのかも」とパティがつけ足した。

なるほど、それも一理ある、とみなうなずいたが、わたしは、ノヴァがただの意地悪からエフィーをもてあそんだような気がした。

ハンターがつづけた。「いずれにせよ、エフィーはすでに毒入りジュースが入った水筒を用意していた。冷蔵庫に入っていたニンジンジュースを勝手に注いだと言えば、ノヴァがどう反応するかもよく心得ていた」

ホリーが横から口をはさんだ。

「何人たりとも、ノヴァ・キャンベルのジュースに触るべからず。その他、私物一切についても同じ。ノヴァはとことん身勝手な人間だった。だから、ギルも冷蔵庫のジュースの瓶に彼女の名前を書いておいたのよ。もめないように」

マックスが頭を振った。「ノヴァがエフィーから水筒を引ったくるところが目に見えるようだ」

「まさしく」とハンターが言った。「そしてエフィーに、他人のものには手を出すなと言って、目の前で水筒の中身を飲み干し、空っぽの水筒を投げつけたそうだ。きみたちが出かけたあと、エフィーは水筒に冷蔵庫のジュースを足して、ノヴァの枕もとに置いた」

パティが身を乗り出した。

「警察があたしではなくホリーを追っているのを見て、エフィーはさぞやきもきしたでしょうね」パティの視線がマックスに、ついでホリーに向けられた。「あんたたち、あたしを訴えたりしないわよね？　また新聞社に雇ってもらえたら、この埋め合わせに何かいい記事を書くから」

ホリーは声を立てて笑った。「うちの家族についてもう一切書かないと約束するなら、考えてあげてもいいけど」

パティはお安いご用だと請け合った。

エフィー・アンダーソンがノヴァ・キャンベル殺し、および、ジョニー・ジェイとわたしの殺害を企てたことにまつわる諸々の容疑で逮捕されたあと、わたしの家で交わされたやりとりはそんなところだ。

エフィーが刑務所から一生出てきませんように。

そういえば、お知らせしたいことがもうひとつあった。

マックスがグリルでハンバーガーを焼きはじめる直前、おばあちゃんのキャデラックが正面の通りに止まった。裏庭からは見えなかったが、金属どうしがぶつかるガチャンという音がして、おばあちゃんがくることになっていれば、考えられることはひとつしかない。

わたしたちが通りに飛び出すと、母さんが助手席から降りてくるところだった。おばあちゃんが突っこんだのは、不動産屋のロリ・スパンドルの車だった。ロリと新しい見込み客は隣家の庭にいた。

ロリが口にしたひどい言葉や、母さんが目についた人たちに片っ端から——家の下見にきた気の毒なお客さんも含めて（彼らはもちろん購入を見合わせた）——食ってかかったことについては、ここでは深入りしない。脅し文句が飛びかい、スタンリー・ペックが隠し持っていた武器に手を伸ばしかけた経緯についても伏せておく。

肝心なことは、トム・ストックの車が止まり、みんなが見ている前でうちの母のもとに駆け寄ると、ひざまずき、その場でプロポーズしたことだ。

まさにその瞬間、ハンターがすっと後ろにやってきた。わたしに腕をまわして、ぎゅっと抱きしめる。一同が見守るなか、母さんはおいおい泣き、トムは必死でなだめ、最後に母さんはイエスと口にした。

わたしたちはまた幸せな大家族に戻った。
とりあえず、いまのところは。

ワイルド・クローバー通信

7月号

養蜂場からのお知らせ

●ミツバチは十七の州で「州の昆虫」です。ここウィスコンシン州もそのひとつ。

●巣箱は、ミツバチたちが朝日で目をさますように、南東に向けて設置しましょう。わたしたちと同じように、ミツバチもお日さまが大好きです。

●蜂たちが忙しくて幸せそうだと受粉も順調。菜園の作物は豊かに実るでしょう。

はちみつを使った ナチュラルで簡単なレシピ

●ばらの花びらを使ったバラのはちみつ、ローズ・ハニーを作りませんか。バラの種類はなんでもかまいません。野バラでも大丈夫。花びらを摘んで、瓶にふんわりと詰めましょう。はちみつを注ぎ、ふたをします。少なくとも二、三日は瓶をやさしく揺すって、香りを全体に行き渡らせます。漬けこむ時間が長いほど、風味もよくなります。ポップオーバー（後述）に添えて召し上がれ。

●うるおいたっぷりのフェイスマスクはいかが？　卵白2個分と小麦粉少々にはちみつを加え、とろりとしたペーストを作ります。顔に伸ばして数分間そのままにし、水で洗い流します。絹のようになめらかなお肌になります。

ポップオーバーのパンプキンパイ風味はちみつバター添え

［ポップオーバーの材料］

卵……2個

小麦粉……1カップ

牛乳……1カップ

バニラエッセンス……小さじ1

塩……小さじ½

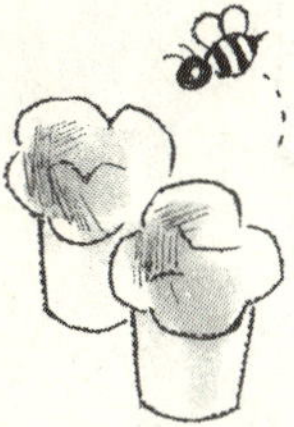

［はちみつバターの材料］

バター……½カップ

（室温に戻しておく）

はちみつ……½カップ

パンプキンパイ・スパイス

（シナモン、ジンジャー、ナツメグ、オールスパイスを混ぜ合わせたスパイスミックス）……小さじ1

以上をすべてまぜあわせる。

［作り方］

❶ オーブンを230度に予熱し、バターを塗ったマフィン型を6個、温めておく。

❷ 卵をほぐし、そこにポップオーバーの残りの材料を加えて、なめらかになるまでよくかき混ぜる。

❸ 生地をカップに等分に流し入れる。

❹ 230度のオーブンで20分焼き、つぎに温度を180度まで下げて、さらに10分焼く。

❺ 熱々のポップオーバーに、パンプキンパイ風味のはちみつバターを添えて出す。

ミリー特製のポテトサラダ

［材料］

レッドポテト……1.5キロ

（皮はむいてもむかなくてもよい。

＊全レシピ、1カップは米国の1カップ（約240ml）として記載

角切りにする）
青ネギ……6本（粗く刻む）
アサツキ（小口切り）……½カップ
マヨネーズ……1カップ
塩とコショウ（適量）
固ゆで卵……6個（角切りにする）

［作り方］

❶ レッドポテトをゆでて、粗熱をとる。

❷ 大きなサラダボウルに、レッドポテト、青ネギ、アサツキ、マヨネーズ、塩、コショウを入れて混ぜ合わせ、卵を加える。

❸ 冷蔵庫で数時間冷やす。

ミツバチ・バー

［材料］
グラノーラ……1カップ
オートミール（加熱時間の短いタイプのもの）……1カップ
刻んだナッツ……1カップ
ドライ・クランベリー……½カップ
卵……1個（混ぜておく）
はちみつ……⅓カップ
サラダ油……⅓カップ
ブラウンシュガー……¼カップ
シナモン……小さじ½
アップルパイ・スパイス……小さじ½
チョコレートチップス……½カップ（お好みで）

［作り方］

❶ 20センチ四方の型にアルミホイルを敷き、バターを塗っておく。

❷ 大きなボウルにグラノーラ、オートミール、ナッツ、ドライ・クランベリーを合わせておく。

❸ 卵、はちみつ、油、ブラウンシュガー、シナモン、アップルパイ・スパイス、チョコレートチップスを入れてよく混ぜる。

❹ 160度のオーブンで30～35分、あるいは、端がきつね色になるまで焼く。

❺ アルミホイルごと型からはずし、縦に12等分する。

ルッコラとトマトのサラダ

［材料］（8人前）

白ワインビネガー……大さじ2
ディジョン・マスタード……小さじ2
エキストラバージン・オリーブオイル……大さじ3
ルッコラ……8カップ
赤タマネギ（薄切り）……1カップ
ミニトマト……16個（半分、または¼に切る）

［作り方］

❶ ワインビネガーとマスタードをよく混ぜ、そこにオリーブオイルを少しずつ加える。

❷ ルッコラ、赤タマネギ、トマトに①を軽く混ぜ合わせる。

家庭菜園からのお知らせ

1. 雑草退治には除草剤ではなく、酢をスプレーしましょう。

2. 7月はバジルを種から育てるのに一番適した時期です。9月に収穫するトマトと、とてもよく合います。

訳者あとがき

ウィスコンシン州の小さな町モレーンで食料雑貨店〈ワイルド・クローバー〉を切り盛りするストーリー・フィッシャーは、自宅の裏庭に巣箱を置いて、養蜂業にも精を出しています。女たらしのダメ夫と離婚してから、幼なじみの刑事ハンター・ウォレスとゆっくり愛を育んできましたが、このたびめでたく同居することになりました。

便座の上げ下げ以外は、とくにもめごともない甘い新生活を楽しんでいるさなか、妹のホリーに泣きつかれ、彼女の夫が週末、自宅に招待した会社の研究チーム三人の食事を引き受けることになります。ところが一行がストーリーの養蜂場を見学中に、チームのひとりが裏庭の川で急死。ストーリーが朝食に用意したニンジンジュースに毒が混入していたことが判明します。しかも、被害者の女性がホリーの夫に言い寄っていたことから、ホリーに疑惑の目が集中、姉であるストーリーも共犯を疑われるはめに……。

物語は、殺人事件の真相を探るというメインのプロットに、シリーズものらしく、キャラクターどうしの人間関係が絡み合う形で進行します。

そのひとつがストーリーとハンターの仲です。同居に踏み切ったことで安定した関係に向かうかと思いきや、事件をめぐるストレスから、ふたりの生活にも暗雲が垂れこめます。刑事の顔をくずさないハンターにカチンときたり、彼の愛情を疑ったり、はたまた自分のせいで余計な負担をかけていると思い悩んだり。三十代カップルの微妙なすれちがいや、気持ちの深読み、〝売り言葉に買い言葉〟は、だれにでも思い当たるふしがあるかもしれません。

また、前作で恋人ができてから人が変わったようにやさしくなったお母さんも、なぜか以前の毒舌バージョンに逆もどり。しかも、ストーリーのすぐお隣に引っ越してくる可能性まで浮上します。娘にとっては頭の痛い問題ですが、お母さんの豹変の裏側にどんな理由があるのかも気になるところです。

隣人のP・P・パティこと、地方紙の新米記者で、自称〝親友〟のパティ・ドワイヤーの思いがけない過去も明らかに。被害者との浅からぬ因縁から事件に巻きこまれるばかりか、彼女を執拗につけねらう人物がモレーンに現われて、身辺に危険が迫ります。

幼なじみとはいえ、ストーリーを目の敵にしているのが町の警察長ジョニー・ジェイ。事件が起こるたびにぶつかってきたふたりですが、今回初めて、その理由が彼自身の口から明かされます。

一作目がスズメバチによる刺殺、二作目が過去の遺恨、三作目が死体消失と爆破事件、そして四作目の本書では毒殺。ストーリーは〝もめごとを引き寄せる才能がある〟と町の人にからかわれながらも、今回は自分と家族にかけられた容疑を晴らすべく、殺人の謎にいどみます。といってもしょせんは素人。ときには思いこみや勇み足のせいでピンチに陥ることもありますが、持ち前の行動力を武器に、事件の真相に果敢に迫っていきます。

本シリーズに魅力を添えているのは、養蜂家という仕事柄、物語のあちらこちらにはさみこまれるミツバチの暮らしぶりでしょう。とくに今回は巣に一匹しか存在が許されないという女王蜂の生態が印象的でした。店の主導権を争っているお母さんとストーリーの姿ともだぶるみたいで……。ミツバチはやさしい生き物でめったなことでは刺さないというストーリーの熱弁とは裏腹に、毎回さまざまな事情から蜂の群を怒らせて痛い目にあうのは、もはやお約束かもしれません。

巻末のはちみつを使ったレシピともども、ユーモアあふれる筆致をどうぞお楽しみください。

二〇一四年十月

コージーブックス

はちみつ探偵④

女王バチの不機嫌《ふきげん》な朝食《ちょうしょく》

著者　ハンナ・リード
訳者　立石光子《たていしみつこ》

2014年11月20日　初版第1刷発行

発行人　成瀬雅人
発行所　株式会社　原書房
〒160-0022 東京都新宿区新宿1-25-13
電話・代表　03-3354-0685
振替・00150-6-151594
http://www.harashobo.co.jp
ブックデザイン　atmosphere ltd.
印刷所　中央精版印刷株式会社

落丁・乱丁本はお取り替えいたします。
定価は、カバーに表示してあります。
 ISBN978-4-562-06033-7 Printed in Japan